W0321236

DU MÊME AUTEUR

Aux Éditions Gallimard

CARNETS D'UN VOYAGEUR ZOULOU DANS LES BANLIEUES EN FEU, 2007.

LE TIBET SANS PEINE, 2008, « Folio » nº 5005. Prix du livre de montagne.

PARADIS NOIRS, 2009, « Folio » nº 5804.

LE MARÉCHAL ABSOLU, 2012.

LA PREMIÈRE PIERRE, 2013, « Folio » nº 5927. Prix Jean Giono 2013.

WINTER IS COMING, 2017, « Folio » nº 6558.

Chez d'autres éditeurs

GÉOGRAPHIES IMAGINAIRES, Corti, 1991.

HUYSMANS : À REBOURS, L'IDENTITÉ IMPOSSIBLE, Champion, 1991.

L'ALCOOL DU SILENCE, Champion, 1994.

BOUTS DE MONDE, Le Quai, *illustrations de Barrie Hastings*, 1995.

L'OPÉRETTE MÉTAPHYSIQUE D'ALEXANDRE VIALATTE, Champion, 1996.

CARNAGE DE CLOWNS, L'Harmattan, 1999.

EMPAILLER LE TORÉADOR, Corti, 1999.

DANS MON CHIEN, Parc, 2002.

LA LITTÉRATURE SANS ESTOMAC, L'Esprit des péninsules, 2002. Prix de la critique de l'Académie française.

PETIT DÉJEUNER CHEZ TYRANNIE, *avec Éric Naulleau*, La Fosse aux ours, 2003.

PAYS PERDU, L'Esprit des péninsules, 2003. Prix Générations.

HAÏKUS TOUT FOUTUS, *illustrations de Kristian Desailly*, Voix d'encre, 2004.

VISAGES DU DOUBLE, *avec Paolo Tortonese*, Armand Colin, 2005.

LITTÉRATURE ET AUTHENTICITÉ, L'Esprit des péninsules, 2005.

FESTINS SECRETS, L'Esprit des péninsules, 2005. Prix Thyde Monnier de la SGDL, prix Renaudot des lycéens, prix Valery Larbaud.

Suite des œuvres de Pierre Jourde en fin de volume

LE VOYAGE DU CANAPÉ-LIT

PIERRE JOURDE

LE VOYAGE DU CANAPÉ-LIT

nrf

GALLIMARD

© Éditions Gallimard, 2019.

Pour Nadia Marchand
et Olivier Ramon-Guzmano

Ce qui fait de ce texte un récit autobiographique, c'est que toutes les histoires qui y sont racontées, sans exception, se sont réellement produites dans la vie de l'auteur ou de ses proches, y compris le transport en camionnette d'un canapé-lit un week-end de Pâques, depuis Créteil jusqu'en Auvergne. Ce qui fait de ce texte un roman, c'est que les conversations qui les rapportent et les commentent n'ont jamais eu lieu dans la cabine de cette camionnette, et que la chronologie des événements est quelque peu modifiée.

Ce n'est pas pour être insultant, mais je crois fermement que si vous preniez une cordelle au hasard, après l'avoir étendue bien droite de tout son long au milieu d'un champ, il vous suffirait de lui tourner le dos trente secondes pour découvrir, en la regardant de nouveau, qu'elle s'est rassemblée toute en un tas, au centre du champ, et s'est entortillée sur elle-même et toute remplie de nœuds, qu'elle a perdu ses deux bouts et qu'elle n'est plus que boucles. Vous mettriez une bonne demi-heure, assis là sur l'herbe et sans cesser de jurer, pour la débrouiller.

Telle est mon opinion sur les cordelles en général.

JEROME K. JEROME
Trois hommes dans un bateau

Les finitions du canapé Docteur Freud sont particulièrement soignées, les coutures sont impeccables, le piétement en chêne verni légèrement biseauté, ainsi que les clous en laiton mats, participent à l'élégance de ce canapé unique.

Publicité

Mais pour Dieu, l'auteur, me dites-vous, où allaient-ils ?... Mais pour Dieu, lecteur, vous répondrai-je, est-ce qu'on sait où l'on va ? Et vous, où allez-vous ?

DIDEROT
Jacques le fataliste et son maître

Doux J...s ! fit ma mère, qu'est-ce que c'est que toute cette histoire ?

LAURENCE STERNE
La Vie et les Opinions de Tristram Shandy

Prologue

Ma grand-mère est morte en pleine forme. De ce qu'on appelle une belle mort, dans le coquet appartement qu'elle occupait au sein d'une maison de retraite de luxe, à Santeny, Val-de-Marne, sise au milieu d'un vaste parc arboré, véritable « écrin de verdure », comme dit le site de la résidence. Un matin, au fond de l'écrin de verdure, on a retrouvé l'aïeule le nez dans les biscottes beurrées de son petit déjeuner, à l'âge respectable de quatre-vingt-treize ans, indemne d'infirmités notables. Partie d'un coup, sans souffrance et sans agonie. Comme son père. Une mort, en somme, qui a tout d'une grâce. Ma grand-mère s'est vu offrir cet ultime cadeau de la vie malgré le soin méticuleux qu'elle avait mis à empoisonner l'existence de ma mère depuis son enfance.

Ma grand-mère n'avait plus de chien depuis longtemps. Pas de brave et bon chien arthritique et baveux à soigner avec amour. Elle n'avait plus de mari non plus. Le grand-père, qui ne disait jamais mot, mais que la mémé redoutait, était mort sans moufter et comme par inadvertance. Ma mère a donc décidé de recueillir ce qu'elle pouvait. Il y avait peu d'œuvres d'art ou de meubles à sauver chez la mémé.

L'art était principalement représenté, dans la salle à

manger, par un majestueux tableau à l'huile témoignant d'une sorte d'aspiration au beau, si le terme « beau » n'est pas excessif pour qualifier cet objet. Une telle aspiration me laissait perplexe lorsque je la rapportais à mes grands-parents, anciens bouchers qui ne s'étaient jamais intéressés, dans toute leur existence, qu'aux côtelettes, à la macreuse et au gîte à la noix, ainsi qu'à l'argent que ces divers morceaux pouvaient leur faire encaisser.

Nonobstant cette préoccupation exclusive, l'œuvre en question, de dimensions imposantes, ne représentait pas une nature morte, un bœuf équarri ou un commerçant comptant ses pièces dans son échoppe, car ces images vulgaires et par trop réalistes auraient sans doute contrevenu à la joliesse intemporelle qui devait constituer l'idéal artistique de mes grands-parents, s'ils avaient jamais conçu un idéal de cette nature. Cela ne faisait pas partie de nos sujets de conversation. D'ailleurs rien ne faisait partie de nos sujets de conversation. Mes grands-parents n'avaient aucune conversation, et moi non plus. Nos rapports ont par conséquent toujours été empreints d'un parfait laconisme.

L'œuvre en question, donc, représentait ce qu'on appelle une scène de genre. Je me demandais toujours, enfant, où et quand ce type de scène pouvait bien se dérouler, tant elle était étrangère à la réalité, qui se composait pour moi à cet âge de maisons de banlieue, de cours de récréation, de visites à de vieilles gens et de vacances à l'île d'Oléron. Sous des feuillages qui indiquaient l'automne, un petit groupe de cavaliers s'était arrêté près d'une maisonnette. Ils étaient vêtus d'une jaquette rouge, d'un pantalon blanc, de bottes et d'une casquette noires, mais j'ignorais ce qu'était la chasse à courre. Ils souriaient largement. Une jeune fille allait vers eux, portant deux grandes chopes de bière, ce qui paraissait en lien avec sa propre hilarité, sur les causes de laquelle je ne parvenais pas à trouver d'élément concluant. Je ne décelais aucun élément de comique dans la scène. Elle était habillée comme je n'avais jamais vu de jeune fille habillée, avec une robe légèrement bouffante sur laquelle elle avait passé un tablier blanc bouillonnant. Divers chiens, genre setter, tournaient entre les pattes des chevaux.

Tout le monde était content sur ce tableau, et pourtant il me laissait toujours inquiet. Il est vrai qu'assis sur le canapé, dans la salle à manger de mes grands-parents, je n'avais rien de plus intéressant à faire que de me trouver des sources d'inquiétude, tandis que les conversations ne battaient pas leur plein du tout, entre le verre de muscat et le ravier de carottes râpées.

Et peut-être m'inquiétait-il, ce tableau, parce qu'il convoquait, mais je ne le comprendrais que plus tard, un exotisme excessif et des valeurs étrangement contraires à ce qu'étaient mes grands-parents. Tant de dépenses, de loisirs, de gaieté et de galanterie dans ce morne intérieur, fruit de longues années à découper des biftecks dans la poire, ça n'était pas naturel. À qui pouvait-on se fier ?

Le sens véritable du tableau de mes grands-parents ne me serait révélé que des années plus tard, par une affiche publicitaire pour le vin vieux-papes. Près d'une bouteille de ce nectar gisait la dépouille d'un faisan, ou alors d'un canard, parmi un entassement de victuailles diverses. En gros caractères, le slogan « Vivre, bon sang ! ». Le tableau de mes grands-parents était une sorte de pub vieux-papes. La vie, la vraie vie dans toute son intensité, c'était la chasse, le sang, la boisson, l'alcool, la bouffe, les femmes. Pour des bouchers, qui passaient leur temps à manier le sang et la chair, ça paraissait naturel, mais la fadeur de l'intérieur et des conversations de mes grands-parents démentait si complètement cet idéal de vie que je comprenais le sentiment de bizarrerie qu'avait suscité en moi l'image.

En matière d'œuvres d'art, ma grand-mère possédait donc, outre cette toile spectaculaire, une salle à manger Art déco au complet, un buste de négresse aux seins nus qui datait du temps de notre empire colonial, où l'on disait encore « négresse », et un berger allemand assez bien imité dont la tête dodelinait au-dessus du cache-radiateur sur lequel il se tenait toute la journée.

Mais ni le berger allemand, ni le salon Art déco, ni la négresse, ni la chasse à courre ne furent sauvés. Ma mère choisit de conserver le canapé-lit et les deux fauteuils de la chambre du fond, qui faisait aussi office de salon, c'est-à-dire qu'on n'y allait jamais, parce que mes grands-parents n'avaient pas l'usage d'un salon.

Je ne sais pas quel vieux fond de piété filiale pouvait se cacher dans ce geste de récupération. Envers ma mère, ma grand-mère s'était montrée, toute sa vie, notamment à la fin, d'une patiente, d'une inventive, d'une impavide méchanceté. Ce qui rendait d'autant plus nécessaire la piété filiale. Ma mère agissait comme si ma grand-mère avait vraiment été une bonne mère. C'était sa manière à elle de s'imaginer qu'on l'avait aimée quand même, je suppose.

Mais, me disais-je à l'époque, la piété filiale, surtout envers une artiste de la malveillance comme ma grand-mère, ça ne suffit pas. Il fallait bien supposer, aussi invraisemblable que paraisse la chose, que le canapé lui plaisait, à ma mère.

Invraisemblable parce qu'il est difficile d'imaginer intérieur plus désolant, plus morne et d'un goût plus déprimant que celui de mes grands-parents. À cause de leur salle à manger Art déco, j'ai mis très longtemps à me convertir, comme tout le monde, à l'Art déco. C'est qu'ils avaient réussi à trouver de l'Art déco insignifiant, de l'Art déco triste, de l'Art déco qui vous fait penser à des dimanches après-midi de fin de repas, alors que dehors les fastes du beau jour s'achèvent sans nous, et que l'on contemple les miettes et le restant de gâteau sur la nappe en se disant qu'il va falloir sérieusement se mettre à digérer. Une génoise, le gâteau, bien sûr.

À cause de leurs chiottes, aujourd'hui encore, je ne supporte pas l'odeur du jasmin. Tout le monde aime le parfum suave du jasmin. Il évoque les couleurs du grand bazar d'Istanbul, une chaude soirée à Séville, un thé dans un palais un peu fané de Jaipur. Moi, ce sont les chiottes de ma grand-mère, à Bonneuil, Val-de-Marne. Elles me poursuivent. Je déguste un verre de Greco di Tufo très frais, en compagnie d'une grande brune en robe blanche, sous une tonnelle qui domine le golfe d'Amalfi, des arbustes nous enveloppent d'exhalaisons, et je revois aussitôt le bleu ciel des chiottes du pavillon, sis au bord de la nationale, comme il se doit.

Les bougainvillées mauves se détachent sur la mer azur, la grande brune aux longs cheveux me parle, et moi je suis dans les chiottes de mes grands-parents. Rien à faire, le jasmin m'est à jamais fécal.

Dans ces chiottes je tente d'échapper à l'ennui qui bonde le reste de la maison, comme si une eau impalpable la remplissait, qui vous noyait insidieusement. Je crois avoir découvert le néant à huit ans, dans ces gogues bleu ciel. L'abandon, le vide, l'inutilité de tout puent le jasmin.

Il n'y avait rien pour les enfants chez mes grands-parents, ça ne les intéressait pas, les enfants, et puis ça aurait coûté cher de prévoir quelque chose. Lorsque j'étais tout gamin, ils sortaient d'une boîte de biscuits une demi-douzaine de petits bateaux en plastique. On les trouvait dans les paquets de café Mokarex, et on pouvait les collectionner. Galère, jonque, galion, caravelle, en gris ou en brun. C'étaient mes jouets. Les dessins du tapis pouvaient passer pour la représentation d'une côte, avec ses golfes et ses criques. À quatre pattes, j'y faisais naviguer mes jonques et mes galions. Mes grands-parents étaient contents, j'étais un enfant économique. À Noël, il était inutile d'espérer un cadeau lorsqu'on allait les voir, à la rigueur un sac de cubes en plastique qu'ils avaient dû se faire donner, ou ramasser quelque part. Ils avaient élevé l'avarice à la hauteur d'un art.

Après la mort de pépé, une sorte de générosité s'est éveillée dans les tréfonds de mémé, sur le tard, comme un regret. Le tiraillement cornélien en elle de l'esprit d'économie et de la fibre grand-maternelle donnait des résultats curieux à observer, qui tenaient à la fois du remords de n'avoir pas donné et du regret de donner. J'avais pas loin de quarante ans qu'elle me glissait encore, après la bise d'au revoir, un petit billet de cinquante francs au creux de la main, comme ça, sur le palier, presque clandestinement, comme on refile une photo obscène, et comme si elle était parvenue à l'arracher *in extremis*, au prix d'un effort surhumain, à ses entrailles palpitantes. Je la grondais de sa générosité désordonnée, comme il seyait qu'un petit-fils bien élevé le fît (et on notera au passage que, question conjugaison, mon éducation n'a pas été négligée non plus). L'argent tenait dans cette famille de l'objet sacré, à la fois interdit, immonde et divin. Je sentais que ce bout de papier tiède et chiffonné au creux de ma main, comme un oiseau blessé, ça n'était pas rien, ça se transmettait comme un secret de famille un peu honteux, il fallait y faire attention, le ménager, ça venait de loin, de sueurs anciennes et de fatigues épiques.

Puis j'ai eu des enfants. Avec eux aussi, la générosité de la mémé prenait des formes curieuses. Lorsque nous nous étions rituellement ennuyés quarante minutes chez elle, nous repartions, les petits et moi, descendions les deux étages. Mémé nous guettait de son balcon. Il fallait lui faire de grands gestes du bras avant d'entrer dans la voiture garée au pied de l'immeuble. Et là, certains jours, comme au crépuscule les ingénues de théâtre laissent négligemment tomber de leur balcon leur mouchoir de fine batiste (toujours de fine batiste, le mouchoir, hein, pas un tire-jus à carreaux) qui atterrit dans un rayon de lune aux pieds du jeune premier, la grand-mère lançait, dans un beau geste à la courbe généreuse, un paquet de madeleines aux enfants.

Je me souviens que ma grand-mère nous balançait des madeleines.

On a la mémoire qu'on peut.

— À défaut de jeter l'argent par les fenêtres, dirait plus tard mon frère, elle jetait des madeleines.

Nous aimions ne pas aimer nos grands-parents. Plus tard, mon goût du paradoxe moral me ferait me dire qu'après tout, les généreux achètent l'estime des autres. Les radins pathologiques, comme mes grands-parents, se contentent de garder les sous. C'est de l'égoïsme aussi, mais plus franc. Ils autorisent les autres à les mépriser. C'est une forme de don, d'autant plus désintéressé que personne ne s'en rend compte. Le paradoxe est séduisant, je ne suis pas sûr qu'il soit tout à fait juste.

Ma grand-mère avait une santé en acier suédois. Lorsqu'elle s'est décidée à trépasser, j'ai espéré que c'en serait fini de la salle à manger Art déco, des chiottes bleues, de la négresse, du berger allemand hochant la tête, et du salon. J'ai cru que c'en serait fini des visites du dimanche.

C'est peut-être chez mémé que j'ai commencé à nourrir une certaine méfiance vis-à-vis des objets. Des objets en général. Ils me paraissaient trop silencieux pour être tout à fait honnêtes. Ils se fermaient sur eux-mêmes, sur un mutisme chagrin qui ne me disait rien qui vaille. Ça devait cacher quelque chose. Les objets étaient absolument bondés d'eux-mêmes, en eux il n'y avait qu'eux, contrairement aux êtres vivants, qui se nourrissent, qui évoluent, qui engendrent, qui sont toujours comme à côté d'eux-mêmes. Et pourtant, les objets donnaient l'impression d'avoir une sorte d'intériorité inaccessible. Comme pas mal de gens, il m'arrivait d'imaginer qu'une fois que j'avais le dos tourné, ils tombaient le masque, et devenaient enfin ce qu'ils étaient réellement, et que je ne pouvais pas voir. Peut-être qu'en me retournant très vite, je parviendrais à les surprendre. Mais je n'y avais jamais réussi. Je les soupçonnais de comploter contre moi. Cette hypothèse était corroborée par leur constante mauvaise volonté. Avec une obstination sournoise, ils se brisaient, chutaient, refusaient de s'ouvrir, de se fermer, tombaient en panne, roulaient dans les coins où l'on était sûr de ne jamais parvenir à remettre la main dessus, me cognaient, disparaissaient mystérieusement et à jamais. Ils paraissaient avoir la capacité d'attirer et de condenser tout l'ennui, toute la mélancolie diffus dans l'air ambiant. Bref, je sentais que j'aurais des embêtements avec les objets.

En même temps ils m'attiraient. Peut-être justement parce qu'ils se refusaient, comme on peut désirer un être qui se dérobe. Ils étaient plus étranges, plus discrets et plus mystérieux que la majorité des êtres humains. On n'avait pas besoin de leur parler. Je passais en leur compagnie la plupart de mes moments libres, les vivants me fatiguaient, à cinq ans je les avais assez vus. Je leur préférais les morts, ceux qui figuraient sur les photographies, dans les histoires anciennes, les livres ou les cimetières. Ils avaient, eux, les vertus du silence, de la douceur et de la discrétion.

Mes grands-parents, mais aussi tous les gens de ma famille, à commencer par ma mère, étaient des fanatiques de l'objet, ils collaient dans tous les coins de navrants machins à vocation décorative, dans le genre du buste de négresse et du berger allemand à tête oscillante.

Le geste de piété de ma mère recueillant le salon abandonné anéantit mes espoirs. Jamais ce n'en serait fini de l'ennui, du vide, de l'abandon. Ils s'étaient matérialisés dans le bois et le tissu du canapé, ils avaient corps et substance, ils revenaient me narguer. Car c'est à mon frère et à moi que ma mère avait décidé de confier le sort du salon.

Il s'agissait d'un canapé-lit recouvert d'une espèce de velours olive orné de fleurettes, avec accoudoirs de bois clair, les fauteuils assortis. On ne lui échapperait plus. Il faudrait s'asseoir dedans, jusqu'à la consommation des siècles.

Elle l'avait préféré aux objets décoratifs parce qu'au moins, le salon pouvait servir. On n'allait pas le laisser perdre.

Ne rien laisser perdre est une loi que ma mère a héritée de la pingrerie maternelle. Ça peut toujours servir. Si on devait l'acheter, ça coûterait cher : arguments auxquels il est impossible de rétorquer. C'était le vrai sens de son geste, la vraie dimension de sa piété filiale : rester fidèle aux principes d'économie qui avaient régi toute l'existence de ses parents. C'était tombé sur le salon.

Ma mère avait décidé que ce salon, ce salon qui régnait sur les mortels dimanches, irait bien dans notre maison d'Auvergne. Nous venions de vider le grenier, là-bas, pour en faire une vaste chambre supplémentaire, ça tombait à pic, un canapé-lit, deux fauteuils, si on avait dû les acheter, ça aurait coûté cher. Et ce grand espace vierge enfin conquis dans une maison encombrée, à chaque mètre carré, de fauteuils, de chaises, de guéridons, de coffres, d'armoires, de lits, de coiffeuses et de vieux cartons, ce grand espace vierge dont nous nous demandions comment nous allions le meubler selon notre goût, voici que ma mère, répondant sans hésiter à nos questions décoratives, venait de trouver de quoi l'occuper.

« Ça ira en Auvergne » était une formule magique au moyen de laquelle ma mère parvenait à transformer les plus accablants rossignols en pièces d'ameublement. Fidèle au culte familial du bibelot abominable, elle accrochait aux murs de vieux moulins à café, des soufflets, des pots de porcelaine, aucune surface, aucun support n'était épargné par l'invasion. La vieille maison semblait pouvoir aux yeux de ma mère tout absorber, elle devenait un musée de l'inutile, un entrepôt du kitsch.

J'avais, faiblement, tenté d'opposer des idées économiques à ce transport du canapé, pour éviter d'aborder l'aspect esthétique et moral, toujours périlleux. La location d'une camionnette reviendrait cher, plus cher que la valeur vénale du salon, qui tendait vers le zéro, il fallait bien regarder la vérité en face. On aurait pu envisager de se faire livrer, pour moins cher, ou à peu de chose près, un ensemble neuf en commandant ça à La Redoute ou quelque autre de ces officines de vente par correspondance qui maintiennent bravement le lien entre nos campagnes et la société de consommation.

Peine perdue. Vialatte disait de sa grand-mère auvergnate qu'elle était prête, pour économiser un sou, à dépenser vingt francs. C'était bien vu. Il fallut s'incliner devant l'inexorable appétit d'économie et de piété filiale de ma mère. Nous le savions, mon frère et moi, tous les arguments du monde auraient été impuissants à la faire changer d'idée.

Le transport du canapé constituait l'apogée de la malédiction des objets qui me poursuivait depuis ma naissance. Et je commençais à comprendre obscurément le rôle central que certains de ces objets avaient pu jouer dans des épisodes désastreux, dangereux ou grotesques de mon existence. Ils étaient toujours là quand il y avait un mauvais coup à faire. J'aurais quasiment pu raconter ma vie à travers eux.

L'équipage se composerait de mon frère Bernard, de sa femme Martine et de moi. Le moment choisi pour l'opération était le week-end de Pâques, assorti de son lundi férié, il fallait bien les trois jours pour un aller-retour de deux fois cinq cents kilomètres en camionnette jusque dans les profondeurs inexplorées du Cantal, en comptant une journée pour souffler. Donc 230 euros TTC, tarif week-end, le Citroën Jumper de 12 m^3. Il faut ajouter le carburant, pour mille kilomètres, à raison d'une consommation de neuf litres de gazole aux cent, soit 90 litres à 1,20 euro le litre, ce qui nous fait environ 110 euros. En ajoutant le péage, moins onéreux en passant par l'A77, mettons 40 euros aller et retour, les frais de transport montaient par conséquent à 380 euros. La main-d'œuvre, elle, était gratuite. Afin de savourer la dernière goutte du calice, j'avais feuilleté avant le départ un catalogue de La Redoute qui proposait une banquette-lit plutôt seyante à 399 euros. Les fauteuils, bien sûr, n'étaient pas compris.

Ma grand-mère, avec une belle cohérence, après la vente de son pavillon de Bonneuil, Val-de-Marne, avait transporté l'intégralité de ses meubles, sans oublier ses désodorisants pour toilettes parfumés au jasmin, dans son appartement sis au bord de la même nationale, dont elle devait sans doute affectionner l'ambiance, mais deux kilomètres plus loin, à Créteil. Le salon nous attendait donc tranquillement au deuxième étage de l'immeuble.

La structure du canapé était en fer, ainsi que les pieds. Bernard et moi avons eu tout le loisir d'en évaluer le poids et d'en apprécier la contondance durant la descente des deux étages et l'installation dans la camionnette. Les deux fauteuils ont suivi, et nous sommes partis, un Vendredi saint, en direction de Lussaud, commune de Laurie, Cantal, un hameau dont la localisation n'est pas aisée à effectuer sur une carte.

Plutôt que l'itinéraire par l'autoroute A71, qui fait un crochet par Orléans, Bourges et Montluçon, nous avions opté pour l'A77. Il faut d'abord rejoindre l'A86 à Créteil, puis à la hauteur de Fresnes s'engager sur l'autoroute du Sud, avant de rejoindre l'A77 après Nemours. Elle était loin d'être terminée, il fallait encore passer par Nevers, Moulins, Saint-Pourçain, ce qui promettait d'interminables séquences derrière des poids lourds impossibles à dépasser avec notre engin, mais le kilométrage moindre et le péage modéré constituaient une substantielle économie qui nous permettait de réduire le prix de revient du salon grand-maternel. Et puis rien ne nous pressait. L'itinéraire nous rappellerait celui que nous faisions enfants, lorsque papa nous réveillait à cinq heures du matin pour attaquer la longue route qui traversait impitoyablement les moindres localités, de Souppes-sur-Loing à Lempdes en passant par La Charité-sur-Loire.

Et la route, de fait, à mesure que les kilomètres passaient, nous enfonçait dans les souvenirs. En nous emportant vers les lieux des étés d'autrefois, elle ranimait les images du passé, qui se déployaient comme naturellement au fil des heures, et nous ramenait, à travers les années, vers le temps évaporé de l'enfance.

ARTS MÉNAGERS,
FARCES ET ATTRAPES

Bien entendu, la conversation roule d'abord sur nos parents. Si un père et une mère ordinaires tremblent toujours pour leurs enfants, ne peuvent pas s'empêcher de se faire du souci et d'imaginer le pire à chaque parcours en voiture, à chaque départ pour de lointaines vacances, sans parler des maladies et des accidents de la petite enfance, tout en s'efforçant de garder un silence digne, nos parents, il faut l'avouer, avaient été servis. Sueurs et tremblements avaient figuré au menu, de la naissance jusqu'à cet instant même où, à bord du Jumper piloté par mon frère, nous longeons les pistes de l'aéroport d'Orly, par un temps ensoleillé avec passages nuageux, et légère brise de nord-nord-ouest.

De la naissance, oui, ou presque, puisque, quelques mois après avoir effectué son entrée dans ce monde, mon frère avait commencé à faire des siennes, rappelons-nous à Martine, histoire de bien lui faire mesurer ce que ma mère, prise en tenaille entre des enfants imprévisibles et des parents hargneux, avait dû endurer tout au long de sa vie, non sans y trouver matière à rire tout de même. D'où le canapé-lit, sans doute, désopilante et pathétique rétribution de ces tourments, au prix d'un double paradoxe, puisque la récupération du canapé était en réalité un don que ma mère faisait *post mortem* à celle qui l'avait tourmentée, et dont elle nous chargeait en réalité de payer le prix.

Ainsi, depuis les origines, il était écrit, il était quasiment calligraphié dans notre code génétique que nos faits et gestes nous conduiraient, un jour, sur la route de Clermont-Ferrand, à bord d'un Jumper blanc contenant un canapé-lit et deux fauteuils assortis, avec, pour faire bon poids, les deux cartons de vieux magazines que maman destinait à notre fermière, qui pourrait ainsi se tenir au courant des nouvelles des mois et des années écoulés.

J'avais gardé en mémoire, dis-je à Martine, c'était un de mes premiers souvenirs, un dimanche de fête chez notre arrière-grand-mère, qui avait épousé sur le tard le père de ma grand-mère, et était par conséquent, si vous suivez bien, la belle-mère de ma grand-mère maternelle. C'est tout de même simple.

Et c'est le moment d'ouvrir une large parenthèse, à l'intérieur de laquelle on trouvera des informations qui éclairent les relations de ma grand-mère et de ma mère, tout un conflit familial larvé, avec ses embuscades, ses coups de main, ses offensives générales et ses retraites en bon ordre, conflit qui eut comme lointaine conséquence notre arrêt au péage de Dordives, afin de nous acquitter du droit de passage du canapé-lit et de ses accessoires, de la tôle, un moteur et trois hommes, dont une femme.

Le père de ma grand-mère, un sympathique et colossal bistrotier qui adorait la gnôle et la baston, était mort un peu avant ma naissance. J'aurais aimé le connaître. Il se parfumait au schnaps, cherchait les crosses dans le bus, enfonçait la tête des clients emmerdants dans l'évier plein d'eau sale de son troquet. Tout le monde l'aimait. Sauf peut-être les clients emmerdants. Tous ceux qui détestaient ma grand-mère, sa fille, parlaient de lui avec des tendresses dans la voix. Sa deuxième femme, qui n'appartenait donc pas à la famille par le sang, avait continué à vivre dans leur petite maison de Créteil.

Ma grand-mère tenait la veuve de son père pour une usurpatrice. Ce qui aggravait la chose, c'est que ma mère adorait cette femme, qu'elle considérait comme sa véritable grand-mère, et peut-être même un peu comme sa mère. Ma grand-mère, qui ne s'était jamais beaucoup occupée de sa fille, ne supportait pas de la voir reporter son affection sur quelqu'un d'autre, une étrangère qui en outre avait pris la place de sa propre mère, les histoires de famille paraissent toujours évidentes quand on les vit, mais on n'arrive jamais à les expliquer simplement. Bref.

L'amertume de ma grand-mère n'a fait que s'accroître lorsque mes parents sont allés s'installer dans la maison de mon arrière-grand-mère, en attendant de trouver quelque chose à eux. C'est là que je suis né. Et la situation a continué à s'aggraver. Mon frère et moi nous sommes nous-mêmes attachés à l'usurpatrice. Elle venait d'une misérable famille de paysans, treize enfants, installée dans un hameau perdu à 1 100 mètres d'altitude, en Auvergne, à trois kilomètres de Lussaud, le berceau de la famille de mon père. Chez elle, à Créteil, c'était pauvre, pas de salle de bains, pas de toilettes parfumées au jasmin. Ses chiottes ne comportaient pas de chasse d'eau et sentaient fort les chiottes, mais curieusement je préférais nettement ça, qui me semblait moins troublant.

Si mes grands-parents avaient eu une fille qu'ils n'aimaient pas, mais dont ils exigeaient d'être aimés, mon arrière-grand-mère par alliance n'avait pas eu d'enfants, mais les adorait. Les repas, les Noëls, la joie simple, c'était chez elle que ça se passait. Et lorsque mes parents eurent trouvé un logement, c'est aussi chez elle que mon frère et moi passions une grande partie de notre temps.

Mes grands-parents feignaient perfidement, devant nous, de se réjouir du bon temps que nous y prenions. Ils nous faisaient parler, et nous parlions, naïvement. En nous entendant raconter le samedi et le dimanche enchantés passés chez l'aïeule, car nous y étions restés dormir, ils buvaient goutte à goutte, tout en souriant, le calice de l'amertume, ils mesuraient à quel point on les flouait, et préparaient la petite note qu'ils présenteraient un jour. Ils ont fini par la présenter, et elle était salée.

Mais n'anticipons pas, et fermons, pour le moment, la parenthèse, qui nous a permis de comprendre ce que mes parents et moi faisions dans la maison de l'aïeule, un jour de fête, et pourquoi mon père, quelques mois après la naissance de mon frère, débouchait cette bouteille de mousseux par laquelle est en train de s'inaugurer la légende familiale des exploits de mon frère. Et tandis que le bouchon saute dans le récit que nous en faisons l'un et l'autre à Martine, le Jumper emporte le canapé à cent vingt kilomètres-heure vers son destin et vers Briare.

Dès le glorieux jaillissement du bouchon, dans une débauche de mousse, d'éclats de rire et d'applaudissements, mon frère, que ma mère tenait dans ses bras, s'est mis à devenir violet et à ouvrir une bouche de boa tentant d'engloutir un veau. Rien que de courant jusque-là, mais aucun cri ne sortait de sa gorge. Quant au bouchon de mousseux, il était introuvable. Mes parents, affolés, ont compris que le petit Bernard avait avalé le bouchon, et était en train d'étouffer. Une exploration affolée du larynx de leur fils ne leur permet pas d'apercevoir le bouchon. Ils se précipitent aux urgences de l'hôpital Trousseau, tandis que j'attends leur retour en compagnie de mon arrière-grand-mère qui grille d'angoisse. De fait, une bonne demi-heure pour aller à Trousseau, sans respirer, ça fait long. S'il en réchappait, ce serait le roi de l'apnée, il pourrait rejoindre l'équipe du commandant Cousteau. Je devais avoir trois ans.

Le médecin qui a examiné Bernard n'a rien vu au fond de sa gorge, mais le bouchon manquant s'est retrouvé dans son poing fermé, ce qui aurait pu lui ouvrir une grande carrière de prestidigitateur. Et mes parents s'en sont retournés à la fois soulagés, interloqués et vaguement honteux. Tel Alcide étranglant les serpents dans son berceau, mon frère commença donc sa longue carrière de héros exterminateur en garrottant un bouchon de mousseux. C'était une entrée en fanfare dans l'existence. Et à lui aussi les objets semblaient immédiatement vouer une franche hostilité.

Un an plus tard, nous sommes déjà à la hauteur de Montargis, suivant le parcours de l'antique nationale 7. J'ai quatre ans, et il s'agit sans doute de mon deuxième ou troisième souvenir. Je suis sous une chaise de la chambre que Bernard et moi occupons au fond de la maison de mes parents. Ce n'est qu'une bicoque de plain-pied, trois pièces en enfilade, on entre par la cuisine qui donne dans la chambre de mes parents, qui donne dans la nôtre. Pas de salle de bains bien entendu. Donc, sous la chaise, au fond de la maison, je suis en train de jouer avec un Donald en caoutchouc, tandis que bien des années plus tard un développement de cet être qui joue sous la chaise raconte, sans Donald en caoutchouc, tandis que le Jumper dépasse la

Visa pourrie d'un bouseux à casquette du Gâtinais, c'est la région de Montargis, et avec un nom pareil pas la peine de rien ajouter, ça veut dire pays dévasté et désert, on ne perd rien à s'instruire au passage. (Je suppose que je vais avoir des ennuis avec l'association des amis du Gâtinais.)

C'est alors que se produit le choc, l'épouvantable déflagration. Elle me secoue sous ma chaise, Donald n'en mène pas large, et ma future incarnation, dans le Jumper, en sursaute encore. J'entends ma mère ouvrir à la volée la porte de ma chambre : « Viens vite, un avion est tombé sur la maison. » Elle me prend par la main et se jette dans la cuisine où mon frère était en train de jouer.

Dans quel état allait-il être ? J'attendais avec curiosité de constater les dégâts que peut occasionner un avion de ligne de quarante tonnes sur la morphologie d'un enfant d'un an et demi.

Or Bernard, assis sur le carrelage de la cuisine, ne paraissait pas avoir souffert du choc, d'ailleurs aucun aéronef n'avait traversé la toiture pour s'écraser sur l'évier, contrairement à tous mes espoirs. En revanche, la cuisinière, curieusement, avait décollé du mur pour s'avancer toute seule d'un bon mètre sur le carrelage. Décidément, mon frère avait tous les talents, c'était à la fois un jeune Alcide et un mutant : capable d'escamoter les bouchons, il pouvait aussi déplacer les meubles à distance.

Mais en l'occurrence, ce n'est pas sa force psychique qui était en cause. Je le regrettais d'ailleurs, disais-je à Martine, tandis que le Gâtinais déployait devant nous ses mornes campagnes (mes affaires ne s'arrangent pas avec les amis du Gâtinais), je le regrettais parce que dans ce cas il aurait pu, avec un peu de concentration, expédier, par la seule force de sa pensée, le canapé et les fauteuils en Auvergne. En réalité, en jouant avec la cuisinière, il avait trouvé le moyen d'ouvrir le gaz, et de déclencher une étincelle qui avait fait tout exploser.

Mais ce n'est que deux ans plus tard qu'il devait donner toute sa mesure, en faisant à nouveau un usage original du matériel ménager. Encore un objet.

Se souvient-on du presse-purée ? Je crains que le presse-purée ne soit tombé en désuétude, mais on s'en souvient sûrement. C'était un instrument de l'ère des spoutniks. Il ressemblait à une sorte de module lunaire archaïque, avec ses pieds dépliables. La manivelle était amovible. Sans sa manivelle, le presse-purée (à moins qu'il ne s'agisse plutôt d'un moulin à légumes) pourrait aussi, à la rigueur, ressembler à un chapeau. C'est donc assez logiquement que le petit Bernard a fait un jour son apparition devant le cercle de famille, très fier de lui, coiffé d'un presse-purée.

Amusante invention enfantine, mais mes parents ont moins ri lorsqu'ils se sont aperçus que le pourtour du presse-purée était muni de crans. Et que ces crans s'étaient plantés sous les arcades sourcilières de mon frère.

Sans nous vanter, nous sommes dotés, dans la famille, d'arcades sourcilières assez proéminentes et d'yeux enfoncés dans les orbites, d'où ce petit côté néandertalien qui fait notre charme. Mais ce n'est pas le sujet. Les crans avaient donc trouvé toute la place pour s'enfoncer. Mes parents avaient beau s'évertuer, pas moyen d'enlever le presse-purée. On ne pouvait ni tirer ni pousser. Soumis à toutes ces manœuvres impuissantes, mon frère hurlait. J'attendais avec curiosité comment on allait s'en sortir cette fois. Ça paraissait délicat.

Si mes vœux d'alors avaient été exaucés, on ne serait jamais arrivé à séparer mon frère et son presse-purée. Il aurait grandi avec. J'aurais regretté que la manivelle n'y soit pas. On aurait peut-être eu recours à des perruques. Les années soixante-dix et la mode des chevelus lui auraient permis de mieux dissimuler son infirmité. Martine l'aurait épousé tout de même, bien sûr, l'amour ne s'arrête pas à un presse-purée. Il aurait même eu des avantages. Le presse-purée aurait trouvé tout naturellement sa fonction lorsque mon frère aurait commencé d'affirmer sa prédilection pour la moto : pas besoin d'acheter de casque.

Il fallait l'imaginer sortant de la camionnette arrêtée sur une aire, comme il faisait à ce moment, pour pisser sur le Gâtinais, couvert de cet accessoire, semblable à quelque figurant d'un nanar de science-fiction des années cinquante se rendant costumé sur le lieu du tournage pour y incarner un garde étrangement casqué de l'empereur galactique.

Après un tel départ, les années qui ont suivi ont été à l'avenant, riches et pleines de surprises. Je faisais ce que je pouvais, mais j'avais du mal à rester au niveau fraternel. Désireux de briller, je m'étais enfoncé un tisonnier dans le palais. Mais on reste là au niveau banal des bêtises enfantines qui courent les souvenirs de famille. L'ébranlement des nerfs parentaux nécessite un vrai travail artistique.

Ma mère était institutrice dans une école religieuse, elle était respectée, bien connue à l'église de Créteil. Mon frère a débarqué dans ce monde souriant, pieux et feutré comme Attila en Gaule. Ce ne furent, pendant toutes les années de ses études, qu'exactions diverses, pillages, mises à sac, émeutes, mauvaises blagues et même devoirs non faits. L'explosion de la cuisinière n'avait été qu'un échauffement. Les résultats et le comportement apocalyptique de Bernard faisaient qu'aucune institution n'acceptait de le garder plus de deux mois. Il épuisait toutes les écoles, les unes après les autres, même les plus vénérables, les plus réputées, les plus provinciales. Il avait été donné à ma pieuse mère, comme sa croix, d'engendrer l'Antéchrist. Et l'adolescence n'était pas encore arrivée.

Mes parents, penauds et consternés, allaient de proviseur en Cher Frère Directeur, s'excusant chez l'un, quémandant une admission chez l'autre. De mon côté, RAS, l'enfant sage et studieux qui faisait ses devoirs, comme sur les images édifiantes de nos livres scolaires.

Notre mère était une institutrice qui avait la réputation de ne pas badiner avec la discipline. D'ailleurs, durant l'année que j'avais passée dans sa classe de cours préparatoire, je ne l'avais appelée que « Madame », et dans mon souvenir il me semble toujours avoir eu affaire à quelqu'un d'autre que ma mère. J'imagine que le comportement et les résultats de son fils cadet devaient constituer pour elle une amère remise en cause.

D'autant que les choses se sont gâtées de mon côté aussi, à partir de la quatrième. Martine ignorait mes exploits chez les bons pères que j'avais fini par haïr férocement. Soucieux de ne pas laisser à mon frère le seul vedettariat de la révolte, mais également d'atténuer un peu l'ampleur de son péché, je m'empresse de lui en donner une idée.

Les années de lycée surtout avaient été une période de chahuts abominables, féroces, sans pitié et sans humanité, et plus encore d'humiliations planifiées, collectivement organisées, de celles qui laissent des blessures indélébiles jusqu'à la fin de l'existence. C'étaient peut-être des cruautés plus profondes que les sauvageries et les blagues de mon frère. Trois ou quatre de nos professeurs, dont un jeune prêtre et un vieux garçon érudit et timide, qui vivait seul avec sa maman malade et cherchait à gagner quelques sous en enseignant, avaient vu leur existence transformée en enfer quotidien, et sans doute leur vision même de l'homme en avait-elle été changée.

L'érudit célibataire, qui tentait de nous initier à Pic de la Mirandole (le nom seul soulevait des hourvaris), n'aurait jamais dû nous parler de sa vieille maman. Les pellicules sur le col de son veston bleu marine n'arrangeaient rien. La moindre faiblesse, la moindre manifestation d'un sentiment, et pire encore la moindre expression d'affection envers nous étaient exploitées à fond, creusées, jusqu'à l'os, jusqu'à l'âme. Pendant des heures, les malheureux étaient livrés, seuls et nus, à la longue, à l'inventive torture du groupe. Ils continuaient pourtant, par sens du devoir, par routine, par charité, par besoin. Nous étions les bourreaux ricanants qui harcèlent le Christ sur le chemin de Croix, tels que les ont peints les vieux maîtres. La faible circonstance atténuante que nous aurions à présenter, tremblants, au jour du Jugement, serait que le Christ était niais et refoulait méchamment du goulot.

D'ailleurs, lorsque le jeune prêtre au sourire douloureux de martyr se penchait sur notre table pour observer notre travail, nous nous reculions de manière ostentatoire pour éviter son haleine, pas un n'y manquait, sous les quolibets et les commentaires blessants. Ou bien, pour manifester notre enthousiasme envers sa pédagogie, nous lui jetions des pièces de dix centimes, qui rebondissaient sur sa soutane avant d'aller joncher l'estrade par dizaines. D'autres fois, c'était une trouvaille personnelle dont je tirais un légitime orgueil, et que j'aimais orchestrer, la moitié gauche de la classe imitait en chœur le sifflement des bombes, et l'autre moitié leur explosion, c'était Stalingrad pendant le cours sur Teilhard de Chardin.

Quant au vieux célibataire, lorsqu'il ouvrait sa sacoche pour prendre son cours sur la Pléiade, Du Bellay et le provignement, tout ça, il en tirait, sous les huées faussement choquées, le magazine pornographique que nous y avions glissé. Il accusait le coup, s'asseyait stoïquement à son bureau, lequel, préparé par nos soins, s'effondrait aussitôt. Une fois la séance de torture achevée, il quittait dignement la salle dans son petit costume bleu orné de pellicules, sur le dos duquel nous avions épinglé en catimini un écriteau d'infamie. Et dire que, quelques années auparavant, j'avais été ému à la lecture du *Petit Chose* de Daudet.

Le Petit Chose, bon sang, mais c'est bien sûr, tout s'éclaire à présent, il me fallait chosifier les représentants de l'esprit que sont les profs, en faire des matériaux silencieux et passifs, me venger sur eux de ce monde composé pour moitié d'humains invasifs et d'objets rétifs. Il faut que je note ça pour mon psy. Mais reprenons.

C'était une émeute perpétuelle, aux modalités toujours renouvelées. Galvanisés par nos succès, nous mettions à sac jusqu'aux terrains de sport et salles de gymnastique. Les haltères et les planches à abdos nous servaient à fabriquer des karts, quant aux filets de tennis, nous les décrochions pour jouer aux pêcheurs poursuivant des bancs de poissons. Ma réputation de meneur animé par un esprit déplorable m'avait finalement valu quinze jours d'exclusion. À nouveau, notre malheureuse mère avait dû se rendre à Canossa, et, à ma grande fureur, supplier les bons pères de bien vouloir ne renvoyer qu'une semaine le mauvais sujet.

Pour ce qui est de la réussite des études de leurs enfants, que mes parents avaient ardemment souhaitée, ils n'avaient pas fini de souffrir. Mon frère, bien entendu, avait fini par être éjecté de la filière classique. Ses talents artistiques avaient laissé notre mère espérer qu'il aurait pu réussir dans le dessin publicitaire. Mais, finalement nanti d'un diplôme, il quittait tous ses postes successifs avec pertes et fracas. Le monde du travail ne lui convenait pas plus que les études. Il haïssait toute espèce de contrainte et de subordination.

Pendant ce temps, nanti de mon baccalauréat, je jouais abominablement de l'orgue électronique dans un groupe de rock dont le chanteur inquiétant, avec son débardeur noir et ses Ray-Ban, aurait bien aimé que nos prestations se terminent par des émeutes ou des lynchages des rares spectateurs. Gilles, c'était son prénom, tenait à ce que nous allions aux concerts de rock munis de lames de rasoir. Je comprenais bien que le but était de taillader l'ennemi potentiel, c'est-à-dire le premier venu, mais la technique m'échappait et j'apportais les lames Gillette de mon père. Gilles a fini par réussir le concours de commissaire de police.

Mon père, qui avait durement travaillé et économisé pour acheter une petite maison à Créteil, voyait avec inquiétude le produit de mes boulots d'été passer entièrement dans l'achat de claviers électroniques. J'allais assister aux concerts de Led Zeppelin ou de Ten Years After affublé d'une veste en peau de mouton, d'une barbe biblique et de cheveux sur les épaules. J'échouais à tous les concours, que ce soit celui de l'École normale supérieure ou le CAPES. J'appartenais désormais à l'espèce de ces barbus chevelus fainéants qui suscitaient les quolibets dans les repas de famille. Ma mère, que mes résultats flamboyants en primaire avaient fait rêver pour moi d'un grand destin, genre Académie française ou Collège de France, ne cachait plus sa déception. Elle devait bien constater que je ne portais pas de cravate bleu marine ni de gilet beige sous lequel la glisser. À grand renfort d'amour, d'attention et de dévouement, elle avait engendré deux bons à rien.

Nous étions les rejetons choyés et adorés d'un homme et d'une femme que leurs parents avaient négligés, qui n'avaient pas été aimés, qui auraient voulu fonder une vraie famille, donner à leurs enfants ce qu'eux n'avaient pas reçu. Et voilà que la malédiction se poursuivait, leurs enfants s'acharnaient à décevoir tous leurs espoirs.

Nous les désespérions jusque dans leurs convictions. J'avais commencé par acquérir un chat noir que j'avais bien entendu nommé Satan. Je le confiais régulièrement à mes parents et c'était une vraie jouissance que d'entendre ma mère, le soir, dans le jardin, appeler Satan.

Mais elle était la première à en rire. Ce qui l'amusait beaucoup moins, c'est que je m'étais empressé, à vingt ans, d'adhérer au Parti communiste, et le dimanche matin, en compagnie du camarade Fidel Lopez, j'allais vendre *L'Humanité* à la sortie de la messe à laquelle assistait immanquablement ma mère, dont la désolation était encore accrue par celle des dames pieuses qu'elle fréquentait et des religieuses de l'école où elle travaillait. Le Tout-Créteil catholique pouvait donc contempler, sur le parvis, le dimanche, le spectacle obscène du fils Jourde brandissant l'organe rouge. Par pudeur ou par charité, certains fidèles regardaient ailleurs.

Quant à mon père, catholique un peu moins fervent que ma mère, il tenait les communistes pour des partisans forcenés de la collectivisation, et craignait pour le pavillon qu'il avait pu acheter à force de travail, et pour la ferme ancestrale qui était pour lui une manière de religion.

Le service militaire s'avéra, comme on pouvait le prévoir, désastreux pour mon frère. Une tentative de suicide plus ou moins bidon le conduisit à l'hôpital psychiatrique, d'où il revint à la vie civile. Mais il paraissait avoir décidé que les règles ordinaires de la vie sociale n'étaient pas faites pour lui. Avec sa bande habituelle de potes, il vivait en permanence aux marges de la délinquance, fomentant de petites escroqueries à l'assurance, travaillant dans des cuisines de pizzerias où il pouvait à loisir cracher dans la garniture ou se mettre la bite au chaud dans la pâte, quittant les stations-service sans payer le plein d'essence, ce qui obligeait mon très honnête père à aller régler le concessionnaire et à s'entendre dire qu'il était à la tête d'une famille de voleurs.

Mais le plus beau fait d'armes de Bernard en cette glorieuse époque est lié à la moto, dis-je à Martine, tandis que l'intéressé, qui se doute de ce que je vais raconter, se gondole contre la portière du Jumper, tout en essayant à la fois de garder le contrôle du véhicule et de minimiser la gravité des faits, car rien de ce qui est drôle ne peut être grave, pense-t-il sans doute, ce à quoi l'on rétorquerait bien que tout ce qui est grave est susceptible d'être drôle, mais nous sommes loin, dans nos échanges habituels, de ce niveau de verbalisation.

Il a un jour, à moto, jailli d'un parking sans respecter la priorité, et renversé un autre motard. C'était déjà ennuyeux, d'autant que le motard en question a été blessé. Mais d'autres facteurs aggravants compliquaient la situation : la moto de Bernard n'était pas assurée, et le blessé était un motard de la police. Bref, une sorte de configuration parfaite. À nouveau nos parents ont dû aller s'excuser, compatir, et surtout payer.

Aucun doute n'était plus possible : mon frère était bien le génie du Mal. Ce qu'il revendique toujours hautement, tandis que Martine proteste, elle a toujours un peu de difficulté avec nos exagérations coutumières, sans parler des blagues macabres ou scatologiques. Et puis, ajoute-t-elle, soucieuse de souligner que ces temps sont révolus et qu'elle n'a pas épousé Belzébuth, c'est un peu fatigant tous ces souvenirs d'anciens combattants, ces blagues de collège et de service militaire, ce n'est pas avec ça qu'on ferait un roman, heureusement que tu racontes des choses plus intéressantes dans les tiens. Mais bon, tout en protestant, elle se marre.

Nous traversons le désert de landes et de bois qui s'étend entre Montargis et la Loire. Jadis, lorsqu'il fallait encore suivre la nationale, on passait quelques hameaux aux volets fermés, aux façades noires de vapeurs d'essence, La Commodité, Nogent-sur-Vernisson, Les Bézards. Les noms s'alignaient, toujours les mêmes chaque année, dans un rituel plus interminable que la messe dominicale, mais ils ne désignaient rien de réel, la France était une suite de décors inhabités. La réalité, nous ne faisions que l'attendre, que la désirer, elle allait venir, nous commencerions à la pressentir en quittant la nationale pour descendre au fond des gorges de l'Alagnon, puis en longeant les prairies étroites serrées entre les forêts, le long de la vallée de la Sianne, et au moment longtemps attendu où la voiture attaquerait l'ascension très raide en direction de Laurie, il nous semblerait qu'un peu de son éclat lointain nous atteindrait enfin, encore un quart d'heure de lacets et alors, tout au bout de l'interminable chemin, nous reconnaîtrions l'odeur profonde, si familière et si lointaine, nous sentirions le souffle frais de la montagne, nous entrerions dans la lumière.

Ainsi le parcours vers l'Auvergne était une existence cyclique, éternellement recommencée, à travers les mêmes banalités insignifiantes, comme nos récits éternellement recommencés, et le bric-à-brac de nos histoires et de nos vies, l'électroménager usagé, les vieux bouquins, l'héritage des grands-mères, les tragédies familiales et les canapés-lits, tout irait un jour finir en Auvergne, à Lussaud, cette Jérusalem où tout serait rédimé.

Mais la rédemption était un calvaire, et je préférais ne pas imaginer encore la montée au Golgotha, traînant un canapé-lit sur le dos. J'espérais que Martine-Marie-Madeleine s'était munie d'un chiffon pour essuyer la sueur de sang qui ne manquerait pas d'inonder nos faces.

Cette route avait été celle qu'avait suivie le cercueil de mon père, douze ans auparavant, pour son dernier voyage, après tant d'autres, vers cette Jérusalem de prairies et de forêts profondes. Et je me demandais de quel cadavre, cette fois, nous étions les convoyeurs funèbres, à qui appartenait ce corps en forme de canapé-lit que nous étions chargés d'aller inhumer dans la grande pièce du deuxième étage, en compagnie des autres restes des temps révolus, fauteuils, bureaux, livres, fusils de chasse et cannes de famille, dont les carcasses achevaient de se dessécher là-haut.

Pour ce qui est de rédimer, Dieu sait qu'il y avait à rédimer. Passé l'école, l'adolescence et le service militaire, nos parents pouvaient espérer que les choses se calmeraient. Mais mon frère persistait à quitter ses emplois successifs, je continuais à rater les concours de l'Éducation nationale. Je traversais universités et classes prépa muni d'un sourire cynique et d'une vertèbre de vache, en sautoir, que j'avais ramassée dans le charnier en face du village, au pied de la falaise où les paysans balançaient les bêtes malades. Le démon avait-il décidé de loger également en moi ?

Pis encore, de nouveaux motifs d'angoisse apparaissaient. Nous montrions une certaine propension à nous mettre en danger, à chercher le conflit et les embêtements, en vertu d'un caractère de cochon dont on se demande bien d'où il pouvait provenir. Bernard avait le coup de poing facile. Je mettrais un peu de temps à le suivre sur la voie regrettable de l'altercation urbaine assortie de ses plaies et de ses bosses, mais mon heure viendrait. Quelques horions dans la rue lui avaient valu des passages au tribunal et des amendes. Son plus bel exploit dans cette discipline avait eu lieu assez peu de temps auparavant. Celui-là, il était inutile de le raconter, Martine y avait assisté en direct.

Leur voisin à la campagne était un camionneur vindicatif qui avait la sympathique habitude d'élever des chiens dans une cage sur son terrain. Bien entendu, les chiens en question aboyaient jour et nuit sous les fenêtres de mon frère. Bien entendu, les requêtes qu'il avait poliment présentées en vue d'un peu plus de calme avaient été accueillies avec affabilité. Bien entendu, le camionneur s'était empressé, après ces aimables échanges, de ne rien faire. Bien entendu, les choses s'étaient envenimées, et le camionneur, s'estimant agressé, avait suivi un jour Martine en voiture sur un long trajet, en collant à son pare-chocs de manière menaçante. Le brave homme ne connaissait pas Raoul, ou plutôt Bernard, on ne s'en prend pas comme ça au génie du Mal.

La femme du camionneur étendait son linge non loin du grillage qui séparait les deux jardins. Par ailleurs, parmi tous les objets d'usage indispensable que possédait mon frère, comme une main en métal pour se gratter le dos ou une pince télescopique pour saisir les aliments à distance, il était l'heureux propriétaire d'un pistolet à eau. Dans le réservoir duquel il urina consciencieusement un soir, avant d'arroser le linge frais et propre de la voisine à travers le grillage. Mais d'altercations en mictions, les chiens s'obstinaient à aboyer, de préférence le dimanche matin vers six heures.

Un jour, mon frère alla protester avec véhémence chez le camionneur, qui ratissait des feuilles avec son beau-père. Au lieu de tenter encore une fois de circonvenir mon irascible frère par de bonnes paroles, comme l'aurait fait tout individu raisonnable, le téméraire camionneur le prit par la moquerie et le persiflage. Ce qui lui valut un bourre-pif à enfoncer le blindage d'un panzer. Pendant que mon frère se livrait à cette opération, le beau-père, derrière son dos, lui martelait le crâne à coups de râteau. De sorte que le deuxième service fut pour lui, une châtaigne à encastrer un dentier dans les cervicales. Et le beau-père s'en va rejoindre son gendre parmi les feuilles mortes et l'humus. Une ambulance arrive peu après pour conduire les deux bénéficiaires aux urgences, où l'on s'emploie à séparer délicatement dentier et vertèbres.

Le voisinage a ses joies et ses peines. C'est une situation du même ordre qui m'a permis, pas plus tard que le mois précédent, dis-je à Martine, de mesurer le danger que peut représenter une simple paire de bouchons d'oreilles. Ah, c'est vrai, je ne vous l'avais jamais racontée, celle-là.

LA BOULE QUIES QUI TUE

Dans notre immeuble du boulevard de Charonne, deux étages au-dessus de nous, résidait une respectable dame d'un certain âge, vers les soixante-cinq ans, du genre à choucroute blonde, d'ailleurs alsacienne à en croire son nom, le même que celui du chef de la Gestapo, certes, mais c'est un patronyme aussi courant que Dupont ou Meunier en français.

Le voisinage se déroulait bourgeoisement, jusqu'au jour où, un matin, des cornemuses écossaises jouées à fond sont venues résonner dans l'appartement. J'avais l'impression que toute une bande de moustachus en kilt avait décidé de venir presser le bagpipe dans ma cuisine. Mais l'inspection de l'appartement, baignoire et placards compris, ne révéla ni tartan ni cornemuse. L'orchestre jouait si fort qu'il était difficile de déterminer la provenance exacte du bruit.

Sans nourrir en principe aucune hostilité contre la cornemuse écossaise, j'en écoute rarement pour le plaisir, et je me suis toujours demandé si on pouvait réellement l'apprécier autrement que pour le couronnement de la reine d'Angleterre ou une charge de fusiliers des Highlands dans les montagnes d'Afghanistan, situations dans lesquelles je n'avais jamais eu l'occasion de me trouver.

En définitive, il s'est avéré que c'est l'Alsacienne qui se passait de la cornemuse, à s'en défriser la permanente. C'était peut-être du biniou d'Alsace, de la turlurette du Sundgau, après tout je n'y connais rien en musique folklorique. Mes coups de sonnette réitérés à la porte de la dame n'ont produit aucun résultat, ils ne pouvaient de toute façon pas lutter question décibels. Au bout d'un long moment, j'ai tout de même entendu maugréer, et la cornemuse a fini, à regret visiblement, par souffler moins fort.

Je suis revenu à la charge quelques jours plus tard, et cette fois la porte s'est ouverte sur une dame aimable, souriante et compréhensive, qui m'a fait entrer chez elle, et m'a incité à ne jamais hésiter à venir la voir si jamais la musique me dérangeait. Nous nous sommes quittés excellents amis. L'occupation bourgeoise avait du bon.

Comme le démontrait l'exemple de mon frère, les problèmes de voisinage suivent de toute façon un déroulement nécessaire, comme les étapes de la tragédie. Un bon voisin est un voisin mort.

Bien entendu, la musique à fond les haut-parleurs ne tarda pas à se manifester à nouveau. Je collai mon oreille au plancher pour en scruter l'origine, à la fois parce que je ne parvenais pas à croire qu'un tel vacarme puisse traverser deux épaisseurs de béton, de parquet et de tapis, et parce que les cordiales assurances de la dame alsacienne démentaient *a priori* cette agression sonore.

Bien entendu, c'est effectivement l'aimable dame qui balançait les décibels à s'en crever les tympans, en dépit de toutes ses assurances, que je prenais naïvement pour une sorte de contrat moral. Bien entendu, elle se gardait d'ouvrir à mes coups de sonnette, contrairement à ses promesses. Bien entendu, lorsqu'elle se décida une nouvelle fois à ouvrir, ce n'était plus l'accueillante dame dont le visage s'encadra dans la porte entrebâillée, mais une harpie qui me conseilla de déménager si je n'étais pas content. Bien entendu, la situation ne tarda pas à se dégrader. L'Alsacienne à choucroute écoutait Radio Nostalgie tôt le matin, et je déteste être tiré du sommeil aux accents de *Vous permettez monsieur* d'Adamo, ou des *Marchés de Provence* de Gilbert Bécaud.

Un soir, quoique non fumeur, j'avais eu la malencontreuse idée de téter goulûment le havane offert par un ami cinéaste. Si un ami cinéaste vous offre un havane, un conseil, ne le tétez jamais goulûment. J'avais passé ensuite une bonne partie de la nuit à la fenêtre de l'appartement, cherchant l'air frais entre deux accès de vomissements qui m'arrachaient des plaintes de martyr tenaillé avec des pinces chauffées au rouge. Je n'ai jamais réussi à avoir le petit vomissement discret de la jeune fille, qui gerbe comme si elle recrachait un noyau d'olive. Ni à comprendre comment on arrive à ça. Bref.

Le lendemain, croisant par hasard l'Alsacienne mélomane sur le palier, je n'avais pas pu m'empêcher de lui faire quelques remarques ironiques sur sa vraisemblable surdité, due à l'excès de cornemuse ou d'Adamo. « Et toi, fais moins de bruit quand tu baises », avait-elle rétorqué avec élégance et accent de Colmar. Après quatre ans à la fac de Mulhouse, je sais passablement l'imiter, mais par écrit, c'est délicat.

Il y a eu un blanc. Je ne voyais pas ce qu'elle voulait dire, et ne me souvenais d'aucun orgasme récent particulièrement sonore. J'ai compris tout de suite après qu'elle avait pris mes vomissements pour les vocalises du rut, confusion qui aurait été à méditer, mais enfin sur le moment, au lieu de méditer, je me suis engagé à lui faire goûter divers sévices et voies de fait, à consommer sur place. De son côté, elle brandit son sac à main en m'en promettant une bonne volée. Les hostilités en restèrent là, provisoirement. Mais Radio Nostalgie continuait à venir nous cueillir en plein sommeil.

J'usais de divers moyens de rétorsion. Lorsqu'il m'arrivait de prendre l'avion tôt le matin, en attendant de passer aux contrôles, je pensais à elle, et j'allais lui téléphoner, en raccrochant dès que j'entendais sa voix. Ou bien je descendais en pleine nuit à la cabine téléphonique du boulevard, histoire de la réveiller sans être repéré.

Ça ne donnait rien.

Quant aux coups de sonnette à sa porte, aussi longs et furieux qu'ils soient, ils ne la décidaient pas à ouvrir.

C'est cette obstination à garder porte close qui m'a donné l'idée, dis-je à Martine. Si elle ne venait pas ouvrir, il suffisait que je lui bloque la sonnette. Elle en profiterait un bon moment, et je n'aurais pas besoin de rester planté sur son paillasson.

Je fais un premier essai technique avec une pièce de monnaie qui me sert à appuyer sur la sonnette, et que je bloque avec un morceau de scotch. L'opération est un demi-succès. La sonnette stridule bien, ça dure, je l'entends deux étages plus bas et je me frotte les mains. Et puis plus rien. Je monte vérifier mon installation. Le poids de la pièce a fini par faire céder le scotch, et elle a glissé sur le paillasson. On doit pouvoir améliorer le dispositif.

J'ai une idée qui me paraît à la fois efficace techniquement et satisfaisante d'un point de vue symbolique. Le bouchon d'oreille en cire ! C'est par l'objet même qui matérialise ma souffrance que sera punie la voisine indélicate. Et le bouchon de cire a l'avantage d'être léger, adhésif, malléable, ce qui permettra de bien le mouler sur la sonnette.

Je n'ai pas longtemps à attendre pour expérimenter ma trouvaille. Trois jours plus tard, je suis réveillé aux accents de *Ne m'appelez plus jamais France* de Michel Sardou, en dépit de mes bouchons d'oreilles. Tout ce qu'on voudra, mais pas Sardou.

Je me débouchonne les oreilles et monte. Bien campé sur le paillasson de l'ennemi, je moule soigneusement la boule Quies sur le bouton de sonnette, qui réagit aussitôt à la sollicitation. Je tire dix centimètres de ruban adhésif, et au moment où je le pose sur la boule Quies, la porte de la voisine s'ouvre en grand. L'Alsacienne se tient devant moi, sanglée dans sa robe mauve, l'œil glaçant comme celui de la Gorgone, et sa permanente jette des éclairs.

Elle ne profère pas un mot, mais recule d'un pas, sans me quitter de l'œil. Derrière elle, il y a une armoire. Son bras droit se lève brusquement, comme si elle allait darder sur moi la foudre, mais non, sa main saisit un objet sur le dessus de l'armoire, qui brusquement se met à luire à trente centimètres de mon abdomen, c'est la lame d'un couteau de cuisine dont elle dirige vers moi la pointe en hurlant : « Je vais te crever salopard, je vais t'ouvrir le ventre, je vais te faire sortir les boyaux. » Et voilà qu'en effet elle se met à ferrailler.

Diverses options me traversent l'esprit, tandis que j'esquive la première estocade. Il me suffirait d'utiliser un coup de boxe française, un bon fouetté médian du pied droit, ou un revers sur son bras, ou plus simplement un direct du gauche, pour être débarrassé du problème. Mais j'ai entendu dire que la vieille était cardiaque. Si jamais son cœur lâchait sur un coup bien asséné, j'aurais l'air fin, même en légitime défense. Je suis donc condamné à la défensive.

Ainsi, sur le paillasson de la vieille, je me livre à diverses esquives, à droite, à gauche, jambes tendues et buste effacé, façon toréador, tandis qu'elle continue à frapper à grands coups et à hurler « je vais te crever », et sa choucroute entortille sur son front ses anneaux frémissants.

Bloqué par la boule Quies et le scotch, le carillon continue à sonner le tocsin.

L'arrivée des voisins, alertés par l'émeute, met fin à l'altercation.

Une heure plus tard, je me retrouve dans le commissariat du quartier, tentant d'expliquer le déroulement des événements à un inspecteur aux yeux écarquillés et dont les sourcils paraissent bloqués en position haute. J'omets toutefois le détail de la sonnette, qui me paraît susceptible d'enlever une partie de son sérieux à cette tentative d'assassinat.

L'après-midi même, retour au commissariat, en compagnie cette fois de l'irascible Alsacienne dûment convoquée pour s'expliquer. Je remarque qu'elle a apporté une chemise bleue cartonnée, laquelle n'est certainement pas une pièce à conviction. J'aurais aimé faire admirer à l'inspecteur la longueur impressionnante de la lame, qui n'a heureusement fendu que l'air.

Chacun de nous raconte son histoire. L'Alsacienne voisinocide, *argumentum ad pilam Quiem*, explique son geste par le bouchon d'oreille, ce qui fait sourciller de nouveau l'inspecteur, « ah mais alors c'est différent… ». Pour ma part je ne vois vraiment pas en quoi c'est différent, ni comment on pourrait légalement passer du blocage de sonnette à l'étripage de son prochain. Mon imagination, excitée par des semaines de réveil avec Adamo, Nicole Croisille ou Serge Lama, me représentait déjà l'Alsacienne menottée, incarcérée avec les putes et les zonards du quartier, puis condamnée à quelques mois de prison, au cours desquels sa choucroute aurait eu à subir les pires sévices.

Rien du tout. Ma voisine est ressortie parfaitement libre, et je ne sache pas qu'elle ait été inquiétée par la suite, décision qui semble bien placer la boule Quies au rang d'arme de même catégorie que le couteau de cuisine. Peut-être faudrait-il, dis-je à Martine, en envisager l'interdiction dans les transports aériens.

Ou alors, c'est le contenu du dossier qui a conduit au non-lieu. Car ma voisine mélomane détenait, dans sa chemise cartonnée, l'équivalent de ce qu'on appelait jadis en justice une preuve de moralité (en l'occurrence, une preuve d'immoralité).

C'était l'époque où je venais de publier *La Littérature sans estomac*, qui s'en prenait entre autres cibles au *Monde des livres* et à ses éloges lyriques de la prose sollersienne. *Le Monde* outragé avait répliqué par la plume de Jean-Luc Douin, dans un article qui commençait ainsi : « La télévision calque désormais ses débats sur le Café du commerce. Et voilà que cette dévotion à la brève analyse de comptoir gagne l'Université en la personne de Pierre Jourde », et stigmatisait un « ouvrage fourre-tout que son manque de rigueur empêche de considérer comme un essai », « oscillant entre la hargne, la mauvaise foi, l'accumulation de citations détachées de leur contexte et la volonté délibérée de ridiculiser ses cibles », « incohérent » et « ridicule ».

Pour asséner l'argument définitif en faveur de sa cause, l'Alsacienne avait ouvert son dossier bleu, et en avait tiré, soigneusement découpé, l'article de Jean-Luc Douin, qu'elle avait mis sous le nez de l'inspecteur. « Monsieur l'inspecteur, il prétend qu'il est écrivain, mais il passe jamais à la télé. Et regardez ça : la preuve que c'est un sale type, ils le disent dans le journal. »

Et c'est ainsi que l'action conjuguée d'une boule Quies et du *Monde des livres* a permis l'impunité d'une tentative d'assassinat.

LA SACOCHE PIÉGÉE

Ce voyage ritualisé, qui se perpétue encore aujourd'hui, à travers les années, qui durera aussi longtemps que nos vies, et plus longtemps encore, car les fantômes du passé et du futur ne cessent d'y circuler, constituait pour nos parents le modèle même du voyage, rassurant et balisé, comme la vie qu'ils rêvaient que nous menions. Je ne sais pas si c'est pour échapper à ce rite, ou au contraire parce qu'il nous donnait une structure assez stable pour que nous puissions nous en affranchir sans crainte de nous égarer, que nous nous sommes lancés, mon frère et moi, dans des expéditions loufoques, parfois très risquées.

De nos altercations variées, notre mère ne connaissait le plus souvent que nos versions *a posteriori*, qui se voulaient humoristiques. Elle consentait à en rire de bon cœur, devant nous, tout en se délestant de son inquiétude auprès de nos proches ou de nos compagnes lorsque nous avions le dos tourné. Notre caractère irascible, parfois explosif, lui faisait craindre que tout cela ne finisse par tourner mal, pour nous ou pour notre adversaire, et elle se voyait déjà aller chercher un de ses fils à l'hôpital ou en prison. Bernard vivait aux limites de la légalité. Quant à moi, la colère pouvait me pousser à faire n'importe quoi, par exemple à écraser une cigarette sur la main d'un ami, ou à lancer un couteau de cuisine à ma compagne, et à la rater, c'est lé mour qui avait pris, dans les lambris douquel lé couteau s'était planté tout droit, Ramon Zarate n'a qu'à bien sé ténir, yé souis prêt.

Notre mère s'attendait donc à tout. D'ailleurs, lors de l'une des blagues rituelles que nous lui infligions tous les premier avril, elle avait pris avec beaucoup de naturel, et comme un événement attendu, le fait que je l'appelle pour lui dire que j'étais en garde à vue.

Mais la plus lourde anxiété venait sans doute de notre goût pour les contrées exotiques et les voyages aventureux. Dans son entourage de vieilles gens qui savaient à peine ce que le mot « vacances » signifiait, personne n'était jamais sorti de France, peu avaient vu la mer. Les voyages étaient réputés dangereux, inutiles et coûteux, et on se demandait bien ce qu'on pouvait aller chercher au Népal, au Pérou ou dans d'autres régions plus ou moins sauvages et mal localisées, où ils ne connaissent même pas la blanquette de veau. On me donnait régulièrement en exemple tel ancien camarade d'école qui, lui, était un garçon raisonnable, dont les parents pouvaient être fiers. Il passait ses vacances à Arcachon, lui, tandis que je m'obstinais, pour des raisons indéchiffrables, à traîner en Inde ou à traverser à pied l'Himalaya.

J'imaginais les angoisses qui devaient travailler ma mère, quand elle demeurait sans nouvelles de moi pendant plusieurs semaines, ne sachant même pas précisément où je me trouvais, et ne pouvait que tenter de se représenter des lieux dont elle ignorait tout. Au retour, expliqué-je à Martine, comme d'habitude, on lui racontait nos tribulations en nous esclaffant : les passages de rivières déchaînées, la jeune randonneuse noyée dans le torrent que nous nous apprêtions à franchir, la tempête de neige à 5 000 mètres, l'absence de cartes et la désorientation. À se tenir les côtes. Elle esquissait courageusement un sourire, protestait tout de même un peu. Le fils d'une amie s'était tué dans les Alpes. Elle attendait la prochaine expédition, en gardant son appréhension pour elle. Et sans doute, en ce moment même, devait-elle se sentir profondément rassurée de nous savoir tous les trois sur les rails habituels, nourrissant l'espoir secret que ce voyage des voyages finirait par se substituer aux autres, que ce long fleuve attirerait à lui les plus lointains affluents de l'errance.

Martine objecte que pourtant ma mère était elle-même frustrée de grands voyages, et que nous lui faisions parcourir le monde par procuration. Bernard renchérit : en dépit de ses alarmes, et même si elles contrariaient ses idéaux de vie rangée, elle était secrètement fière de nos expéditions. Bref, si nous ne correspondions pas à ce qu'elle aurait voulu, elle avait fini, à l'inverse de sa mère, par trouver de quoi tirer satisfaction de ce que nous étions. Et tout l'habitacle de s'incliner comme un seul homme, dont une femme, devant la magnanimité maternelle.

Et la réversibilité de la chose était, me disais-je, encore plus admirable, car même si sa mère ne correspondait en rien à ce qu'elle aurait pu rêver d'avoir pour mère, elle en avait tiré le pieux trophée du canapé-lit, dont elle nous avait chargés, comme pour nous suggérer qu'il y avait toujours quelque chose à sauver, quelque chose à conserver et à aimer. Pour ma part, j'aurais préféré un quelque chose plus symbolique, un quelque chose qui pèse vingt kilos de moins. Mais il fallait ça, sans doute.

C'est un objet plus léger, mais beaucoup plus dangereux,

qui, au cours d'un de ces voyages, avait failli confirmer toutes les craintes de nos parents. Mon frère avait alors environ trente ans, sans profession bien définie. À la tête d'un petit pécule amassé dans divers boulots, il avait décidé que les tropiques lui offraient l'occasion de vivre de ses rentes pendant un temps beaucoup plus long qu'en Europe, et était parti au Mexique. Un été, j'avais décidé d'aller le rejoindre, et me voici débarquant à l'aéroport de Mexico, et me présentant à la douane, tandis que mon frère ralentit prudemment à hauteur de Bonny-sur-Loire, devant deux gendarmes embusqués. Les douaniers mexicains, eux, ne m'ont pas raté, et ont commencé par confisquer la saucisse sèche et la boîte de pâté que je destinais à Bernard, à qui le goût du Mexique n'avait pas fait perdre celui de la charcuterie. J'ai pu sauver la bouteille de sancerre rouge.

— Au fait, garrule Bernard, quelle heure il se fait ? Ça serait pas le moment de casser une petite graine ?

— Midi et demi, on va peut-être attendre encore un peu…

Et ma réponse perpétue, à quinze ans de distance, la frustration de mon frère à qui j'annonce, en débarquant sous la paillote au bord du Pacifique où il coule des siestes tranquilles, pas très loin de la frontière guatémaltèque, que le sauciflard et le Mexique sont apparemment incompatibles. Reste, heureusement, le sancerre, même si chaud et par 40°, ça risque de n'être pas tout à fait ça. Peu importe, une libation en l'honneur de la France s'impose.

Mon frère habitait à demeure chez un ami mexicain qui tenait une petite *posada* sur la plage. Ce cafetier ne possédait pas de tire-bouchon : au Mexique, on ne boit que de la bière, de la tequila ou du mezcal. C'est ainsi que mon arrivée fut arrosée par le sabrage d'une bouteille de sancerre sur un bord de table.

Notre but était dans l'immédiat de passer au Guatemala, où la guerre civile se poursuivait ici et là, malgré diverses initiatives de paix. Nous nous présentons un jour à la frontière, qui passe sur un viaduc. Le pont grouille de changeurs à la sauvette, qui achètent des dollars contre des quetzales guatémaltèques, et nous harcèlent jusqu'au poste-frontière. Nous décidons de changer tout de suite. Le jeune homme qui m'achète des dollars se trompe dans ses calculs, me donne deux fois la somme en quetzales qu'il aurait dû me remettre et, l'affaire faite, file on ne sait où.

Mon passeport est visé sans problème, mais celui de mon frère suscite une certaine agitation. Finalement, après des palabres entre uniformes, l'entrée est refusée. Ce qui motive ce refus, c'est le visa cubain figurant sur le passeport. Au moment où l'armée guatémaltèque se bat contre des mouvements révolutionnaires indiens et marxistes, on ne va tout de même pas laisser entrer quelqu'un qui a séjourné dans le temple de la subversion latino-américaine. Ça pourrait être un agitateur, un espion international. Après Régis Debray, Nanard !

Faut-il renoncer ? Faut-il tenter quelque chose ? C'est dans ce moment difficile que notre jeune changeur choisit de réapparaître. Pendant nos palabres, il nous assiège, il nous coupe l'argument, il s'est aperçu de son erreur et il réclame son argent. Nous ignorions, au moment où Bernard décide d'aller essayer d'obtenir un visa au consulat de la ville toute proche, que son identification à un possible terroriste annonçait la suite des événements. Il me recommande chaudement, avant de retourner en territoire mexicain, de ne pas céder aux assauts du changeur. Ici commence une attente qui me donne un avant-goût de ce qui allait se passer sous peu dans la jungle guatémaltèque (j'aime bien ce mot, « guatémaltèque », on le placerait à plaisir, il a la complexité invraisemblable du vocable exotique à l'état pur, que l'indigène semble s'être ingénié à inventer pour faire l'indigène, comme « Tegucigalpa » ou « Chichicastenango », lesquels d'ailleurs je vais bientôt pouvoir placer dans cette histoire avec beaucoup de naturel. Si en plus on y ajoute « jungle », on obtient un parfum d'aventure du plus bel effet).

Sur le pont qui sépare le Mexique du Guatemala, j'attends donc mon frère, et demeure impavide sous les assauts du changeur, qui tourne autour de moi en se maintenant dans un périmètre d'environ vingt centimètres, en variant les angles, et en me marmitant de demandes pressantes. Je fais l'imbécile, avec beaucoup de facilité il faut le reconnaître, et baragouine ma totale incompréhension. Ma détermination finit tout de même par faiblir. D'autres personnes s'agglutinent, s'informent, discutent, tentent de m'expliquer ce que j'ai déjà compris, enfin, de guerre lasse, je finis par rendre l'argent perçu en trop au changeur. À ce moment, mon frère arrive, tel Grouchy, avec son visa.

Une semaine plus tard, nous sommes tous les deux en pleine jungle guatémaltèque, comme annoncé plus haut. Nous nous trouvons à une espèce de carrefour au milieu de rien, sous des arbres immenses. Comme ce carrefour est aussi un arrêt de bus important, trois ou quatre cabanes proposent des boissons, de la nourriture et divers petits objets utiles. Nous attendons le bus qui doit nous mener au village indien de Chichicastenango. Le territoire indien est encore disputé entre les groupes révolutionnaires et les diverses milices qui appuient l'armée.

Enfin, le bus arrive dans ce nulle part, bondé de basanés

en chemisette et de femmes à jupon multicolore, c'est jour de marché à Chichicastenango, nous embarquons, difficilement, en tentant d'éviter l'intromission d'un pouce inconnu dans la narine ou l'enchâssement d'une mamelle géante dans le creux du thorax.

Nous roulons une demi-heure, sans aucun arrêt, de toute façon il n'y a que de la forêt autour de nous. Tout à coup Bernard pousse un cri.

— Merde !

— Quoi ? Qu'est-ce qu'il y a ?

— Ma sacoche !

— Ta sacoche ?

— Ma sacoche, merde !

— Ah merde, ta sacoche !

— Merde, merde, merde !

Bref, un dialogue qui pourrait se situer dans un roman de Christine Angot, s'il n'avait pas lieu dans un car en pleine jungle. Les Guatémaltèques qui nous compressent consciencieusement doivent se demander pour quelles raisons ces gringos si calmes sont tout à coup saisis de frénésie, sans raison apparente. Ce sont des trucs de gringos, on n'y comprend rien. En tout cas, ils se sont sûrement fait une idée de ce qui constitue *le fond de la langue* française, comme *Goddam* pour l'anglaise, si on en croit Figaro.

Les autres passagers du car ne pouvaient pas comprendre que mon frère venait de se rendre compte qu'il n'avait plus sa sacoche. Ils pouvaient encore moins savoir que sa sacoche contenait tout ce qu'il possédait, la réserve de deux mille dollars avec laquelle il comptait rester encore un an au Mexique. C'est-à-dire à peu près 10 000 francs, un million, disait-on encore, soit 1 500 euros, mais 10 000 francs il y a trente ans, c'est beaucoup plus que 1 500 euros aujourd'hui.

Surtout au Guatemala, où une telle somme représentait une fortune.

Quelques minutes passent durant lesquelles mon frère s'arrache les cheveux et se lacère les vêtements, moralement du moins. La terre entière semble coupable de l'oubli de sa sacoche, les dieux et les hommes ont conspiré depuis la nuit des temps pour l'oubli de sa sacoche.

Comment a-t-elle disparu ?

Dans ces moments-là, on tente toujours de reconstituer le passé immédiat, on fouille frénétiquement l'inattention et l'oubli, on se contorsionne la mémoire, comme le yogi en pleine anamnèse quête le souvenir de vies antérieures englouties. Mais rien ne vient. Pas d'images, des solutions logiques. Et la seule solution logique, c'est que la sacoche est restée posée à l'arrêt de bus, et que nous sommes montés en la laissant là. Funeste distraction.

Que faire ?

Chaque instant qui passe nous éloigne un peu plus de la sacoche, et compromet le séjour de mon frère. Il faut faire vite. D'autant plus qu'une sacoche abandonnée a de fortes chances de ne pas le rester longtemps.

Bernard décide finalement de demander un arrêt au chauffeur, pour descendre, faire du stop et retourner au carrefour fatal. Pas besoin de moi, je n'aurai qu'à l'attendre à Chichicastenango, où il me rejoindra par un autre bus.

Et voilà toute seule, toute petite entre les arbres immenses, sous les huées d'une foule invisible d'oiseaux, sa silhouette qui s'éloigne dans la vitre arrière du bus. Je ne crois pas trop à ses chances de retrouver la sacoche. D'autant qu'il ne peut même pas avoir recours à la police. Avec les dollars, la sacoche contient une livre de shit, la consommation de plusieurs mois, ainsi que son passeport. Si jamais la police met la main dessus, il risque de récolter, avec la sacoche, trois cents ans de prison.

Briare ! Pourquoi, à chacun des voyages que j'ai effectués par dizaines sur cette route, ai-je toujours senti cet intime contentement en arrivant à Briare ? Pourquoi fallait-il à chaque fois s'écrier « Briare ! », comme les soldats grecs de Xénophon « Thalassa ! » en revoyant la mer ? On ne comprend pas bien ce qu'il y a d'intéressant à arriver à Briare, d'autant plus que nous n'avons jamais vu Briare, et que, à peine le nom était-il à chaque fois annoncé, « Briare ! », que déjà Briare était derrière nous. Briare se réduisait à peu près à son nom.

Mais dans la continuité régulière des jours ou des étapes d'un voyage, nous avons besoin de distinguer, ici et là, des points de plus grande intensité, des temps forts, qui nous donnent le rythme, et investissent les temps faibles de leur résonance et de leur attente. Briare était nécessaire, après la longue séquence assourdie du Gâtinais, même si l'intensité de Briare était de pur principe, et pour ainsi dire une convention. C'était le mot repris en chœur qui faisait repartir la chanson de la route, expliquais-je à Martine, à qui la qualité poétique de ma conversation faisait pousser des braiments d'admiration que je soupçonnais empreints d'ironie, car mes illusions m'ont depuis longtemps abandonné.

Outre que la ville se situait à un moment fort dans le tempo du voyage, elle possédait quelques caractéristiques intrinsèques, mais comme nous n'avions jamais pu les mesurer, ces caractéristiques demeuraient purement imaginaires. C'étaient des raisons abstraites de saluer Briare. À Briare, la route rejoignait la vallée de la Loire, dont elle épouserait le cours jusqu'à Nevers, et cette seule idée donnait de la fluidité au déplacement du véhicule. On changeait de bassin :

on quittait celui de la Seine pour attaquer celui qui, d'affluent en affluent, d'Allier en Alagnon et d'Alagnon en Sianne, nous ferait remonter jusqu'à Jérusalem.

Et puis la succession des bourgs, à partir de la Loire, se ferait plus dense, ce qui augmenterait le sentiment de vitesse, et les échappées sur les cours du fleuve et les vieux ponts nous donneraient le sentiment d'une réalité substantielle du pays, construite et articulée, alors que la terre gaste qui l'avait précédée semblait tissée de brumes et de platitudes incertaines. Bref, à Briare, un pignon nouveau du voyage paraissait s'engrener.

Briare en outre se signalait à l'attention du voyageur par quelques spécialités réputées, dont nous ne connaissions que les noms : le canal de Briare, bien sûr, dont personne ne savait où il allait. Ce fameux canal était assorti, annonçaient les panneaux, d'un pont-canal. Qu'était-ce au juste qu'un pont-canal ? À quoi est-ce que ça ressemblait ? À quoi ça servait ? Nous l'ignorions. Le même point d'interrogation se matérialisait au-dessus de nos têtes à chaque passage, pour s'évanouir aussitôt.

Je ne sais pas pourquoi, un jour que j'avais du temps à perdre, et sans doute parce que j'étais avec une femme qui tenait absolument à voyager culturel (celle que mon lancer de couteau à la Ramon Zarate avait ratée), je suis allé voir le pont-canal. Posée dans la campagne, la chose ressemblait à un paradoxe architectural, une espèce de vision eschérienne, un objet d'allure familière mais dont le regard ne peut démêler la construction. Dans une prairie indifférente, on avait posé le pont Alexandre-III, sur lequel coulait de l'eau, lequel cours d'eau, grâce à ce pont, franchissait un fleuve, je ne sais pas si je me fais bien comprendre. Cette vue m'a rassuré. Les mots de la route désignaient bien une réalité. Cela m'a suffi pour me convaincre que les émaux de Briare, autre spécialité, avaient bien une qualité particulière, sans jamais les avoir vus.

Les sonorités mêmes du nom de Briare avaient quelque chose d'archaïque et de mythologique, qu'elles tenaient sans doute de leur parenté avec le géant Briarée, l'Hécatonchire de la légende grecque, dont j'avais appris dans mes lectures enfantines qu'il possédait cent bras. Briare sonnait donc un peu comme Tirynthe, Argos ou Orchomène. Le pont-canal, recouvert d'un décor d'émaux représentant des scènes monstrueuses, était gardé de toute intrusion des mortels par un colosse multiple doté de cinquante têtes. Du point de vue onomastique, au fond, Briare n'avait rien à envier à Chichicastenango.

Je ne devais apprendre que bien des années plus tard, comme dirait Marcel, que Briare possédait une autre particularité, qui ruinait cette prestigieuse imagerie. Toutes les villes de France sont la patrie d'un grand homme. Chacune a son inventeur ou précurseur, son Renan ou son Hégésippe Simon. Briare a Jean-Marie Proslier. Elle ne l'a pas vu naître, comme on dit, cet honneur ayant échu à Montargis, mais au moins y est-il enterré. Lorsque je l'ai appris, ce fut comme une illumination. Nombreuses sont les conversations où j'ai voulu évoquer la figure de Jean-Marie Proslier, sans jamais retrouver son nom. La réponse à tant de recherches inabouties, attendez, je l'ai sur le bout de la langue, m'attendait là, à Briare, tant de fois traversée.

Maintenant il faudrait aussi expliquer l'importance de Jean-Marie Proslier dans mon panthéon personnel, ce qui fait sans doute beaucoup pour Briare, mais juste un mot quand même. Proslier appartenait à la catégorie des artistes populaires méprisés car, il faut le reconnaître, capables de figurer dans les pires nanars, à l'instar de Bernard Menez, Jean Lefebvre ou Paul Préboist. En même temps, ils accédaient, à force de mauvais goût catastrophique, à une sorte de grandeur dérisoire. Je me flatte d'être l'une des rares personnes à avoir assisté à un *one man show* (ou un *stand up*?) de Paul Préboist. À la fête de l'Huma, qui plus est. C'était presque épique dans le désolant.

Il m'avait été également donné de voir une opérette dans laquelle jouait Proslier, mais si, et, préparé au pire, j'avais été frappé par la grâce et la légèreté qui se dégageaient de ce petit guignol rondouillard. Bref, dans la constitution de mes idées esthétiques, qui passait par la réhabilitation partielle de tout ce que, du haut de ma jeunesse théoricienne et dogmatique, j'avais détesté dans les goûts populaires de mes parents, Proslier m'avait été ce que de Funès avait été à Novarina. Sans compter, me disais-je, que par le biais de l'opérette, Briare avait quelque chose à voir avec Mexico. Ma pauvre mère avait bien raison, tiens, dirait le fils idéal, pourquoi aller chercher si loin ce qui est à notre portée, mais je ne suis pas le fils idéal.

Et de même que la grâce ne se révèle pleinement qu'aux limites de la maladresse, et parfois même ne semble pouvoir naître que dans une sorte de gaucherie nécessaire, qui manifeste ce qui, dans la grâce, n'est pas tout à fait de ce monde, n'est pas à l'aise au sein de l'espace où nous nous mouvons habituellement sans heurt, comme un jeune animal à qui le monde est encore étranger, mais que l'on voit d'instinct y déployer la merveille de son mouvement, de même j'avais toujours trouvé, sans doute parce qu'ils me rappelaient à cette idée, plus émouvants les spectacles ratés et les représentations foireuses par naïveté ou par misère, ainsi cette opérette en costumes chamarrés bon marché à laquelle j'avais assisté enfant dans une salle paroissiale d'une bourgade du Loir-et-Cher, par une troupe itinérante, pour un public de charcutiers, de paysans et de retraités, ainsi ce petit cirque familial venu déployer ses pauvres fastes dans un pré non loin de Blesle, Haute-Loire, et où les numéros consistaient à faire monter sur un socle en plastique une chèvre qui s'y refusait, ou à ce que la petite-fille de Monsieur Loyal exécute une roulade avant, exploit acrobatique presque aussi remarquable que celui qui consistait à se tirer, sous vos applaudissements, de la longueur de cette phrase.

Tout cela n'a d'ailleurs aucun intérêt ni aucun rapport avec cette histoire, si histoire il y a, mais il n'est jamais mauvais de s'instruire, et voilà pourquoi l'un de nous remarque au passage : « Tiens, voilà Briare. »

Le Jumper s'enfonce toujours plus profondément entre les arbres géants qui masquent le ciel, tellement qu'on croit plonger dans un tunnel, ficus, hévéas, je dis ça au hasard, je n'y connais rien, mettons bananiers, et même fromagers, ce qui nous rappelle que l'heure du casse-croûte se rapproche. Dans son monde, l'autobus guatémaltèque, avec plus d'un quart de siècle d'avance, lui qui est toujours en retard, fonce sur l'autoroute de l'arbre, nom poétique de l'A77, ainsi nommée parce que l'automobiliste peut y contempler, tous les dix kilomètres, un ginkgo biloba ou un mélèze (mais pas de fromager ni d'hévéa), et débarque enfin, dans un nuage de poussière, à Briare, je veux dire à Chichicastenango.

Le marché indien de Chichicastenango (voilà décidément un nom qu'on ne se lasse pas d'écrire, Chichicastenango) tient toutes ses promesses touristiques. Il se déploie autour des marches de la cathédrale que plus baroque tu meurs. Des indiennes au faciès terriblement indien, emballées dans des étoffes multicolores à ne plus en pouvoir, et qui en plus doivent gratter, proposent au chaland des denrées tellement chatoyantes qu'on ne sait plus ce qui est naturel et ce qui est artificiel. La pitaya rivalise de fluorescence avec la cuvette en plastique. La mangue voisine tout naturellement avec la statuette maya entièrement usinée main. De ses déambulations amérindiennes, mon frère rapportera d'ailleurs en France un stock de sacs, de bracelets et autres colifichets indiens dont il espérait tirer profit. De sorte que, inversant les rôles, nous nous retrouverons un an plus tard, à Allanche, Cantal, un jour de foire, à tenter de négocier ces objets tout ce qu'il y a d'authentiques et tout ce qu'il y a d'utiles à des commères auvergnates plus basanées, plus anguleuses et plus corpulentes que des indiennes, mais qui n'en achetaient pas. Car l'Auvergnat, peu friand de verroterie, contrairement à l'indien, ne lâche pas son or comme ça. D'ailleurs les conquistadors ont renoncé à envahir l'Auvergne, c'est dire.

Pour prendre patience, en attendant le retour de mon frère, de la sacoche, des dollars et du shit, je m'évertue à prendre des photos devant lesquelles pourront s'exclamer d'admiration spontanée, à notre retour, les parents kidnappés et ligotés à leurs chaises dans l'obscurité afin qu'ils ne puissent pas échapper à mes séances diapos retour d'aventure. J'ai ainsi infligé à un vieux combattant de Verdun, qui n'avait jamais connu, à part les tranchées, que l'Auvergne et la banlieue parisienne, les images de mes hauts faits dans l'Himalaya ou à Bombay. Ça l'intéressait, en plus. Mais lui n'avait pas de diapos des bombardements de Douaumont et des camarades éventrés par des éclats d'obus dans la Somme où il avait gagné sa croix de guerre.

Il faut dire qu'une gueule bien folklorique, burinée à souhait, en gros plan, ça en jette. Et des gueules pittoresques, avec orbites saillantes, sourcils luxuriants et grand nez de rapace, sous la casquette de laine, le mégot collé à la lippe, il y en a des quantités sur le marché d'Allanche. Je veux dire sur le marché de Chichicastenango. Je photographie et rephotographie. Je visite l'église et revisite l'église. J'épuise Chichicastenango, personne n'a écumé Chichicastenango comme j'ai écumé Chichicastenango, mais l'heure tourne, et toujours pas de frère.

Qui se met à raconter à Martine, pour la centième fois, quelques-unes de nos aventures pittoresques, et va son chemin dans les forêts du passé, tandis que je l'attends sur les marches de la cathédrale de Chichicastenango dorée par le soleil déclinant, en me demandant ce que je vais faire s'il n'arrive pas avant la nuit. Comment retrouver un frère égaré dans la jungle guatémaltèque, surtout si le passeport de ce frère traîne quelque part avec assez de shit pour nous envoyer tous les deux aux oubliettes pour un siècle ?

Or, justement, le voilà qui parle du Guatemala.

— Ça alors, j'y pensais justement, au Guatemala, m'exclamé-je, c'est de la télépathie, comment en es-tu venu là ?

— Ben quoi, tu ne m'as pas écouté ?

— Ah non, je pensais au Guatemala.

— Et pourquoi tu pensais au Guatemala ?

— Je ne sais pas. Peut-être à cause d'Allanche.

— Vois pas le rapport.

— Laisse tomber. Et toi, pourquoi tu parlais du Guatemala ?

— À cause de tes boyaux.

— Vois pas le rapport.

Il y en avait un, pourtant. Le lendemain d'une nuit passée à me vider dans les toilettes sordides d'un hôtel de passe de

Guatemala City, j'avais dû renoncer à dix heures d'autocar pour rejoindre les pyramides mayas de Tikal. Déconvenue que j'avais eu du mal à digérer, elle aussi. Je ne verrai jamais Tikal, et aujourd'hui encore je regrette Tikal, émergeant de sa jungle, à une époque où j'aurais pu l'admirer sans bataillons de touristes.

— Je ne vois pas ce que cette vieille histoire vient faire ici, objecté-je.

— Moi non plus, se marre le génie du Mal, mais ça meuble un voyage.

— Si, dit Martine. C'est parce que tu parlais tout à l'heure des toilettes de ta grand-mère. Tu penses bien que c'est un sujet pour Bernard.

— Oui, renchérit l'Antéchrist, on dirait que c'est un problème essentiel dans ta vie. Les chiottes de mémé, c'est comme le canapé, tu ne pouvais pas les sentir. C'est bizarre, parce que dès qu'on voyage, tu cours t'enfermer aux cagoinces.

— Excellent ! Mais il y en a qui peuvent causer, hein, il faudrait donner à Martine la médaille de l'abnégation olfactive conjugale. Si tu ne t'étais pas fait greffer une nouvelle peau des pieds, ton épouse n'aurait pas tenu six mois.

Et tandis que se poursuivent les plaisanteries rituelles dont nous avons coutume de nourrir notre fraternité, dans une autre zone de l'espace-temps, assis sur les marches parmi la foule des indiens, j'attends le retour du frère prodigue, et je me dis, *in petto*, que tout en déconnant, il a vu juste.

Une des premières photographies de mon enfance me représente accroupi sur un pot, au bord de la route des vacances, celle de l'Auvergne bien entendu. Concentré, tout à son affaire, le futur écrivain chie (chicastenango). Sans doute le symbole d'un destin. Le voyage m'incite à l'accroupissement dans les lieux. Les grands espaces me poussent irrésistiblement au retrait et au recueillement intime. J'ai beau parcourir le monde, rien à faire, il me fait chier. Il faut que je finisse par m'enfermer quelque part, pour l'évacuer — ou pour écrire.

Je voulais conquérir la beauté, la dévorer, l'absorber, ce qui m'avait toujours paru la seule façon possible d'en prendre possession, et le gamin recroquevillé dans les toilettes de la grand-mère venait toujours me rattraper. L'intimité nauséabonde, la famille mesquine, je pouvais toujours courir, elles étaient en moi. Par les voies les plus secrètes, mémé Noussat, avec ses chiottes et son canapé, informait décidément mon expérience du monde.

Était-ce la prescience de cette difficulté à digérer le monde, à le faire mien, qui me rendait si mélancolique dans les toilettes de ma grand-mère ? Était-ce une vocation d'écrivain qui s'y esquissait, dans l'odeur abominable du jasmin ?

Mais voici qu'accroupi comme un indien sur mes marches de cathédrale, je vois arriver celui que je n'attendais plus, miracle, c'est mon frère, c'est bien lui.

Cela dit, il n'a pas l'air à son aise. Il paraît même chagrin. Et la raison ne m'en apparaît que dans un second temps, bien qu'elle soit évidente : il s'avance flanqué de deux soldats, fusil-mitrailleur en bandoulière. Le petit groupe va droit sur moi, et l'un des soldats m'invite à les suivre à la caserne.

Bernard m'apprend en chemin que, marchant en forêt, en essayant de se faire prendre par un véhicule de passage, il a été capturé par des milices paramilitaires. Ce ne sont pas des gentils. Pendant la guerre civile, elles ont fait des milliers de victimes. En fait, les miliciens auraient aussi bien pu l'abattre sur place, sans autre forme de procès. Un Blanc sans papiers égaré en pleine zone de guérilla, à pied, en forêt, c'est plus que louche. Et qui irait ensuite se préoccuper de son sort ? Disparu, plus de trace. Finalement, ils l'ont confié à l'armée, il a eu de la chance de tomber un bon jour.

Nous entrons dans la caserne. J'hésite entre l'inquiétude et la sérénité. Des milices à l'armée régulière, c'est déjà un progrès. Mais enfin, l'armée guatémaltèque ne s'est pas récemment signalée par une mansuétude frénétique. Nourri de mes lectures de *L'Oreille cassée* et de *Tintin et les Picaros*, je nous imagine déjà, côte à côte, liés au poteau d'exécution, pendant que les soldats préparent leurs armes, je vois le colonel très moustachu à l'uniforme chamarré lever son sabre tandis que nous nous écrions en chœur : « Vive la liberté ! Vive la France ! »

Bon, en même temps, être fusillé au Guatemala, cela fait partie des choses auxquelles on ne peut pas tout à fait accorder du crédit, c'est trop beau pour être vrai. Bien sûr, ça en jette dans un dîner en ville : « Quand j'ai été fusillé au Guatemala… », mais la réalisation est délicate. Je devrai me contenter désormais d'un « quand j'ai failli être fusillé au Guatemala », qui peut quand même produire son petit effet, quand tout le monde a fini de raconter ses « quand je me suis foulé la cheville au Tréport ».

On nous fait entrer dans un bureau où un jeune officier (un lieutenant, je crois ; grade minable pour une armée latino-américaine, nous aurions pu légitimement espérer un colonel) me prend à part et m'interroge. Pas le moment de faire des chichis (castenango), des protestations outrées. Je comprends que mes déclarations doivent corroborer celles qu'a déjà faites mon frère. Pas de pinces, pas de chalumeau, pas de tenailles, la conversation est plutôt courtoise. Faute d'exécution, je ne pourrai même pas me vanter, dans les dîners parisiens, d'avoir été torturé au Guatemala. Une pointe de déception me pique, à défaut de couteau.

Je parle espagnol comme un chamelier rajpoute, mais enfin je baragouine des choses qui paraissent le satisfaire. Au bout d'une petite demi-heure de questions, nous sommes finalement relâchés.

Nous avons échappé au pire, certes, mais le problème initial n'est toujours pas résolu. Il aurait même tendance à s'aggraver, car il se fait tard. Pouvons-nous encore croire que la brave petite sacoche est encore là-bas, à nous attendre, posée au milieu du carrefour dans la forêt, entre les clients des échoppes et les passagers qui changent de bus ?

De toute façon, nous n'avons pas le choix, il faut bien y retourner, pour en avoir le cœur net, mais nous ne nous faisons guère d'illusions. C'est donc un morne bus qui nous reconduit au carrefour, après cette escapade désastreuse. Carrefour où nous constatons que, évidemment, la sacoche ne se trouve plus. Adieu Mexique, adieu sombreros et mantilles, ce sera pour mon frère le retour à la mère patrie, vaincu et ruiné.

Par acquit de conscience, nous allons tout de même voir les tenanciers de gargotes, peut-être auront-ils vu quelqu'un la ramasser, peut-être même la leur aura-t-on rapportée, mais enfin il ne faut pas rêver. Nous faisons chou blanc à la première. À la deuxième, le patron, un métis d'une cinquantaine d'années, nous écoute du même air fermé que le précédent, nous fait signe d'attendre, va héler sa femme dans l'arrière-boutique, et revient, brandissant avec beaucoup de naturel, Noël, hourra et miracle, la sacoche que le soleil du soir nimbe d'un halo sacré.

Bon, cela dit, une sacoche, ce n'est pas ça qui nous paiera le bus et l'hôtel. Quelle sorte de jobard, dans un pays aussi pauvre que le Guatemala, laisserait deux mille dollars dans une sacoche abandonnée ? Bien entendu, le gargotier va nous dire qu'il l'a trouvée comme ça, vide.

Et voilà, il faut être aussi sordidement attaché à l'argent qu'un Auvergnat pour penser qu'il passe chez l'homme avant toute considération humaine ou morale. Ce qui est arrivé alors a été un cinglant démenti aux croyances ancrées dans l'esprit de plusieurs générations de Jourde et de Roughol*. Car dans la sacoche remise par l'aubergiste, avec naturel et simplicité, Bernard retrouve tout, les deux mille dollars au complet, ses papiers, et, *last but not least*, la livre de shit. C'est une renaissance, une nouvelle vie pour lui après la ruine, l'opprobre, les ennuis de toutes sortes et le retour tête basse de l'enfant prodigue au foyer familial, avenir qu'il avait dû voir se dessiner avec des contours terriblement distincts une fois qu'il avait pu se représenter un avenir, c'est-à-dire après sa non-exécution. Dans l'immédiat, notre voyage aussi pouvait à nouveau avoir un avenir.

— C'est vrai, commente Bernard, mais tu parles d'un avenir. Deux jours après on devait aller à Tikal, mais la courante t'a immobilisé dans les chiottes de l'hôtel. Ensuite, on s'est vite séparés, tu es reparti au Mexique.

* Mon vrai nom, c'est Pierre Jourde-Roughol. J'écris sous pseudonyme.

LA BOUTEILLE DE COCA RAVAGEUSE

Après Briare commence la longue théorie des -sur-Loire, Neuvy-sur-Loire, Cosne-sur-Loire, Pouilly-sur-Loire, Mesves-sur-Loire, La Charité-sur-Loire… Longtemps, cette Loire-là fut la seule que nous ayons connue, l'autre, plus pleinement Loire, celle qui s'épanouit entre Orléans et Nantes où elle engendre des châteaux, ne devant nous être révélée qu'aux alentours de nos vingt ans.

— C'est curieux, philosophé-je à l'intention de mes compagnons de voyage, car je n'ai rien d'autre à faire que philosopher, c'est curieux qu'il y ait un âge auquel on découvre ce qui est censé être toujours connu.

— C'est pas très clair, ce que tu racontes, dit Martine.

— C'est la faim. Ça me trouble les idées. Je veux dire qu'il y a des choses qui sont tellement connues qu'on finit par se dire qu'on les a toujours connues, qu'elles font partie de nous, au même titre que notre patrimoine génétique, comme les châteaux de la Loire, Bach, Zola, la tour Eiffel, Hitler. Et pourtant il y a un jour où nous avons appris l'existence de Hitler, vu les châteaux de la Loire ou la tour Eiffel, écouté du Bach et lu du Zola. Rétrospectivement, quand on y pense, ça surprend. On a pu vivre vingt ans sans voir

Chambord, c'est quand même incroyable. C'est même le fait d'avoir dû commencer qui est incroyable. Je me dis qu'avant d'avoir connu tout cela, c'est comme si je n'existais pas vraiment.

— C'est un peu de la branlette du bulbe, mais d'accord.

— D'un autre côté, cette idée nous masque le fait incroyable que ces choses n'ont pas toujours été, qu'il y a eu une Loire sans châteaux, Paris sans tour Eiffel, Lussaud sans notre maison.

— C'est comme la grand-mère, dodeldire mon frère.

— Comment ça ? Vois pas le rapport.

— C'est comme la grand-mère, sauf que c'est le contraire. Elle a existé, et c'est incroyable qu'elle n'existe plus. La même chose à l'envers.

— Mouais. Pas faux. De toute façon je suis trop fatigué pour réfléchir à la validité métaphysique de tout ça.

— En tout cas, suggère Martine, ça doit être pour ça qu'on est dans cette camionnette à trimballer ce canapé.

— Très juste. Le canapé incarne l'impossibilité de la non-grand-mère, si vous voyez ce que je veux dire.

— Ça n'a rien d'impossible, remarque mon frère, puisqu'elle est morte. Nous sommes bien en train d'expérimenter la non-grand-mère, non ?

— Dans la réalité.

— Et alors ?

— La non-grand-mère est impossible en théorie, mais effective dans la réalité, un peu comme le mouvement pour Zénon d'Élée.

— *What* ? vocifère l'organe fraternel.

— Nous sommes en train de parcourir la distance Créteil-Lussaud, pas vrai ?

— *A priori,* on n'est pas en train de trier des lentilles à Maisons-Alfort.

— Observation pertinente. Donc nous allons effectuer un déplacement de cinq cents kilomètres environ.

— Jusque-là, ça baigne.

— Pour ça, on va d'abord devoir en faire 250.

— Si mes calculs sont exacts, c'est juste.

— Mais avant, il faudra en parcourir 125. Et avant, 62,5, et avant, euh, 31,25, etc., à l'infini. Donc, pour nous déplacer, nous devons parcourir l'infini. C'est impossible. Le mouvement est impossible, CQFD.

— Je connais le coup, figure-toi. En attendant, on se déplace, on est à Cosne, ça nous fait déjà deux cents bornes d'infini de parcourues.

— C'est bien ce que je voulais dire : dans la réalité, nous nous déplaçons, bien que ce soit impossible en théorie. Le réel est impossible. La non-grand-mère n'est pas impossible, en fait, c'est la grand-mère qui l'était.

— Ça, pour ce qui est d'être impossible, je confirme, elle l'était.

— L'impossibilité est même le critère du réel. Il me semble que si une chose est possible, elle manque un peu de réalité. D'ailleurs c'est ce que nous disons spontanément quand la réalité nous atteint fortement : ça n'est pas possible !

— Il y a bien des choses impossibles qui ne sont pas réelles.

— Par exemple ?

— Je ne sais pas. Il y en a plein. Comme elles sont impossibles, elles n'existent pas, c'est simple : un mort-vivant, un canari de 500 kilos, une planète en saint-nectaire.

— Oui, pardon. Il faudrait dire que l'impossibilité est

une condition nécessaire, mais pas suffisante, du réel. Si on savait de quoi est faite l'autre condition, qui complète l'impossibilité, j'imagine qu'on serait Dieu.

— Et c'est parce qu'on n'admet pas cette impossibilité qu'on transporte des canapés-lits.

— Exactement, mon cher. La mort de la grand-mère a fait éclater aux yeux de maman l'impossibilité de la grand-mère. Il ne pouvait pas y avoir d'Yvonne Noussat. C'est quelque chose qui ne pouvait pas être qui lui a pourri la vie. En nous faisant trimballer tout ça, maman défie l'impossibilité pour rétablir un ordre des choses tranquillisant. Elle fait peser du bois et du temps et de l'espace sur nous pour déjouer l'impossibilité.

— Brillant. Pas du tout convaincant, mais joli. Si si.

— Je vous remercie.

L'engrènement des -sur-Loire suggérait quelque chose comme le paradoxe de Zénon, sur lequel je n'avais brodé que pour faire passer le temps. On avait beau avancer, on n'en sortait pas, on était toujours quelque-part-sur-Loire. En fait, nous nous figurions avancer : en réalité, nous nous enfoncions, verticalement, dans l'infini-sur-Loire, parcourant sur place des parcelles indéfiniment divisées d'espace.

L'infini du voyage en camionnette ou en bus, qui semble ne jamais devoir cesser, je l'avais déjà éprouvé à plusieurs reprises. Les deux plus réussis avaient été, d'abord à vingt-six ans, le trajet de Paris à Athènes, coincé pendant trois jours pleins et deux nuits sur un siège de métal d'un inconfort qui semblait avoir été soigneusement étudié. Puis, l'année suivante, de Leh, au Ladakh, à Srinagar, au Cachemire, dans un bus indien qui franchissait l'Himalaya en deux jours, par des routes et des pistes longeant des précipices à faire dresser les cheveux sur la tête. Comme le voyage de mon frère au Mexique, mes différentes expéditions en Inde et dans l'Himalaya avaient ajouté au calvaire de mes parents. J'imaginais, *a posteriori*, par quelles affres ils avaient dû passer lorsqu'ils restaient sans nouvelles de nous pendant des semaines, et ne pouvaient que nous imaginer perdus dans la jungle ou dans les hautes montagnes. Et comme, chaque fois que nous revenions, nous les abreuvions avec un sadisme inconscient d'anecdotes terrifiques, comme celle de la sacoche, ils tremblaient plus encore à chaque nouveau départ.

— Tiens, dis-je à Martine, puisqu'on nage en pleine scatologie…

— Non, c'est pas la peine, merci, ça va être l'heure de déjeuner.

— Mais si, je voulais donner raison à Bernard, pour une fois. Je repensais à ce qu'il disait tout à l'heure des chiottes et du voyage. Tu as lu *Le Tibet sans peine*?

— Oui, ça fait un moment.

— Tu te souviens de l'épisode du passage du col, au retour ?

— Non, pas vraiment.

— Eh bien c'est une histoire qui corrobore sa théorie. On dirait qu'en voyage, en effet, je le confesse, je suis obligé de rejouer la scène primitive des chiottes de la grand-mère à Bonneuil-sur-Marne. Je n'en aurai jamais fini avec ça.

— Il faudrait que tu consultes un psychanalyste.

— Plutôt un gastro-entérologue, marmonne le génie du Mal.

— Oh, eh, dans ton cas, question vie intestinale, je préfère jeter un voile pudique, ça tient du Vésuve ou de la montagne Pelée, avec grondements, nuées ardentes et nuages de soufre. Je ne sais pas combien tes éruptions ont fait de victimes, mais ça doit être une hécatombe. Pompéi, à côté, c'est un fait divers local. Toi, ce n'est pas un médecin qu'il te faudrait, c'est un vulcanologue.

— Ah non, assez, on veut de la littérature, pas du Bigard, ne confondons pas les genres, brame le lecteur qui a acquis à grands frais la Blanche de chez Gallimard, y voyant un gage de qualité et d'honorabilité littéraires. Ça suffit avec le pipi caca prout, hein.

— Lecteur, excuse-moi de te demander pardon, mais tu n'es qu'un pisse-froid, doublé d'un rabat-joie. Tous les thèmes sont compatibles avec la littérature, alors on se tait et on écoute l'histoire.

— La littérature bas de gamme, oui. San Antonio dans le meilleur des cas. Mais enfin on attend d'un écrivain, d'un vrai, qu'il ne se vautre pas dans la régression et la complaisance scatologique. Chez Julien Gracq, personne ne pisse jamais, que je sache.

— Ni chez Lamartine, j'en conviens. Mais enfin tu n'es pas sans savoir, oublieux lecteur, sans même recourir à Rabelais et à son torche-cul qu'on commente à l'université, que Zola, Swift et Sartre passaient en leur temps pour des dégoûtants qui se vautraient dans l'ordure. *Les Voyages de Gulliver,* dans le genre scato, c'est fadé. Tiens, rien que dans *La Terre,* le paysan surnommé « Jésus-Christ » est un pétomane, alors hein, la littérature ça n'est pas forcément du sentiment élevé, de la sublimation et de l'idéal. C'est l'homme. *Inter faces et urina nascimur,* comme dirait le gars d'Hippone. Cela dit, *paulo majora canamus,* OK, tout est une question de dosage.

— Je rêve, râle le lecteur décidément de mauvaise humeur. Quand je pense que c'est le même type qui s'est moqué de la littérature « du corps », des détails de sperme et de chiottes de l'autofiction, de la tripe et des organes complaisamment étalés, qu'il disait, par toute une frange de « l'écriture des femmes » ! Ah, on finit par y venir, comme les autres. Au fond, avec vos rodomontades viriles et vos grasses plaisanteries, vous êtes le beauf de la littérature. J'en ai assez lu comme ça, *ciao*.

— Non, lecteur, ne t'en va pas, ça me fait de la peine. Excuse-moi si je me suis montré brutal. Écoute-moi encore un peu…

— Non non, ça suffit, j'ai un Le Clézio à finir.

— Juste une seconde. Écoute, j'ai la conviction profonde que la littérature, que l'art en général, pour s'accomplir pleinement, ne peut se cantonner ni dans la pure sublimation, ni dans la revendication du corps ou du déchet. Ni le beau ni l'horrible, ni le bas ni le haut, les deux inextricablement liés, fonctionnant l'un par l'autre. La scatologie, ici, n'est pas une rigolade gratuite, une pure complaisance, encore moins une revendication de l'organique, elle est liée à l'ensemble du propos, tu dois bien le sentir, et la question est liée à ce qui dans l'enfance… Ah merde, il est parti.

— Qui ça ? demande Martine.

— Laisse tomber.

Lecteur ou pas lecteur, il faut poursuivre. Le canapé-lit doit arriver à destination, même si personne ne s'intéresse plus à son cas. Et je rappelle à Martine l'histoire du franchissement du col, sans m'attarder sur les éventuelles implications psychanalytiques de l'expression, on n'est pas dans un livre de Madeleine Chapsal.

Avec Thierry, un vieux copain que Bernard et moi avions en commun, nous avions traversé l'ouest de l'Himalaya pour passer des vallées indiennes aux territoires de culture tibétaine, de l'autre côté de la chaîne principale : Zanskar et

Ladakh. (Chichicastenango ! Molompize ! Anzat-le-Luguet ! Chavagnac !)

Nous avions attaqué les pentes dans les derniers jours de mai. Il était tombé des mètres de neige, nous ne disposions d'aucune carte fiable, étions tous deux équipés pour camper dans les Landes en juillet : tente canadienne, pataugas usagées, pulls légers, pantalons d'été, bob pour lui et petit foulard de soie pour moi, histoire de faire joli. Il y avait des cols à plus de 5 000 à passer, des ponts de corde, des rivières en crue dépourvues de ponts, le tout avec un ravitaillement aléatoire. Bon, en fait, sans ravitaillement.

Ce pourrait être l'occasion d'une digression pour évoquer une autre histoire d'objet. L'objet en question trône encore dans ma chambre, avec un petit air d'ironie qui ne me plaît qu'à moitié, sous la forme d'un bol en bois décoloré, au fond étamé. Je pourrais raconter que, au terme de quinze jours de marche, nous n'étions plus qu'à une journée de Padam (oui, comme chez Édith Piaf), chef-lieu du Zanskar, où un service de bus devait nous emmener à Chichicastenango. Plus exactement à Lamayuru, sur la route du Cachemire, où nous trouverions d'autres cars.

Je pourrais raconter que, fort de cette certitude, et sachant que le lendemain soir nous dormirions dans une lamasserie ou une quelconque étable, je me suis laissé aller à me défaire de notre tente. Dans mes souvenirs, pendant longtemps, j'avais généreusement donné la tente à un Zanskari qui la convoitait. Les Zanskaris sont d'une pauvreté noire et d'une gaieté inaltérable. Lorsque j'ai retrouvé, au fond d'un tiroir, mon carnet de voyage, j'y ai lu que j'avais âprement marchandé la tente, en échange, entre autres, d'un bol jaune dont, sans raison valable, je m'étais entiché. C'était un de ces bols, très courants, qui servent à tout, notamment à boire le gurgur tcha, le thé salé au beurre de yack (pas mauvais), ou le Chang, la bière d'orge avec laquelle le Tibétain se murge gentiment en balbutiant des blagues tibétaines d'autant plus incompréhensibles qu'elles sont en tibétain. Je pourrais raconter que ce bol avait quasiment exigé de moi que je refile la canadienne qui nous avait, mon compagnon de voyage et moi, à peu près protégés du froid durant notre traversée de la chaîne himalayenne. Je pourrais dire que, le lendemain, à Padam, on nous a annoncé que les bus ne passaient pas en raison de la neige. Que, par voie de conséquence, il allait nous falloir encore marcher cinq jours et franchir un col à 4 800 mètres, sans tente. Je pourrais ajouter que nous le fîmes, je pourrais faire valoir que quand on dort sur la neige, à 4 000 mètres, sans tente, que l'eau gèle dans la gourde, ça caille. Oui, je le pourrais, mais je ne le ferai pas, et pour deux raisons : la première, c'est que cela alourdirait et ralentirait le déroulement jusqu'ici allègre de cette narration ; la deuxième, c'est que j'ai déjà raconté tout ça dans *Le Tibet sans peine*, je ne vais quand même pas radoter, vous n'avez qu'à l'acheter, 5,90 euros en Folio, c'est pour rien.

(Tout le passage qui précède est gracieusement offert au professeur de français désireux de donner à ses élèves un bon exemple de prétérition. Je peux également fournir, sur commande, l'ekphrasis, l'ironie pseudo-encomiastique — spécialité de la maison —, la prosopopée, l'épanorthose. Supplément pour l'expolition.)

Au bout de trois semaines de marche, donc, nous étions parvenus au terme de notre expédition, la lamasserie de Lamayuru, calcinés par le soleil d'altitude, en loques et amaigris de dix kilos chacun. Deux choses noirâtres et sèches d'où pendouillaient des restes d'étoffes crasseuses. De vrais

Tibétains, quoi. Un tour à Leh, la capitale de la région, s'imposait avant de rejoindre le Cachemire et la civilisation. Il n'y a rien à Leh, à part quelques restaurants minimalistes où Thierry s'empiffrait à en crever de raviolis tibétains (ou momos) après trois semaines à la farine d'orge et au muesli en sachets. Il prenait quatre fois le menu, ce qui nous montait à des soixante francs tout de même.

Une fois bourrés de momos jusqu'aux sourcils, rassasiés pour la première fois depuis plus de trois semaines, nous avons décidé de quitter l'Himalaya. Mon amoureuse, celle de Briare et du couteau, heureuse dédicataire de cet ouvrage, tant pis pour elle, m'attendait à Srinagar, c'était l'affaire de deux jours de car. Première journée quasiment confortable, sous le soleil, dans un car vide. L'étape obligée est à Kargil, histoire de dîner et de passer la nuit, à quelques kilomètres de la frontière du Pakistan, l'ennemi héréditaire. Il se passe toujours des choses à Kargil. Notamment la guerre dite « de Kargil », qui aurait lieu une quinzaine d'années plus tard, au printemps 99, au cours de laquelle l'Inde mettrait une nouvelle pâtée au Pakistan et aux islamistes qu'il soutenait. Bien fait.

— À propos d'étape, fait Bernard, interrompant un récit qui s'annonçait pourtant palpitant, c'est bien joli tout ça, mais excuse-moi, hein, tu me donnes faim avec tes histoires de momos. D'ailleurs tu nous l'as déjà racontée vingt fois ton histoire.

— Je la reprends à cause de ce qu'on disait. Tout à coup elle s'éclaire autrement. Enfin bon. Si je comprends bien vous préférez la nourriture à la littérature.

— C'est ça.

La Charité, comme Kargil, se trouve pile au milieu du parcours, c'est l'étape traditionnelle, celle du casse-croûte et du repos. Perrinet Gressart y a mis la pâtée à Jeanne d'Arc. La camionnette aborde le virage où se déploie le fleuve Suru dans toute sa largeur, on aperçoit les vieilles maisons de pierre, le clocher de l'abbatiale, et de l'autre côté du fleuve, vers l'ouest, ces collines plantées de vignobles, c'est le Pakistan. Ou plus exactement le Sancerrois, à l'ouest en effet, mais de la Loire, pas du Suru, tout dépend à quel niveau de l'histoire nous nous trouvons, je finirais par m'égarer.

La Charité correspond à la plus belle des vertus, mais ce n'est pas ce qui me frappait enfant dans ce nom, quand rituellement nous nous y arrêtions pour nous restaurer sur la route de l'Auvergne. Était-ce un réflexe pavlovien ? Pour moi, La Charité était la cité de la salade de pommes de terre à l'ail, la capitale du camembert, la métropole du pâté de campagne. Ce nom seul condensait les joies des nourritures populaires, un peu comme « casse-croûte », dans une version plus générale et plus profane. La Charité sentait le pain croustillant et la charcuterie qu'on sort précautionneusement de son papier comme on désemmaillote un nouveau-né rose et joufflu, un cochon christique qu'on se calera eucharistiquement derrière la cravate. La Charité mâchait dans le *ch*, roulait dans le *r*, et le *i* donnait dans cette richesse et ce gras la note d'acidité d'un cornichon. La Charité sonnait comme « chair », la chair cuite du charcutier.

Encore aujourd'hui, le réflexe fonctionne, et le seul fait d'écrire ses syllabes, d'en entendre virtuellement la riche sonorité suffit à me faire saliver. Et dans mon esprit, la première des vertus théologales, celle qui seule continuera à avoir un sens lorsque le royaume de Dieu sera advenu, s'accomplit dans la charcuterie. C'est le casse-croûte familial qui anticipe le mieux, dans ce monde charnel et transitoire, la contemplation de la Face de Dieu. Telle est l'*agape*, dans son acception mystique. La Charité, l'amour régnant enfin dans l'éternité, se tartine sur du pain baguette, assis dans l'herbe, face à la Loire tranquille.

Il y a, après le coude de la route, là où se déploie d'un coup, en sortant du bois, le long voile moiré de la Loire, c'est difficile à prononcer, le long voile moiré de la Loire, mais c'est poétique, un petit coin de pelouse où l'on peut garer la camionnette, s'asseoir sur un muret et sortir l'artillerie odorante.

On s'installe. On refait rituellement le sacrifice de l'agape. Et je sors aussi, pendant que Martine et Bernard jouent du couteau et de la dent, l'histoire de mes affres intestinales dans le délicat transit des passes himalayennes, en dépit de leurs protestations rituelles, ce n'est vraiment pas un sujet quand on se met à table, il le fait exprès, etc.

Contrairement à La Charité, Kargil n'évoque nulle agape. On y mange du riz, et puis c'est tout. J'avais commandé, pour l'arroser, un *Campa Cola*, accablante version indienne du Coca qui, vu l'odeur, doit se concocter avec des restants de goudron, de petit-lait et de graisse de mouton. Mais un bon *Campa Cola*, après l'austérité tibétaine, c'était un luxe byzantin. La capsule tenait mal au goulot de la bouteille, elle est partie toute seule, mais l'envie de *Campa Cola* était plus forte que la prudence. Le goût de poussière et de vieilles fripes était peut-être un peu plus net que d'habitude, mais le *Campa Cola*, c'est ça.

Je n'aurais pas dû, je l'ai compris dès le lendemain matin, à l'aube. Le coup classique, comment un vieux routard de l'Inde comme moi avait-il pu s'y laisser prendre : on débouche la bouteille, on récupère la moitié du soda qu'on reverse dans une bouteille vide, on complète les deux bouteilles avec de la bonne eau du robinet, on rebouche sommairement et le tour est joué, on revend deux bouteilles pour une achetée. L'enfance de l'art. Quant à l'eau du robinet en Inde, la vue d'une goutte au microscope donnerait des cauchemars. Ça grouille horriblement. Dans une seule goutte d'eau indienne l'observateur attentif voit l'Enfer de Jérôme Bosch.

Lequel j'avais donc dans le ventre.

Dès le lever du soleil, et pour varier l'image, Falkenhayn déclencha la grande offensive. Le pilonnage intensif commença dans mes entrailles mal défendues et mal alimentées. Au bout d'une heure à peine, je gisais, durement touché, au fond du car, tandis que les colonnes ennemies progressaient dans les boyaux dévastés, baïonnette au canon.

Le car, heureusement, était à peu près vide. À part le chauffeur, inévitablement sikh, et deux ou trois Indiens, il n'y avait que Thierry et moi. Les heures passaient qui chacune représentaient un cran dans l'agonie. J'avais l'impression de devoir retenir tout l'intérieur de mon être qui ne demandait qu'à m'abandonner, je me tortillais comme un damné, me serrais et me durcissais, allais chercher des muscles encore inconnus pour les contracter. Thierry se partageait entre la douce rigolade et une compassion à moitié feinte. Quant à s'arrêter, pas question. Je craignais encore plus le ridicule que la souffrance, même si les Indiens, eux, n'éprouvaient pour la plupart aucun scrupule à déféquer à peu près n'importe où. Je sauverais ma dignité aussi longtemps que possible. Énervés par cette résistance inattendue, Falkenhayn et le Kronprinz densifiaient encore le marmitage de mes positions. Nous approchions du col.

Le col de Zoji La sépare les hauteurs tibétaines du

Cachemire. À cette époque, c'était un franchissement épique. Mais ce l'est sans doute encore. La route se réduisait à une piste boueuse, étroite, creusée de cratères et de fondrières, parsemée de blocs de pierre détachés de la montagne, piste qui se faufilait entre la falaise abrupte et le précipice, au fond duquel on apercevait toutes sortes de véhicules, mais principalement quelques exemplaires des gros camions jaunes sillonnant en permanence cette voie, les uns derrière les autres. Chauffeur sur la route du Tibet était une activité à haut risque, au même titre que pilote de formule 1, skieur extrême, soldat syrien ou militant écologiste dans le Cantal. On ne pouvait se croiser que difficilement dans le col, au prix d'un passage au ras du gouffre. Une fois dans la passe, et pendant des heures, inutile d'espérer poser culotte entre deux léviathans patinant désespérément dans la gadoue.

Mais, avant d'aborder ces embûches, en venant du Tibet, la route traversait de hautes plaines désolées qui rasaient la frontière pakistanaise. C'est là que l'offensive ennemie a atteint son acmé. Mes défenses intérieures cédaient les unes après les autres. Et le car s'est arrêté, derrière une longue file de véhicules. Cela arrivait souvent avant le col (j'étais une sorte d'habitué du Zoji La, je le franchissais quand même pour la cinquième fois) tant les monstres peinaient à en franchir les chicanes. Et puis il y avait des accidents permanents, des travaux incessants, des contrôles militaires sporadiques.

Comme rien ne bougeait plus depuis un moment, le chauffeur s'est décidé à lancer un casse-croûte. Je n'ai jamais compris comment on pouvait aussi vite, l'air de rien, abattre une chèvre qui passait dans le coin, la dépecer et introduire les morceaux dans un chaudron.

— Passe-moi le saucisson, blatère mon frère.

La chèvre ne me disait rien. Je n'avais pas mangé grand-chose depuis la veille, mais cela suffisait à alimenter les troupes en munitions, pas la peine d'ajouter un convoi. Même du saucisson, je n'aurais pas pu.

Par les fenêtres du bus, on ne voyait à peu près que du blanc, un vaste plateau couvert de neige, à perte de vue, sous un ciel noir. Nous devions être à 3 500 mètres, à peu près, juste avant la passe et la descente. Il aurait fallu que je descende du bus et que j'aille me vider au milieu de ce désert, tache noirâtre seule visible au milieu de ce blanc, sous les regards que j'imaginais goguenards des quelques passagers du bus. Ma dignité résistait encore. Je n'avais pas la défécation sereine de l'Indien moyen.

Du blanc, pas seulement. À droite émergeaient de la neige les grilles et les frises de barbelés qui circonscrivaient un camp militaire. Une sentinelle se gelait à l'entrée, qui devait regretter les moiteurs de son Pendjab ou de son Bengale natal. Qui dit camp militaire dit toilettes.

La tentation me poignait. Elle aussi. Des toilettes, c'était le salut, avec la dignité humaine. Oui, mais le temps de parlementer, de les trouver, d'opérer, la passe pouvait se dégager et le car repartir sans prévenir, me laissant planté là, tout seul, dans ce désert himalayen, coincé parmi des bidasses exotiques. De longues minutes, j'ai tergiversé, pris dans une alternative cornélienne : rester recroquevillé au fond du car et continuer à me tordre, ou risquer le camp et l'abandon, mais trouver le soulagement. Plus le temps passait, plus le car avait de chances de redémarrer.

Le ventre a décidé pour moi : ce n'était plus tenable. J'ai quitté le car, traversé l'étendue de neige et suis allé m'expliquer en anglais et en me tortillant avec le factionnaire grelottant, lequel n'a rien compris à ce que je lui racontais. Il a été rejoint par un collègue, puis par un sous-officier, visiblement avides de distractions, pour qui j'ai dû recommencer mon histoire. Chichicastenango.

La situation devenait gênante. À ma grande surprise, après quelques palabres que je brûlais d'écourter, au lieu de s'assurer que je n'étais pas un espion pakistanais ni un guérillero guatémaltèque, on ne sait jamais, ils m'ont indiqué ce que je demandais. Si j'avais bien compris. Et eux aussi. Je l'espérais de toute mon âme. En Inde, quelqu'un qui ne peut pas répondre à votre demande d'information vous indique tout de même quelque chose, n'importe quoi, par pure amabilité et pour sauver la face.

Après avoir tourné entre des baraquements, sans trouver rien qui ressemblât à l'objet de ma quête, j'ai fini par ouvrir une porte, à peu près au hasard, pourquoi pas, ça pouvait bien être là.

En fait, non. C'était une salle nue, équipée d'une grande table portant des cartes sur lesquelles se penchaient des officiers. Peut-être que je dérangeais.

En principe j'aurais dû m'excuser et m'éclipser discrètement, mais je n'y tenais plus. Je leur ai demandé les toilettes.

Comme on ne peut guère supposer que les officiers indiens en poste sur la frontière himalayenne aient l'habitude d'indiquer les toilettes de la caserne à des touristes de passage, il faut admettre que la période coloniale a légué à l'armée indienne un flegme et une courtoisie distante très *british*, car ils m'ont indiqué ce que je cherchais sans paraître s'étonner, avec une compétence et dans un anglais nettement supérieurs à ceux des bidasses de l'entrée. Normal, c'étaient des officiers. Il n'empêche que je continue à m'interroger aujourd'hui encore sur leur bonne volonté. Surpris par mon intrusion, ils ont dû, au lieu de me considérer tout de suite comme un espion pakistanais, ce qui serait l'attitude normale d'un officier indien sur la frontière, réagir instinctivement, par courtoisie automatique. Les toilettes je vous prie ? Au fond à gauche. Zut, trop tard.

Et j'ai trouvé.

Je n'avais pas sur moi de quoi tirer un feu d'artifice de liesse, mais mentalement, les bouquets s'épanouissaient en gerbes multicolores.

Chichicastenango !

Toutefois, dans la guérite où je me libérais, ce n'était pas encore tout à fait la paix de l'âme. Toutes les deux minutes, je me reculottais hâtivement, jaillissais comme un diable, courais voir si le bus était bien encore bloqué sur la route, ne m'avait pas abandonné seul dans les chiottes d'un camp militaire indien à 3 500 mètres d'altitude, non, il est encore là, et revenais incontinent à mon travail.

Enfin, une fois évacués le Tibet, ses montagnes, ses pistes, ses routes, ses cols, ses lamasseries et son *Campa Cola*, j'ai regagné ma place dans l'habitacle, prêt à franchir le col, et à renaître.

LE BIDON TENTACULAIRE

Lorsque nous avions descendu le corps de notre père, de Créteil à Lussaud, douze ans auparavant, déjà, le fourgon s'était arrêté à La Charité-sur-Loire, où nous avions saucissonné. J'avais l'impression de recommencer, avec le corps, symbolique cette fois, de la grand-mère. Ce que nous allions entreposer dans la vieille maison du Cantal, c'étaient toutes les avanies subies par notre mère, qu'elle espérait sans doute transmuer, par ce geste d'apaisement posthume, en souvenirs inoffensifs.

Nous avions passé une grande partie de notre enfance chez notre arrière-grand-mère Philomène, la belle-mère de ma grand-mère, la veuve de son père, qu'elle avait épousé en secondes noces, comme je crois déjà l'avoir expliqué, mais je ne suis pas certain que tout le monde suive. Lorsqu'elle est morte, très âgée, ma mère, qui l'adorait, et qui avait trouvé chez elle l'affection qui lui manquait chez ses parents, a voulu acheter son petit pavillon. Elle y avait passé les meilleurs moments de son enfance, et nous aussi. J'y étais né. Le pavillon avait appartenu à son mari, notre arrière-grand-père Auguste, donc les propriétaires en étaient mes grands-parents.

Mes parents n'étaient pas riches, mais ils ont pu tout de même rassembler dix millions de francs de l'époque. Un prix correct pour ce genre de petite maison, dans une banlieue populaire, sans toilettes ni salle de bains. Dix millions pour conserver la maison des beaux souvenirs d'enfance, des Noëls magiques, celle où mon frère était censé avoir gobé un bouchon de champagne.

Mes grands-parents en exigeaient douze millions.

Ils la refusèrent donc à leur fille et la vendirent à un étranger qui entreprit aussitôt de la décorer avec des parpaings. Avec cet argent, ils investirent dans l'immobilier, car ils n'en avaient nul besoin et ne dépensaient rien. De la maison où nous habitions, nous voyions, chaque jour, à cent mètres au bout de la rue, la maison défigurée de notre enfance, celle vers laquelle, aujourd'hui encore, mes rêves me conduisent régulièrement, vers la vieille paysanne qui n'a jamais cessé de m'attendre.

La Charité, mon bon monsieur, est la plus noble des vertus, mais comment s'y attarder ? Comment vivre dans la Charité, quand on est issu d'une lignée d'âpres pingres et de remâcheurs de rancœurs ? Et nous voilà repartis, tous saucissons remballés, vers ces hauteurs lointaines où tout finit par revenir, les meubles et les morts.

Dans la génération de notre mère, on voyageait peu à l'étranger, ou alors en Hollande, pour son voyage de noces. On ne pratiquait guère de sport. On faisait la guerre ou la queue chez le boucher avec des tickets d'alimentation, ce sont au fond des aventures plus dangereuses. Si on y songe bien, philosophé-je tout haut, mais que faire d'autre dans une cabine de Jumper, on se vante d'exploits assez minables. Nous n'avions pas eu à partir, la fleur au fusil, vers la ligne bleue des Vosges, c'était déjà ça. Eux, qu'on trouvait si popotes, si bourgeois, avaient risqué leur peau mais préféraient ne pas en parler. Et lorsqu'ils en parlaient, nous les trouvions rasoir.

— Ah, les découvertes de la maturité, turlute Martine.

Dans l'arsenal des aventures pacifiques, si je puis dire, qu'est-ce qui symbolise mieux l'aventure au sein de la nature vierge que le canoë ? On s'imagine tout de suite dans un roman de Fenimore Cooper, descendant un fleuve au cœur de forêts immenses, la pirogue chargée de pemmican (ça ne doit pas être terrible, le pemmican). On se voit déjà pagayant dans les rapides comme dans *Délivrance*, installant le bivouac au milieu de la sauvagerie absolue comme dans *La Captive aux yeux clairs*.

En fait de sauvagerie, mes premières expériences de canoë avaient principalement consisté à descendre deux fois les gorges de l'Ardèche en été, c'est-à-dire à attendre patiemment à la queue, comme tout le monde, avant chaque petit rapide, que le précédent ait réussi à passer la difficulté sans se casser la figure. Il me fallait mieux que ça.

J'avais donc tenté les gorges du Tarn, pour changer. Mais début septembre, en espérant un peu de solitude. Faisaient partie de l'expédition ma compagne d'alors, novice, un ami, Franck, et son fils de dix ans, tout aussi peu expérimenté. La solitude était au rendez-vous, si on peut s'exprimer ainsi, car un gros orage qui avait eu lieu la veille avait semble-t-il découragé les amateurs potentiels. Lorsque nous sommes arrivés au point de départ, aucun autre kayakiste ne s'est présenté. Le ciel était noir, la rivière brune et les nuages balançaient distraitement quelques grosses gouttes. On a mis les deux canoës à l'eau, dans l'un ma compagne et moi, dans l'autre Franck et son fils, et nous sommes partis, emportés par un courant allègre.

Extrêmement allègre, même. Le niveau du Tarn était beaucoup plus haut que ce que j'en avais vu habituellement en été. Très vite, le courant s'est accentué. La poussée était impressionnante. L'eau se soulevait en lourdes ondulations. Des branches arrachées aux arbres de la rive descendaient en même temps que nous. Le canot était de plus en plus difficile à contrôler, et ma coéquipière n'avait pas la force nécessaire pour m'aider à le diriger. Tout à coup, dans un coude, j'ai vu un tronc arraché se mettre en travers du courant. Rien à faire pour l'éviter : il a percuté la coque en travers, le canoë s'est retourné. À peine la tête hors de l'eau, j'ai vu l'embarcation de Franck éjecter ses occupants, comme si elle avait sauté sur une mine.

Pendant que nous barbotions tant bien que mal, les deux canoës prenaient de l'avance, emportés à toute vitesse par le flot, et les pagaies suivaient en tournoyant. Le matériel nous a vite distancés. La rivière était à présent bordée de falaises rocheuses, presque verticales. Impossible de s'arrêter. Plus rien à faire, que se laisser descendre, en attendant des rivages plus accueillants. Encore heureux, aucun péquenot local posté sur un piton rocheux ne nous canardait au fusil de chasse.

Ainsi dévalions-nous, ballottés par les vagues brunâtres, parmi toutes sortes d'épaves et de débris. J'apercevais, à des distances variables, trois troncs humains ceints du gilet jaune de sécurité. Le grondement de l'eau nous empêchait de communiquer, mais de toute manière un colloque sur les décisions à prendre à court terme n'aurait sans doute pas débouché sur grand-chose. L'espoir de rattraper les canots, que j'avais un moment caressé, s'était envolé. Parfois un coude de la rivière faisait disparaître l'un d'entre nous aux yeux des autres. Pour un regard extérieur, s'il y en avait eu un, nous aurions été parfaitement ridicules.

Mais le sentiment du ridicule le cédait progressivement à celui d'une certaine urgence. La plaisanterie commençait à durer. L'eau était glacée. Je sentais que je me refroidissais. Cela ne m'alarmait pas encore excessivement, mais je me demandais comment le gamin de dix ans allait supporter ça.

Je me trouvais en tête du défilé des naufragés. Au débouché d'une nouvelle boucle du Tarn, j'ai aperçu deux étroites plages de sable, de chaque côté. Sur celle de gauche, une femme me regardait d'un air interloqué. Plus exactement, elle ouvrait une vaste bouche et deux grands yeux ébahis (superbe épanorthose avec rupture de continuité syntaxique, repos, kiné). Elle avait dû voir passer avant moi les embarcations et les pagaies. Je ne me sentais pas franchement à mon avantage, et j'ai préféré ne pas lui adresser un bonjour de politesse, ni de petit signe de la main, cela aurait paru d'une désinvolture un peu forcée dans ma situation. J'ai réussi à nager jusqu'à la plage de la rive droite, plus facilement accessible, et j'y ai attendu les autres.

Une demi-heure après, les loueurs de canoës nous ont retrouvés. La violence du courant les avait affolés, et ils étaient partis à notre recherche en longeant le Tarn en camionnette. Fin de l'épisode.

On ne peut pas parler d'aventure. C'était du foirage de loisir, sans gloire, comme on se brûle les mains en allumant un barbecue. De quoi avoir l'air malin aux urgences. Bref, pas de quoi se vanter. Plus tard, moi qui ai fait quarante-cinq ans de ski sans rien me casser, j'aurai du mal à avouer que je ne m'étais pas arraché les ligaments croisés en descendant une noire à fond les ballons, mais en faisant de la luge. La bonne formule pour ne pas mentir en évitant la honte sera « aux sports d'hiver ».

Donc l'aventure, la vraie, ça ne pouvait être qu'au pays des ours et des indiens. Pas ceux de Kargil, pas les marchands de *Campa Cola* frelaté, ceux avec des plumes, des wigwams, des tomahawks et qui boivent de l'eau de feu : l'Amérique.

Raison pour laquelle trois canoës descendent un fleuve impassible, sous un ciel tout aussi noir que jadis au-dessus du Tarn. Autour de nous, il n'y a que des forêts, et encore des forêts. Nous sommes au Canada, empire du canoë. Un camion nous a conduits au point de départ, après avoir remonté pendant des heures une piste forestière. Chaque embarcation est pourvue d'un gros bidon bleu, étanche, arrimé par une corde et rangé au fond d'un logement, devant les pieds du rameur de tête. Détails qui auront leur importance par la suite.

Premier équipage, en tête, mon fils Gabriel, douze ans, et moi, pour guider. Deuxième équipage, mon fils aîné, Axel, quinze ans, et Marianne, même âge, fille de Franck. Troisième équipage, Franck et sa compagne, Noëlle, pour surveiller. Le plus expérimenté rame à l'arrière du canot, la place permet de mieux diriger. Axel et Marianne sont néophytes.

Et, bien entendu, il se met à pleuvoir. Juillet au Canada, il ne pouvait que pleuvoir, d'ailleurs ça fait trois jours qu'il pleut. Je commence à avoir l'habitude : il suffit de mettre un canot à l'eau en été, ça y est, c'est l'ondée.

Un fleuve canadien, même un petit fleuve, même sans rapides, ça ne plaisante pas. C'est lourd, ça roule une musculature profonde, ça pousse avec flegme, l'air de rien, des tonnes d'eau qu'il est parfois nécessaire de brasser frénétiquement pour ne pas aller se faire coincer contre une berge. Et quand la pluie tombe à pleins baquets, ça ne s'arrange pas. Bref, nous étions moins à la fête que je le suis, présentement, au chaud dans mon Jumper, digérant le saucisson et le camembert du casse-croûte. Ils n'en ont pas, au Canada. Et tandis que, sous le soleil printanier, le cours grisâtre de la nationale décrit une large boucle pour contourner Nevers, vêtus de cirés trempés, nous ramons.

Nous ramons toute la journée, sans voir autre chose que des arbres et de l'eau, en dessous et au-dessus. On brasse de l'eau, on patauge dans l'eau, on dégouline d'eau. Un soir mouillé descend sur la forêt noyée dans l'humidité. C'est l'heure du bivouac. Qui promet bien des joies. Quand on a été scout dans son enfance, puis randonneur dans sa jeunesse, on en a savouré les plaisirs raffinés.

Une fois les canots arrimés à la rive, il faut d'abord dévisser les containers, en extraire les provisions et les sacs à dos, poser ceux-ci dans l'herbe détrempée qui tourne vite au marécage boueux. Pendant qu'on s'évertue à extraire des sacs la tente, qui se débat énergiquement, on la comprend, des vêtements en profitent pour se glisser dehors et s'étaler dans la fange. Du coup, on ne sait plus où les mettre. On déplie ensuite la base de la tente dans la gadoue. Les piétinements engluent les chaussures et le pantalon jusqu'aux genoux. On n'y voit plus grand-chose, la nuit commence à tomber, on trébuche sur les tendeurs qu'on vient d'installer pour assujettir la tente, les sardines qui tiennent mal dans la terre gonflée d'eau s'arrachent, il faut les réenfoncer. Après quoi on marche par inadvertance sur le sac qui contient le pain. Comme on s'agite beaucoup, qu'on s'énerve un peu, sous la toile imperméable des cirés et des K-way, l'humidité tiède de la transpiration répond à l'humidité glacée du dehors. L'intimité n'est plus un refuge. L'intimité est une forme de l'humidité.

Pendant ces diverses opérations, les trois enfants grelottent, parviennent héroïquement à ne rien dire en nous regardant nous agiter, mais on les entend gémir intérieurement. Leur calme me pousse à surjouer la tranquillité rassurante de l'adulte qui sait et s'occupe de la survie avec une froide technicité, quand intérieurement je hurle des merde, merde, merde, je voudrais être ailleurs, au chaud, dans un fauteuil, rien à battre de l'aventure, qu'on me donne une terrasse en Italie et un Americano. La brume humide noie les silhouettes des arbres, j'ai l'impression d'être un silure au fond d'un aquarium mal entretenu.

Il faudrait faire un feu. Le soir, au bivouac, on fait un feu, c'est bien connu, et on joue du banjo. Le feu a cet avantage incontestable qu'il réchauffe. En tout cas, en pleine nature, il réchauffe quand on approche tout près ses pauvres doigts bleuis et ses haillons trempés. Au-delà d'un mètre cinquante, c'est plutôt pour l'ambiance. Mais comment faire un feu au fond d'un aquarium ? Et où trouver du bois ?

Où trouver du bois au fond d'une forêt, voilà qui a toutes les apparences d'une question stupide. Une forêt est pour l'essentiel en bois, c'est connu. Mais dans l'espèce de clairière où nous nous tenons, nous sommes entourés de jeunes arbres flexibles, genre aulnes, qui, j'en suis sûr, se refuseraient catégoriquement à produire une flamme. Un peu plus loin commencent les individus sérieux, les vieux mâles au corps noueux, mais comment couper une branche ? Nous n'avons pas de scie ni de tronçonneuse dans nos bagages.

En poussant un peu plus loin, Franck et moi découvrons un repaire de vieux sapins à l'air bien secs, du moins aussi secs qu'on peut l'être au fond de l'eau. Il y a des branches mortes, mais ça ne suffira pas. On s'emploie donc à casser des branches basses, et puis à les traîner, sans même les élaguer, avec toutes leurs aiguilles, jusqu'au bivouac. Inutile de préciser que je ne crois pas une seconde que ça va marcher, personne ne peut allumer un feu sous un tel déluge, même Jack London capitulerait, mais il faut bien avoir l'air d'assurer, c'est nous les mâles, les hommes des bois, les aventuriers burinés.

Déjà, parvenir à tirer du feu d'une allumette tient de l'exploit, dans ces conditions. En l'abritant, en le protégeant avec autant de ferveur que dans *La Guerre du feu*, on arrive à déclencher la combustion d'un bout de papier pas trop détrempé. On le glisse prestement au-dessous du tas de bois. Le bûcher en question aurait largement suffi à brûler Jeanne d'Arc, voire les maîtres des Templiers au complet. Nous avons entassé les branches sur au moins un mètre cinquante de haut. Je ne crois pas une seconde que le feu va prendre. Mais il prend. Il prend, et les flammes montent vite, à deux, trois mètres de haut, il faut d'urgence le réalimenter. Dans le sapin, il y a de la résine.

La chaleur et l'ambiance étant assurées, nous pouvons dîner. Au menu, il y a du porridge, plat unique, prévu par Franck. J'avais croisé ce mot dans la littérature, peut-être dans Dickens ou dans Jerome K. Jerome, mais je ne savais pas que ça existait dans la réalité, qu'on pouvait vraiment en manger. Eh bien si. Une fois qu'on y a ajouté de l'eau et qu'on l'a touillé sur le feu, ça se présente comme une bouillie tiède, blanchâtre et collante qui remplit la bouche, sans qu'on soit vraiment sûr de parvenir un jour à déglutir. Crassus a dû ressentir un peu la même impression quand Suréna, général des Parthes, lui a fait verser de l'or fondu dans la bouche. J'aurais préféré du pemmican, sans même savoir exactement ce que c'était. Il ne manquait que le *Campa Cola* pour faire glisser.

Eh bien, on trouvera ça curieux, mais perdus dans la forêt canadienne, la brume, le froid et la pluie, avec pour tout potage du porridge lampé dans une obscurité saturée d'humidité, nous avons passé une excellente soirée, à rire de notre désastre.

Après cette veillée de coureurs des bois, il ne nous restait plus, vers les neuf heures neuf heures et demie, qu'à nous glisser dans les tentes humides pour tenter d'y dormir, et rêver de risotto aux truffes.

Le lendemain matin, dès que nous avons mis la tête hors des tentes, nous nous sommes crus transportés dans un lieu totalement différent. Pendant la nuit, quelqu'un avait changé les décors, épongé une bonne partie de l'eau, asséché les arbres, remballé les nuages. La veille, nous étions au Klondike, en Yakoutie, dans un lieu hostile et glacé. Le ciel bleu, le soleil nous avaient installés en Corse. Enfin nous allions pouvoir canoter sereinement, en tenue légère, sous le ciel primesautier.

Les loueurs de canots nous avaient chapitrés avant le départ : il y a des pêcheurs de saumon tout le long du fleuve, attention à passer au large pour ne pas les déranger. La veille, pas l'ombre d'un pêcheur. Le soleil les fait sortir de nulle part, en pleine sauvagerie, comme des champignons, avec leur robe mouchetée et leur petit chapeau brunâtre. Ils vont par deux ou trois. Dès qu'on en aperçoit d'un côté, on s'efforce de longer l'autre rive, ce qui n'est pas toujours évident, si le courant pousse vers eux. Les deux adolescents ont parfois du mal à manœuvrer leur canoë.

L'embarcation de tête que j'occupe avec Gabriel déboule

dans un coude assez serré, qui tourne à droite. Le courant nous emporte vers un groupe de pêcheurs qui occupe une petite berge de sable à gauche, sur la rive concave. Ils agitent les bras, craignant sans doute que nous allions couper leurs lignes. Nous ramons comme des forcenés, ce qui nous met en travers du courant, et on réussit à passer à distance suffisante. Le mouvement nous déporte vers l'autre rive, où, sur une autre plage de sable, d'autres pêcheurs, à leur tour, nous font de grands signes courroucés, comme si nous venions de passer une ligne de démarcation invisible. Il faut redresser *in extremis,* au risque de renverser le canot, mais ça passe à nouveau. Je me retourne pour voir si les enfants réussissent à se glisser dans la chicane. Ça tangue, ça rase un peu trop les bords, mais ça passe aussi. Pas d'obstacle majeur en vue vers l'aval, je ne me fais pas trop de souci pour Franck, vieux routier du canoë, on continue.

On descend, tranquillement, sous le soleil. Cinq ou six minutes se passent. Le fleuve décrit de larges courbes, à présent dénuées de pêcheurs, tout comme la route qui ondule autour de Nevers. Je pagaie sans forcer pour faire avancer le Jumper à son rythme de croisière. Le soleil, sur la Loire, prodigue ses paillettes lumineuses.

Je me retourne. Le canot d'Axel et Marianne est à une cinquantaine de mètres derrière. On aperçoit deux ou trois cents mètres d'eau, vierges de toute embarcation. Franck a dû prendre du retard. Peut-être que Noëlle est fatiguée.

Ça continue comme ça, dix minutes, un quart d'heure. Je me retourne à intervalles réguliers, Axel suit, mais toujours pas de Franck. Il doit avoir du mal à rattraper son retard, de toute façon les coudes du fleuve empêchent de voir à plus de trois cents mètres environ. Je me laisse rattraper par les enfants en leur demandant s'ils ont vu quelque chose, mais rien.

Vingt minutes, ça commence à être inquiétant. Il faudrait peut-être les attendre. J'aborde avec Gabriel sur une plage étroite, cernée par les arbres, fais signe aux deux adolescents de nous rejoindre. Et nous attendons. De longues minutes se passent. Aucune embarcation n'apparaît. Que faire ? L'après-midi est déjà bien entamé.

C'est fou, me dis-je dans la camionnette qui descend vers le sud le courant de bitume, c'est fou le nombre d'attentes angoissées dans toutes ces histoires, recroquevillé au fond d'un bus immobilisé dans un col himalayen, assis sur les marches d'une église guatémaltèque, scrutant le cours d'un fleuve canadien appuyé sur une pagaie jaune, et la liste n'est pas terminée. À chaque fois un petit objet, un détail matériel stupide se coince dans l'engrenage de la vie, philosophé-je par métaphore, et tout s'arrête. Le monde alentour disparaît, on se réduit à une attention fixe, obsédée par le signe qui viendra tout résoudre enfin. Et puis, lorsque cela se produit, tout reprend sa place, le décor se recompose, le mouvement reprend comme si rien ne s'était passé, on oublie. Il faudrait peut-être me demander si ce n'est pas moi qui m'évertue à fabriquer sans le savoir des nœuds d'angoisse à la moindre occasion, comme le corps produit parfois des substances nocives. À force de désirer que tout se passe parfaitement, le moindre petit détail fait sécréter les anticorps qui vous ravagent le système et vous rappellent que la réalité n'est pas la planification mentale qu'on prenait pour elle.

La théorie nous a permis de passer de manière aussi agréable qu'instructive les longues minutes durant lesquelles les enfants et moi attendons l'apparition du canoë de Franck et Noëlle, attente angoissée qu'il faut bien tenter de faire ressentir, mais qu'il est toujours délicat de relater telle quelle sans ennuyer le lecteur.

Nous voici donc au moment où la montée de l'inquiétude est devenue insupportable, et où l'on envisage de faire quelque chose, n'importe quoi, en général une connerie.

Je tiens à préciser que la camionnette, elle, ne s'est pas arrêtée, elle cingle à présent vers Saint-Pierre-le-Moûtier par une brise légère, sans écueil à l'horizon, et les conversations dans l'habitacle se sont éteintes pour mieux faire semblant d'écouter le bulletin d'info de quatorze heures, aucun intérêt, tout le monde aura remarqué la grosse ficelle destinée à faire durer le suspense.

Depuis la plage où nous attendons, la visibilité est assez réduite. Je me décide à tenter d'avoir une vue plus étendue. Pour cela il faut escalader la pente boisée plutôt raide qui domine le fleuve. Je ne me fais pas une idée exacte de l'altitude, d'où nous sommes on ne peut pas voir les sommets des escarpements entre lesquels se faufile le cours d'eau.

Après avoir chapitré les enfants, surtout ne pas bouger, attendre mon retour, ne chercher sous aucun prétexte à me rejoindre, expliquer les choses à Franck s'il arrive, lui dire que je ne tarderai pas à revenir, j'entame l'ascension du raidillon. Pas rassuré à l'idée de laisser trois enfants en pleine forêt. Je me fais l'effet d'être le père du Petit Poucet. J'espère qu'il n'y aura pas d'ogre. Et puis j'ai vu trop de films d'horreur où les victimes sont de sympathiques jeunes gens qui s'égarent dans une forêt d'Amérique, ça n'est pas fait pour réconforter. Par ailleurs mes chaussures sont des galoches de canoë en plastique pas vraiment prévues pour la marche en montagne.

Ça grimpe dur, mais je finis, après une demi-heure d'ascension, par déboucher sur une crête, où les arbres sont plus clairsemés. La vue se dégage progressivement. Tout au fond, on voit à présent, sur une longue étendue, le fleuve qui tortille des anneaux verdâtres, enserré par la forêt sans fin. J'ai beau regarder, je ne vois rien venir. Ce n'est, jusqu'à l'horizon, que la forêt qui verdoie et le fleuve qui verdoie aussi. Et ils continuent, ils verdoient à fond, ils n'en peuvent plus de verdoyer, pas la moindre petite tache jaune d'un gilet de sauvetage ne vient agrémenter ce vert écœurant. Je scrute tellement que je m'épuise à scruter, je voudrais que mon regard finisse par matérialiser du jaune, du jaune avec du Franck dedans, mais rien à faire.

J'essaie de remonter un peu le courant pour apercevoir une autre portion de fleuve, et débouche sur un sentier. Un sentier avec quelqu'un dessus, ce qui est inattendu.

En principe, vu l'ambiance de la journée, le quelqu'un en question devrait être un *hillbilly* édenté en salopette crasseuse, équipé d'une pétoire servant à étriper le chevreuil et le touriste. Mais non, aussi surprenant que ce soit, il ne s'agit que d'un couple de randonneurs, des randonneurs propres, avec des bandanas et des maillots fluo. Des randonneurs en contemplation devant le majestueux spectacle de la nature vierge.

Avec mon tee-shirt, mon short mouillé et mes galoches de canoë en plastique ajouré, je dois faire à peu près l'effet d'un homme-grenouille arrivant dans un village tibétain. En tout cas, dans le majestueux spectacle de la nature vierge, ça fait tache. Je vois distinctement des points d'interrogation se former au-dessus de leurs crânes, j'entends d'ici les hypothèses s'ébaucher dans leurs têtes, peut-être un Canadair aura aspiré par erreur ce type dans le fleuve et l'aura balancé là pour éteindre un incendie de forêt, non, ça ne marche pas, aucune fumée à l'horizon, alors quoi ?...

Conscient de leur désarroi, je les approche doucement, cherchant, à défaut de verroterie et d'eau de feu, les meilleures formules pour les amadouer, genre je viens en paix, conduisez-moi à votre chef, mais le mieux est peut-être de faire simple et dégagé et je me contente d'articuler un sympathique « bonjour » dans mon meilleur québécois. Auraient-ils éventuellement, au sein du majestueux spectacle de la nature vierge, vu passer un canoë solitaire garni d'un homme et d'une femme ? Non, leur contemplation ne leur a rien fait voir de tel, aucune embarcation.

Je dois me résoudre à redescendre. Heureusement, les enfants sont encore là, un peu inquiets, mais enfin aucun prédateur sexuel à tronçonneuse ne les a enlevés, c'est déjà ça.

Que faire ? On ne peut quand même pas rester à attendre jusqu'à la nuit. Le mieux serait de descendre encore, jusqu'à ce qu'on croise quelqu'un, des pêcheurs par exemple, qui puisse donner l'alerte. J'aurais dû y penser là-haut, c'est idiot. On rembarque donc. Les enfants sont tendus, surtout la fille de Franck, au bord des larmes. J'essaie de faire bonne figure, mais j'ai du mal.

Presque tout de suite, sur la rive droite, nous apercevons, entre les arbres, une maison en bois. On débarque. Un couple et des enfants, qui doivent passer le week-end là, nous voient pénétrer dans leur territoire. J'explique ce qui se passe, et ils entreprennent de donner des coups de téléphone. Pas à la police ni aux pompiers, mais, si je comprends bien, à des amis qui pêchent en amont. Il en ressort qu'il y a peut-être quelque chose qui correspond à nos amis, on ne sait pas trop, en tout cas ils acceptent de nous monter dans leur 4 × 4 pour y voir plus clair. Ça prend un certain temps. On se faufile sur la piste bien défoncée, entre les fondrières encore gluantes de la pluie de la veille.

À présent nous nous enfonçons toujours plus loin dans les terres sauvages, dans les landes désolées peuplées seulement, dit-on, de quelques coureurs des bois ensauvagés, vivant du produit de leur chasse et de leurs passages périodiques aux économats du Centre, Saint-Pierre-le-Moûtier, Saint-Imbert, Villeneuve-sur-Allier. Vialatte disait que, pendant ses voyages en voiture de Paris à Clermont, il n'avait jamais aperçu d'être humain, ce qui jetait un doute sur l'existence de l'espèce, un peu comme pour le yéti. Il aurait fallu des preuves tangibles. Et de fait, notre expédition, partie sur ses traces, ne nous conduisait pas à de meilleurs résultats. On croisait quelques voitures, on longeait des maisons grises aux volets fermés, on dépassait des stations-service désertes ou à l'abandon. Pas d'homme en vue, en tout cas rien qui y ressemble sérieusement. Au fond, l'homme était un ouï-dire, une vieille légende colportée depuis des siècles.

De même que, quelques années auparavant, nous avions remonté le cours du fleuve canadien pour comprendre ce qui s'était passé et retrouver ceux que nous avions laissés derrière nous, après le cours de la Loire, c'est le cours de l'Allier qu'à présent nous remontions, et ce seraient, à mesure que s'avancerait notre périple, de toujours plus étroites rivières, toujours longées à contre-courant, jusqu'à la source des rivières et des vents, les monts du Cézallier, dont notre village était une petite annexe. Nous roulions vers ce grand silence des hauts plateaux qui était aussi, étrangement, mais de manière indissociable, la profonde réserve des histoires, qui, comme le vent et l'eau, en sourdaient sans relâche, comme si c'était par le silence qu'étaient engendrées les histoires. Nous remontions vers la fontaine profonde de la mémoire, celle qui dit les morts, les égarements, les alliances et les engendrements, celle au fond de laquelle grouillent comme des larves les figures pâles des aïeux, de tous les êtres qu'y a laissés le frai du temps, celle qui se creuse au milieu du grand désert d'herbes et de pierre, et nous approchant, nous penchant vers l'eau profondément pénétrée d'ombre, nous y boirions l'oubli.

Ce vers quoi nous roulions, dans le 4 × 4 des obligeants Canadiens, avait eu lieu à peu près trois heures auparavant. Et à nouveau, c'est un objet qui en était la cause. Un objet bête, obscurément malveillant, qui attendait peut-être depuis des années l'occasion, la petite inadvertance qui lui permettrait de prendre sa revanche d'objet bête à qui personne n'a jamais prêté attention. Lorsque nous avions préparé les canoës, juste avant de les mettre à l'eau, j'avais pris soin d'arrimer le bidon bleu qui contenait nos affaires en laissant le moins de jeu possible à la corde, de manière à ce que, s'il venait à bouger dans les remous, il n'aille pas nous rouler dans les jambes et nous embarrasser.

Je tiens à le préciser parce que, pour une fois que je fais quelque chose soigneusement et avec un peu de prévoyance, je suis content que ça se sache. Ma mère trouvait que je n'étais pas assez soigneux, contrairement à mon défunt père qui avait été l'incarnation du rangement, de l'économie, de la méticulosité et de la prévoyance. Ça me jouerait des tours. Et ça m'en avait joué pendant mes expéditions himalayennes. Sans doute un reste de sentiment de toute-puissance enfantine, associée à une distraction maladive, me faisait tenir pour négligeable le menu fretin des objets, qui s'en vengeaient.

Très longtemps, jusqu'au-delà de l'adolescence, j'avais été d'une maladresse révoltante, comme si le monde intérieur et le monde extérieur étaient incapables, dans mon cas, de trouver un *modus vivendi*. Mais n'est-ce pas ce que, depuis le début, mon frère et moi ne cessions de manifester sur tous les modes possibles, le ratage, la casse, la violence et l'aventure absurde, par laquelle nous prétendions partir avec armes et bagages à la conquête de ce qui se refusait si obstinément à notre prise ? Et comment des générations de paysans, de bricoleurs, de couturières, de bouchers, de marchands de peaux de lapins, qui toute leur vie s'étaient roulés dans la substance des choses, les avaient manipulées, exploitées, transformées, transportées pour en tirer le meilleur, avaient-elles pu aboutir à ces deux curieuses créatures qui ne cessaient de se colleter avec elles, de les engueuler copieusement ou de les briser ?

Mon père semblait apprivoiser les choses avec une facilité étonnante, comme ces gens qui manifestent d'emblée un bon contact avec les chats et les chiens, et ceux-là mêmes qui tentent de vous mordre, de vous violer ou vous pissent sur les chaussures viennent se frotter contre eux en ronronnant. Il les aimait, les objets, tout bonnement : toujours à les papouiller, les manier, les caresser, les transporter, les entretenir et les nourrir. C'était à se demander si nous n'aurions pas un jour un demi-frère issu d'une étagère ou d'une scie sauteuse. Quant à nos grands-parents maternels, c'est sans le moindre embarras qu'ils dégraissaient la sous-noix et affûtaient la feuille.

Je soupçonnais qu'il y avait, dans cette maladresse et cette colère, quelque chose à voir avec l'attention inquiète dont notre mère nous avait entourés, elle que ses parents avaient négligée, attention qui finissait par retourner contre elle tous les soins qu'elle avait déployés, puisque, trop protégés, trop entourés de tendresse tout humaine, nous ne nous étions peut-être pas assez directement confrontés au peuple obtus des choses.

Or, dans l'aventure canadienne, j'avais fait preuve de précautions, pour une fois, et ce n'est pas moi qui avais été la victime directe de l'objet malveillant. Mais lorsque j'eus appris ce qui s'était passé pour Noëlle et Franck, je ne doutai pas un instant que les objets, pour déjouer mon inhabituelle précaution, ne me rattrapassent par personne interposée (j'espère qu'on appréciera ce superbe spécimen de subjonctif imparfait à sa juste valeur). Et j'avais remarqué au passage, mais sans y attacher d'importance, que Franck laissait beaucoup de jeu au câble de son bidon. Mais après tout, de nous deux, c'était lui l'homme pratique, le technicien, et je ne me voyais pas dans la position de celui qui lui donnerait des leçons en l'incitant, avec l'air du vieux coureur des bois, à mieux serrer la corde. Infinies sont les ruses des choses.

Le 4 × 4 s'arrête en bordure d'une large berge où les bancs de sable sont coupés de flaques et de filets d'eau. Le fleuve se vautre tout au long, comme une grosse bête qui fait l'innocente après avoir commis une bêtise. Il y a du monde, des pêcheurs, Franck et Noëlle. Debout sur ce sol incertain entre terre et eau, enserrés de forêt, humides, l'air un peu égaré, ils ont l'aspect de deux créatures aquatiques tout juste sorties de l'eau par les pêcheurs qui les entourent. Et, enfin, nous avons l'explication.

Il faisait un temps superbe, un temps qui renvoyait les pluies torrentielles de la veille à l'état de mirage rétrospectif, de peu crédible illusion. Comment, sous ce soleil, pouvait-on croire à la pluie ? Un temps à descendre, enfin, le fleuve impassible, en pagayant lentement dans l'éclat de la chaleur miroitante. Quoi qu'il ait pu se passer, cela n'avait plus d'importance, Franck et Noëlle étaient saufs, il faisait beau, l'aventure commençait là.

Il m'a fallu du temps pour admettre qu'elle était derrière nous.

En passant devant les pêcheurs installés de chaque côté, et en essayant de redresser le bateau après le louvoiement auquel les avaient obligés les gesticulations impérieuses des tâteurs de saumon, Franck et Noëlle avaient chaviré. Ça n'aurait pas été trop grave. C'est là que l'objet, qui préparait son coup depuis la veille, était intervenu. Lorsque Noëlle était tombée à l'eau, le bidon s'était faufilé traîtreusement hors de son logement, et au lieu, comme un brave bidon, de se mettre à flotter gentiment, il avait enroulé la corde qui le retenait autour des jambes de Noëlle. Entravée dans le courant, comme un donneur à qui la mafia attache un poids de fonte aux pieds avant de le jeter dans l'Hudson, elle avait failli se noyer. Elle en restait étonnée, et comme engourdie.

J'ai tenté de plaider un peu, il faisait beau, on allait enfin pouvoir profiter du fleuve. Mais je me sentais gêné de forcer la main à Noëlle après la terreur qu'elle avait éprouvée, j'argumentais mollement, et tout le monde était contre moi, les enfants avaient eu peur aussi. La mort dans l'âme, comme on dit dans les romans, j'ai accepté que l'on fasse appel aux loueurs, j'ai restitué mon canoë, et c'est en voiture que nous avons longé le fleuve que faisait miroiter le grand soleil, en direction de Moulins, chef-lieu de l'Allier, qui n'est pas mal non plus, question cours d'eau.

— Ah putain, beuglé-je inopinément dans la cabine surchauffée du Jumper, car ma propre histoire par moi-même à moi-même silencieusement racontée, dans une sorte d'autarcie narrative, avait fini par m'endormir, c'est normal, je la connaissais par cœur, mais son dénouement me réveillait, elle incarnait à la perfection le modèle de toutes ces expériences d'échecs parmi lesquelles ma mémoire finissait par ne plus savoir distinguer celles qui avaient été vécues et celles qui avaient été rêvées, les rêvées revenant tant de fois me visiter qu'elles prenaient l'autorité du souvenir, les réelles se glissant si souvent dans mes rêves que leur matière ne se distinguait plus de celle du songe. Et ce qui me hantait, dans ces rêves, avec une telle intensité que l'impression reçue dans le sommeil venait infecter mes journées, c'est le sentiment angoissant de l'incapacité à agir sur le monde, à le toucher, comme s'il était devant moi, tout proche, mais séparé par une barrière aussi infranchissable qu'invisible, ou comme si j'étais un impalpable fantôme condamné à ce que ses membres inconsistants traversent la substance des choses sans jamais la ressentir. Jamais il n'y aurait plus pour moi de montée des pyramides de Tikal dans la jungle embrumée, jamais de descente glorieuse d'une rivière sauvage sous le soleil, les objets ne l'avaient pas voulu, et à des années de distance j'en conservais le deuil. Et dans ce deuil c'est l'absence de la vie même que je déplorais, me tordant entre mes draps pour tenter de l'étreindre enfin, comme si depuis très longtemps, depuis le début et la petite enfance, sans que je m'en sois aperçu, elle était morte.

— On a fait un petit somme ?

— Pas du tout, ça ne se voit pas au premier coup d'œil, mais j'étais en train de dénoyauter des cerises.

— Tu les pesais, les cerises.

— Ouais. On est où ?

— Le radar indique qu'on est en approche de Moulins.

— Si on y arrive un jour.

— Comment ça ?

— Souviens-toi, Zénon d'Élée. Si ça se trouve on est en

train de se perdre pour l'éternité au fond des centimètres et des demi-centimètres…

— Ouais, ben dans ces conditions, je propose qu'on change de chauffeur. Je commence à avoir un coup de mou, alors si on doit conduire éternellement, je ferais bien une pause.

— OK, dès que tu vois un parking…

LE BASTINGAGE ADHÉSIF

La transition entre deux chapitres permet l'arrêt de la camionnette et la promotion du narrateur au rôle de chauffeur. Moi qui n'ai jamais pu parler et conduire en même temps, l'une des deux activités versant alors presque fatalement dans l'incohérence, je me demande comment je vais pouvoir m'en tirer. Continuons à rouler, on verra bien.

Beaucoup de nos activités dérogeaient à l'idéal de l'homme accompli tel que le rêvaient mes parents et les vieilles dames privées de descendance qui s'étaient chargées d'une bonne partie de notre enfance. On courait, on jouait au foot, on se battait, on escaladait des montagnes et on descendait des rivières, on se séparait, on divorçait, bref nous faisions tout notre possible pour n'être pas des compensations à notre impossible grand-mère, dont toute la famille s'accordait à dire qu'elle était la méchanceté, la duplicité et l'avarice incarnées. La narration des vilenies qu'on lui attribuait aurait effrayé un fan de Stephen King. D'ailleurs je n'ai pas encore révélé le plus beau, la cerise sur le gâteau d'avanies, comme disent les journalistes (sans « avanies »). Patience, ça ne va pas tarder. Donc, il fallait bien rembourser un peu notre dette, ce à quoi nous étions en train de nous consacrer.

L'image de ce que j'aurais dû être en principe avait fini par se dessiner avec assez de précision. À quarante ans, j'étais médecin. Je vivais dans un pavillon neuf que j'avais fait construire en banlieue parisienne, avec ma femme, mes trois enfants et mon épagneul. Je portais des blazers bleu marine et des cravates du même métal, rayées de rouge, que je glissais sous mon gilet sans manches en laine beige. Je fumais la pipe, mon front se dégarnissait, j'avais un début d'embonpoint et à l'heure de la digestion et des liqueurs, je ne refusais pas une bonne partie de bridge. Voilà ce qu'était un homme.

En même temps, je soupçonne notre mère d'avoir été secrètement fière de nous voir ne pas nous conformer du tout à cet idéal. Sa réalisation, en fait, l'aurait ennuyée. Nos frasques, qu'elle déplorait, avaient tout de même quelque chose de distrayant. Et puis son aspiration à la stabilité et à la respectabilité bourgeoise entrait dans certains cas en conflit avec une image de virilité à plaies et bosses qui transparaissait dans son orgueil d'avoir engendré de vrais petits mecs, image à laquelle notre père, si doux, correspondait mal.

Bizarrement, toutefois, j'avais commencé ma carrière dans la peau d'un premier de la classe à lunettes, introverti et exempt de tout intérêt envers les exercices du corps, avant que l'hostilité du monde extérieur, qui s'obstinait à venir me déranger et à m'imposer son existence, comme un sale gosse vous harcèle jusqu'à l'exaspération, ne me mette hors de moi, c'est bien le cas de le dire, pour le restant de mes jours. Face à ma contre-offensive, les objets menaient une guerre de partisans, multipliant les embuscades derrière les lignes.

Cette ambiguïté maternelle se manifestait, curieusement, de manière spécifique pour tout ce qui concernait le bateau. Ça pouvait s'avérer dangereux, nous l'avions deux fois vérifié, dans l'eau du Tarn et dans celle du fleuve canadien, mais le bateau s'associait à une espèce de virilité calme et bourrue qui compensait, dans l'imaginaire maternel, tel qu'il me semble aujourd'hui pouvoir le recomposer, les risques éventuels de la chose. De sorte que, tout juste rentré de ma première expédition himalayenne et ayant à peine digéré le jetlag, je repartis pour un stage de voile en Irlande dont ma mère accueillit la perspective avec un visible soulagement. C'est là qu'elle avait tort, pour d'autres raisons que de simple sécurité, mais n'anticipons pas.

Avant ce séjour en Irlande, j'avais pris goût à la voile au cours d'un séjour dans l'archipel de Glénan, au large de Concarneau. Depuis longtemps, je m'évertuais à entreprendre tout ce qui contredisait les multiples et humiliantes phobies et insuffisances dont j'étais affecté : un vertige qui m'obligeait à passer sur un portique de gymnastique à quatre pattes, un mal de mer irrépressible, variante *hard* d'un mal des transports polymorphe (je vomissais jusque dans les autorails), et une timidité maladive. Sans parler d'une incapacité profonde à pousser correctement un ballon de foot, ce qui constituait le plus grave des handicaps pour un adolescent de banlieue. Bref, me rendait malade l'ouverture du monde, cette espèce d'espace vertigineux qui se creuse devant vos pieds et où vous ne pouvez trouver aucune place stable, où tout semble en proie à un glissement sans fin, à une fuite perpétuelle. L'univers est le produit d'un clinamen dans la chute éternelle des atomes, et j'avais la nausée.

Moyennant quoi je jouais au foot tous les dimanches, je

me lançais dans des stages de varappe et des randonnées himalayennes, je tenais à faire du théâtre et à devenir prof, et je m'inscrivais à des stages de voile, quand le seul milieu qui eût parfaitement convenu à ce que je me figurais être ma nature, c'était la profondeur silencieuse des forêts.

Voilà pourquoi, aux alentours de mes vingt ans, je figurais dans un petit groupe de jeunes gens équipés d'anoraks et de gros sacs sur un quai du port de Concarneau, un jour de fin d'été où le vent balançait des paquets d'embruns. Pour aller de Concarneau à l'archipel de Glénan, composé d'une poignée d'îles minuscules, nous devions embarquer sur une espèce de grosse barcasse qui ressemblait à un chalutier, et devait faire dans les huit ou dix mètres de long. Dans le port, la mer se consacrait à réaliser à la perfection la couleur glauque, entre le vert jade et le bleu céladon. Les vagues paraissaient avoir été fabriquées dans une substance crémeuse, épaisse, qui sentait l'huître et le goudron.

Et nous sommes sortis de la rade. On nous avait annoncé une traversée de deux heures et demie environ, compte tenu de la météo. Les petites vagues du port s'étaient transformées en monuments de quatre ou cinq mètres. La proue du bateau piquait droit vers les profondeurs puis s'extrayait, piquait et s'extrayait, avec une régularité d'horloge. La mer, si la chose est possible, semblait encore plus glauque que dans le port. Plus glauque tu meurs.

La joyeuse bande de jeunes gens qui avait animé la jetée du port avait continué à bavarder quelque temps, et puis la conversation s'était tarie. De toute façon, le fracas des lames et du vent couvrait les voix. Les visages souriants s'étaient progressivement fermés. Les teints que rougissait l'air frais avaient pâli. Bref, on ne rigolait plus.

— Finalement, qu'on sorte de la rade ou qu'on sorte du

rade, almanachvermote mon frère, le résultat est le même, ça tangue.

— Tu aurais dû faire poète. Je peux continuer ?

— Plize dou.

— Merci. Au début de la traversée, je m'étais assis sur un petit banc adossé à la cabine du bateau, orienté vers la poupe. Ma voisine, avec qui j'avais échangé quelques mots, se taisait à présent, comme requise par quelque mystérieux événement intérieur qui mobilisait toute son attention. Et moi-même je sentais, au tréfonds de ma personne, les prémices d'un événement intérieur. Quelque chose se préparait, dont je n'augurais rien de bon.

Tout à coup, il m'apparut que je serais beaucoup mieux placé pour accueillir cet événement intérieur si je me levais et allais me pencher rêveusement au-dessus des flots céruléens.

Dans tous les romans qui ont pour cadre la marine à voile, la piraterie, les croisières de luxe, il ne vous aura pas échappé qu'on finit, fatalement, par s'accouder au bastingage. Le mot « bastingage » semble n'avoir été créé que pour ça, être accouplé au verbe « s'accouder ». Eh bien, mesdames et messieurs, dans cet épisode maritime, pour une fois, personne ne va s'accouder au bastingage, pour au moins deux raisons impérieuses : la première, c'est que ce bastingage était plutôt un garde-corps ; la deuxième, c'est que je ne m'y suis pas accoudé, non, je m'y suis cramponné, j'ai serré autour de la barre de métal humide mes dix doigts crispés, comme si c'était mon œsophage que je comprimais. Je me trouvais à tribord. Le détail est tout à fait inutile, j'aurais aussi bien pu être à bâbord, mais il a l'intérêt de donner une ambiance marine.

Curieusement, la plupart des passagers du navire avaient abandonné leurs positions initiales pour aller également se cramponner au garde-corps (j'y tiens), formant ainsi une sorte de chaîne humaine, un festonnage de gars et de filles balancés par la mer qu'on aurait pu croire destiné à illustrer quelque poème niais de Prévert. Il est important de noter pour la suite que je me trouvais à la poupe du navire. De toute façon, la plupart des places étaient désormais prises. Le vent soufflait à grosses rafales de la proue. Dans un bulletin météo, comme celui qui me fascinait sur France Inter le dimanche soir avant *Le Masque et la Plume,* ça donnerait quelque chose comme : « Ouest-Bretagne, avis de grand frais, mer forte à très forte. » J'étais dans le bulletin météo, ce qui aurait dû me réjouir, c'était ça l'aventure, le bulletin m'évoquait toujours des loups de mer l'oreille collée à la radio dans le déferlement des lames sur le pont. Mais je n'avais pas du tout le cœur à la réjouissance. Les conditions sont réunies, tout est en place, le drame va pouvoir se jouer.

Ne tournons pas autour du pot, au bout d'une demi-heure de houle et de roulis, fatalement, l'inévitable se produit.

— Ah non, glottore Martine, ça va comme ça. Tu finirais par me rendre malade avec toutes tes histoires. Tu n'as vraiment rien d'autre de plus intéressant à raconter ? J'espère bien que tu n'as pas l'intention d'en faire un jour un livre.

— C'est vrai, enfonce le clou Bernard, que c'est pas du Victor Hugo.

— Que voulez-vous, c'est ça, ma chienne de vie. À défaut de Hugo, ça peut peut-être faire du Rabelais.

— Du Rabelais fatigué.

— Si tu veux. Ce sera toujours mieux que du Djian en pleine forme.

— Mais je vois pas trop l'intérêt d'une histoire de gerbe en bateau.

— Ce n'est pas le sujet qui compte, c'est la manière.

— Oui, bon, mais quand même.

— Et puis surtout, ce n'est pas ça l'intérêt de l'histoire. J'y viens.

— Espérons qu'on va varier un peu la thématique.

— Connaissant les Jourde Brothers, je crains le pire, en rajoute une couche Martine.

Donc, comme j'avais l'honneur et l'avantage de vous le dire, je n'ai pas tardé, c'était à prévoir, à écorcher le renard, à mettre le cœur sur le carreau, à appeler Raoul, à appeler Burque, à quicher, à poser une galette, à faire du Jackson Pollock en relief, à me vider le jabot, à donner à manger aux poissons, à aller au refile, à compter mes chemises, à demander l'artillerie, à lâcher mon goujon, à rendre tripes et boyaux, à débagouler, à dégueuler, à gerber, à régurgiter, à dégobiller, bref et en un mot, à vomir.

Mais c'est que ça n'en finissait pas. Je ne savais plus où donner de l'organe digestif, où aller chercher quelque chose à livrer en pâture à la mer qui avait l'air, juste en dessous, de secouer ses écailles vertes et d'exiger en grondant encore plus tout ce que tu as ; tout l'intérieur, tout le paquet de tes entrailles, que les prêtres jadis faisaient griller au pied des autels pour que leur fumet soit agréé par le dieu. Et je me contorsionne pour trouver l'offrande qui apaiserait enfin la fringale du monstre, je vais chercher très loin dans mes tripes de vieilles nausées, des écœurements dont je ne me suis pas libéré, des poids sur l'estomac et des rancœurs, allons-y, il est temps de balancer le colis, quand y en a plus y en a encore, les hontes jamais digérées, les humiliations qui pèsent depuis des lustres sur l'estomac, allez, et puis tout l'excès, toutes ces bouffes, toutes ces bitures et ces murges qui te laissent pour la vie un sentiment d'avoir abusé de l'abondance du monde. Les mains tenaillant la rambarde, je n'en pouvais plus de lâcher du lest, sans trouver le soulagement espéré, le bienheureux vide des sages orientaux. Je me demandais comment j'avais pu me fourrer tout ça dans le dedans.

Tout en opérant, je regardais la mer, bien obligé, et cette vue éveillait l'idée d'un soulagement possible. Ah comme ce serait bon de se jeter à l'eau, pour en finir, s'abandonner à cette fraîcheur pour ainsi dire lustrale.

— Ah ouais, lustrale ?

— Carrément. S'abandonner, disais-je, à cette fraîcheur lustrale, et ne plus avoir le mal de mer. Mourir peut-être, mais mourir était moins pénible que se vider par spasmes. Ou survivre, et ne plus jamais, jamais mettre les pieds dans un bateau, n'importe quel bateau, un kayak, un paquebot, un chalutier, un catamaran, un ferry, un Zodiac, non, même pas un bateau-mouche sur la Seine par un beau jour d'été sans vent.

Malheureusement, le mal de mer m'avait comme tétanisé. Je n'avais la force d'effectuer aucun mouvement, pas même le saut libératoire dans l'océan. Décidément ennemi du cliché, je n'étais ni penché ni accoudé au bastingage, mais bien greffé à lui. Je faisais désormais partie du bastingage. J'étais du bastingage. Il aurait fallu un ciseau à froid pour m'en séparer.

Or, je n'étais évidemment pas le seul à être malade. Comme je l'ai mentionné plus haut, le garde-corps, sur toute sa longueur, de l'avant à l'arrière du bateau, à bâbord comme à tribord, accueillait une file ininterrompue de marins d'eau douce, presque au coude à coude, unanimement penchés vers le flot viride…

— Viride ?

— Viride, parfaitement.

— Faudrait savoir : elle est glauque, elle est céruléenne ou elle est viride ?

— Changeante est la mer immense. Donc, penchés vers le flot viride, comme s'il y avait quelque chose à voir là, un congrès de dauphins, une apparition de sirènes, un naufragé sur un radeau, mais non, chacun d'entre eux, tout comme moi, y allait de son offrande aux divinités océaniques, qui n'en demandaient pas tant. Or, si vous m'avez scrupuleusement écouté…

— On ne fait que ça, assure Martine.

— Nous sommes suspendus à tes lèvres purpurines, renchérit le fils de ma mère.

— C'est vrai que tu es plutôt purpurin, comme garçon, gongorise son épouse légitime.

— À force de fréquenter les étables en Auvergne, sans doute, euphuise mon frère.

— Très fin, vraiment.

— Purpurines, pas virides, note bien.

— Justement, à ce moment-là, avec le froid et l'épuisement, mes lèvres elles-mêmes avaient pris des teintes virides.

— Ça n'est plus un récit de voyage, c'est un tableau fauviste.

— Bon, je peux raconter, oui ? Donc, si vous m'avez scrupuleusement écouté…

Un ronflement sonore s'élève dans la cabine du Jumper. C'est mon frère, dans son numéro parfaitement au point d'imitation du dormeur qui lui a valu bien des succès dans les music-halls de la Creuse. Méprisant cette insinuation aussi désobligeante qu'invraisemblable à l'ennui que serait supposé dégager mon récit, je poursuis :

— Vous n'avez pas été sans noter que je m'étais installé à

l'arrière du bateau, et que le vent soufflait gaiement depuis l'avant.

— Oh non…

— Eh si. De sorte que ce n'étaient pas seulement des paquets d'embruns que je me prenais à travers la gueule, tandis que je me penchais sur ma condition de terrien embarqué dans la nef du destin, mais bien de régulières giclées de vomissures, qu'une quinzaine de personnes s'employaient à produire à un régime soutenu.

— Tu peux essayer de conduire sans à-coups, s'il te plaît, demande Martine, je me sens un peu chose.

— Pardon. Comme je vous l'avais dit, j'ai du mal à conduire et narrer.

— Ce n'est peut-être pas indispensable que tu narres, alors.

— C'est vrai, tu fais rien qu'à te narrer.

— J'ai presque fini.

— Mais enfin, dit mon frère, tu n'avais qu'à te dégager de là !

— Je vous l'ai dit, j'en étais incapable. Trop malade, trop hébété, trop crispé, trop transi pour esquisser un embryon de geste, dont j'avais l'impression que même si j'y parvenais, il ne ferait que m'achever, me précipiter dans l'absolu de la nausée. D'ailleurs ça bougeait si fort que je n'aurais pu que me casser la gueule. Et puis j'étais dans un tel état que je réalisais à peine ce qui m'arrivait. Bref. Pendant deux heures, deux heures d'affilée, sans interruption, je me suis fait dégueuler dessus. Ce sont des choses, à vingt ans, qui vous incitent à la modestie pour le restant de vos jours.

— Je revenais faire un tour, mais je vois que ça ne s'est pas arrangé, je vais revendre ce bouquin chez Gibert fissa, fait le lecteur.

— C'était qui ? turlute Martine.
— Notre lecteur. Il s'en va.
— C'est le seul ?
— J'en sais rien.
— Mais si personne ne nous lit, on va continuer à exister ?
— Un livre existe sans lecteur.
— Tu es sûr ?
— En tout cas, on continue. Lorsque nous avons touché terre, je n'en pouvais plus. J'étais couvert de vomissures, j'avais, plein les cheveux, plein les mains, plein les vêtements, sur le cou, dans les oreilles, sur les chaussures, sur mon sac de voyage un assortiment provenant de divers repas et de divers estomacs. Je puais comme un renard mort depuis huit jours. J'ai enlevé le plus gros dans l'eau de mer, et puis j'ai traîné mon opprobre et mon épuisement jusqu'aux baraquements du centre de voile, où je me suis livré à une toilette laborieuse, tant les abominables déjections s'étaient insinuées profond dans les replis de ma peau et de mes vêtements.

À la fois j'étais pénétré de honte et d'écœurement, à la fois je m'étonnais de la faculté que nous avons à supporter les expériences les plus immondes, qui ne nous semblent insupportables qu'en imagination. Voilà, je m'étais fait vomir dessus pendant deux heures par quinze inconnus, et j'avais subi cela avec une sorte de résignation.

Le stage a duré une semaine, je suis rentré, la vie a continué, mais j'avais eu beau m'évertuer à débarrasser vêtements et bagages de tout reliquat de l'épisode, il m'arrivait encore, des semaines plus tard, de surprendre, au coin d'une fermeture éclair, une trace suspecte, et de me figurer sentir encore l'odeur abominable qui semblait avoir définitivement parasité mon odorat. Encore aujourd'hui, lorsqu'il m'arrive, la flûte de champagne à la main, de bavarder avec des universitaires brillants, des écrivains réputés, je suspecte parfois que la puanteur est là, sur moi, aussi acharnée à me poursuivre que celle du jasmin chimique des chiottes grand-maternelles.

— C'est la morale de l'histoire ?

— Je ne sais pas. Y a pas de morale.

— Je sais, dit Martine, c'est une parabole.

— ?

— Je suis sûre que si tu racontes cette histoire, c'est parce que tu te dis qu'elle symbolise bien le grand écrivain méconnu sur lequel gerbent les critiques et certains lecteurs, notamment du côté de Massiac.

— Ah, pas mal, mais je n'y avais pas pensé. Et puis ce n'est pas possible.

— Pourquoi ?

— Parce que je n'ai pas encore écrit *La Littérature sans estomac* ni *Pays perdu.*

— Ah oui c'est vrai, où avais-je la tête ?

— D'ailleurs je ne suis pas amateur de paraboles. Non, je suis sûr que ce sale bastingage m'en voulait personnellement. C'est pas naturel de se faire immobiliser comme ça. Il m'a fait du charme, il a fait jouer ses courbes de bastingage, l'air de dire tiens, en voilà du bastingage, c'est pas du chiqué, si tu allais t'y pencher un peu, histoire de faire le matelot, mon joli ? Tu te sens patraque ? Viens, tu verras, je sais comment soulager ça. Et là, pris, plus moyen de s'en décrocher. Tu as remarqué à quel point ces saloperies d'objets cherchent à te coller, à te compromettre, à t'humilier, à te démontrer par tous les moyens que tu n'es qu'une sale petite bête maladroite, inutile, et que le monde ne veut pas de toi ? Ce foutu canapé-lit, dans le fourgon, avec ses deux fauteuils assez abjects pour meubler l'Érèbe, c'est la réincarnation de la mémé Noussat, on ne s'en défera jamais, on a eu beau tenter de devenir des adultes, il nous renvoie à notre éternelle condition de moutards mal torchés, de descendants de bouseux, de progéniture de découpeurs de barbaque perdus d'avarice et de ressentiment, on peut essayer de faire les malins, on se prendra toujours les pieds dans le tapis persan en renversant la tasse de thé dans le décolleté de la marquise.

Quand j'étais gosse et que j'étais invité chez des camarades, j'avais l'impression que j'entrais dans le monde merveilleux des gens bien, qui n'habitaient pas trois pièces en enfilade sans salle de bains, et que je faisais tout mal, que les verres de sirop, les gâteaux, les chaises, les vases pleins de fleurs appartenaient à un autre univers, qu'ils me regardaient d'un sale œil, tous ces objets élégants et riches, et qu'ils n'allaient pas tarder à me montrer que je n'avais rien à faire là en me concoctant une bonne petite humiliation de derrière les fagots. Eh bien ils n'ont jamais abandonné. Ils continuent. Ils ne cessent pas de me dire que je suis toujours le gamin qui ne savait ni nouer ses lacets ni comment on repose ses couverts dans une assiette. Tu crois que Flaubert ou Proust trimballaient des canapés-lits en camionnette, et se faisaient vomir dessus ?

Un marxiste dirait que mon inquiétude métaphysique devant les objets n'est que la traduction idéologique d'un malaise social. Bon, Bernard, arrête de ronfler aussi fort, je ne m'entends plus causer. Mais j'aurais tendance à penser que l'aspect social du malaise n'est qu'une forme prise par la question métaphysique, conclus-je en me rabattant devant la R19 que je viens de doubler un peu juste, un camion arrivant en face me fait des appels de phares.

— Mais après tout, murmure Martine, ce n'est peut-être pas plus mal.

— Comment ça ?

— Ça ramène à la réalité concrète des choses, ça empêche l'excès de prétention, l'abstraction vide.

— Dieu t'entende. Moi je crois que je ne suis devenu écrivain que par incapacité à assumer le monde concret, et pour prendre ma revanche dans le monde gratifiant de l'esprit.

— Justement. Même si c'était ça au début, c'est peut-être bien que des expériences comme ça te rappellent un peu à l'ordre. C'est insignifiant, ou bête, mais ça ne fait peut-être pas de mal.

— D'ailleurs tu es voué au naufrage, dit mon frère.

— Comment ça ?

— Tu te souviens de La Godivelle ?

— Oui, oh, c'était pas le *Titanic*...

— Pas loin...

— Un naufrage à La Godivelle ? cacabe Martine. En pleine montagne, à plus de 1 200 mètres ? Tu ne confonds pas avec l'arche de Noé ?

— Il y a un lac, et même deux, à La Godivelle. Celui d'en haut et celui d'en bas.

— Privés. Interdits au public.

— On s'en fout, explore en profondeur sa narine gauche d'un doigt souverain Bernard. J'avais eu l'idée d'y faire un peu de canot. On était partis de Lussaud avec deux canoës gonflables, en emmenant Axel. Il devait avoir quatre ans. Je voulais lui faire plaisir, à ce gosse.

— Alibi. Tu voulais *te* faire plaisir.

— Donc on y va, go, ignore superbement mon intervention le fils de ma mère.

— Quarante minutes de virages.

— On prépare les canots.

— Une demi-heure de gonflage.

— On met à l'eau.

— Dix minutes à patauger dans des marécages.

— On rame dans un paysage très beau.

— Une mare d'eau grise entourée de pâturages.

— Arrêtez de rimer, ça me donne des aigreurs, margote Martine.

— Pardon, c'est instinctif.

— Donc à bord de nos esquifs caoutchouteux nous voguions en silence.

— On n'entendait au loin, sur l'onde et sous les cieux, que le bruit de Bernard glapissant en cadence.

— Je naviguais seul, Pierre était avec le gamin. Et il s'aperçoit que son canot commence à se dégonfler.

— Et comme esquifs, ils étaient particulièrement frêles. Jamais vu d'esquif aussi frêle. Radin comme tu es, tu avais encore pris ce qu'il y avait de plus frêle dans le magasin d'esquifs. Pas le moindre bastingage où s'accouder.

— Vous avez donc regagné rapidement le rivage, bien entendu. Surtout avec un petit qui ne sait pas nager, et une eau à douze degrés.

— Tu connais mon frère, joué-je à détromper sa certitude feinte. L'hiver précédent, il m'avait convaincu d'emmener Axel en promenade au fond d'un bois perdu, à Lussaud. Ça avait duré quatre heures, sous la neige, le petit avait failli geler.

— Pas la peine de mettre ça sur le dos de Bernard, tu es le même.

— On avait mis une heure et demie à arriver au milieu du lac, on n'allait pas repartir.

— Et donc, quelle connerie avez-vous inventée, cette fois ?

— *A priori*, il n'y avait pas de trou. C'était le truc en caoutchouc, là, qui sert à gonfler…

— L'embout.

— Voilà. C'était l'embout qui perdait. Et il avait perdu son capuchon, par-dessus le marché.

— Et alors ?

— J'avais un vieux chewing-gum dans la poche.

— Vois pas le rapport.

— Je l'ai mâché.

— Très bien. Quel parfum ?

— Hareng. Mais tu ne comprends pas.

— Non.

— Ça m'a servi à colmater l'embout. C'est pas du génie, ça ?

— Si. Et en plus, ça a fonctionné ?

— Un peu. En fait il fallait rajuster tout le temps. Au bout d'un moment j'ai capitulé. Quand on a rejoint la rive, le canot était tout flaccide.

— Flaccide toi-même.

— Toi, tu faisais le museau.

— Qu'est-ce que vous racontez ?

— Lui flaccide, moi museau.

— Euh… oui…

— Flaccide et museau, quoi !

— Non, je ne vois pas.

— Laisse tomber. La culture populaire, c'est pas ton truc.

— Et qu'est-ce qui s'est passé après ?

— Pataugeage, dégonflage, repliage, voiturage, une heure et demie.

— Et ?

— C'est tout.

— En effet, c'est une belle histoire.

— Non mais c'est pour dire, conclut mon frère, quand on a la scoumoune à ce point, mieux vaut renoncer à l'élément liquide.

— Tiens, à propos de navigation, voilà Moulins.

— Moulins, sa cathédrale…

— Son musée des costumes de scène, son musée du bâtiment…

— Avec des parpaings du Moyen Âge…

— Son lycée Théodore-de-Banville…

— Banville ?

— Le fameux poète parnassien.

— Qu'est-ce qu'il fout là, celui-là ?

— Il y est né. Il a même évoqué sa ville natale dans ces vers immortels qui figurent dans son recueil des *Cariatides* :

Bien souvent je revois sous mes paupières closes,
La nuit, mon vieux Moulins bâti de briques roses,
Les cours tout embaumés par la fleur du tilleul,
Ce vieux pont de granit bâti par mon aïeul,
Nos fontaines, les champs, les bois, les chères tombes,
Le ciel de mon enfance où volent des colombes,
Les larges tapis d'herbe où l'on m'a promené
Tout petit, la maison riante où je suis né
Et les chemins touffus, creusés comme des gorges,
Qui mènent si gaiement vers ma belle Font-Georges,
À qui mes souvenirs les plus doux sont liés.
Et son sorbier, son haut salon de peupliers,

Sa source au flot si froid par la mousse embellie
Où je m'en allais boire avec ma sœur Zélie,
Je les revois ; je vois les bons vieux vignerons
Et les abeilles d'or qui volaient sur nos fronts,
Le verger plein d'oiseaux, de chansons, de murmures,
Les pêchers de la vigne avec leurs pêches mûres,
Et j'entends près de nous monter sur le coteau
Les joyeux aboiements de mon chien Calisto !

— Bravo !

— Tu connais ça par cœur !

— Non, pas du tout, je te rappelle que ma future incarnation, qui dans une vingtaine d'années nous raconte, n'a qu'à recopier le texte.

— Ce n'est plus un transport de canapé, c'est une croisière culturelle.

— On pourrait monter un commerce : la France en camionnette, avec des conférences dans la carlingue, Luc Ferry, Jacques Attali, Frédéric Mitterrand, Stéphane Bern, Patrick Poivre d'Arvor, Bernard Pivot…

— C'est à Moulins, mesdames et messieurs, que naquit le sauveur de la France.

— Ah bon ? Première nouvelle… Qui ça ? Pétain ? Pardon, je veux dire de Gaulle ?

— Mais non !

— Du Guesclin ?

— N'importe quoi ! Bon, je vais procéder autrement. 1515 ?

— Marignan ! hurle mon frère.

— Marignan ! écholalise son épouse, avec une fraction de seconde de retard.

— Bravo.

— Je n'ai pas de mérite, c'est pavlovien.

— Et pourquoi c'est important, Marignan ? inquisitorié-je.

— Eh bien…

— Voilà. À part 1515, on ne sait rien, ni où c'est, ni qui a perdu, ni en quoi c'est important, d'ailleurs ça ne l'est pas tant que ça. Bon. En revanche, 1712 ?

— Sais pas. L'invention du fromage de tête ?

— Presque. Denain.

— J'y comprends plus rien. Deux nains qui ont sauvé la France ? En 1712, ça ne peut pas être Sarkozy. Ni Jacques Duclos. Adolphe Thiers non plus.

— C'est pas possible, tu le fais exprès ! De-nain, Denain, dans le Nord, du côté de Valenciennes.

— Ah, Maubeuge, quoi.

— Si tu veux. Deux nains ! Je t'en foutrai, des nains !

— On ne s'éloigne pas un peu de Moulins, là ?

— Oui, ça devient confus, renchérit l'épouse de son mari.

— Je m'explique. Denain, 1712. Guerre de succession d'Espagne. La France est ruinée, la terrible famine de 1709 a tué des centaines de milliers de gens, provoqué des émeutes, les camisards sont en plein soulèvement, le territoire est envahi par les Anglais et les Autrichiens, les armées françaises subissent défaite sur défaite, on court au désastre. Louis XIV rappelle le maréchal de Villars, et là, paf, Denain. Grosse pâtée aux armées d'invasion, suivie de reconquête de tous les territoires occupés. Ce type a sauvé la France, mais personne ne s'en souvient, et 1712, ça ne dit rien à personne, alors que 1515, si. Pourquoi ? Mystère.

— Oui, bon, on est contents de le savoir. Et donc ?

— Et donc le sauveur de la France est né à Moulins.

— Oui, mais comme tu dis, ça n'intéresse personne. Dans nos croisières culturelles en camionnette, nous mettons l'accent sur le pittoresque local, le patrimoine architectural…

— Moulins, mesdames messieurs, ses briques roses, ses cours embaumés, ses maisons riantes…

— Tu parles… Moulins, son centre piétonnier, comme partout ailleurs, son Pimkie, son Sephora, son McDo, son Camaïeu, son Etam, comme partout ailleurs.

— Moulins, sa ZAC, sa Halle aux chaussures, son Cuir Center…

— Moulins, sa prison.

— Tu sais que je la connais ?

— Tu y as fait un séjour ? Escroquerie ? Détournement de mineur ? Coups et blessures ?

— Ça te va bien. Non. D'ailleurs, quand j'y pense, je n'y suis jamais allé. Ça se produira dans quelques années.

— Comment ça ?

— N'oublie pas que je ne suis pas seulement le personnage de cette histoire et pas seulement son narrateur, j'en suis aussi l'auteur. Je sais comme auteur ce que j'ignore comme personnage, avec vingt ans de moins.

— Ah, d'accord.

De fait, au moment où cette conversation a lieu dans la camionnette, sur la rocade qui contourne la bonne ville de Moulins, le livre dont il va être question n'est pas encore écrit, et l'événement auquel il est mêlé ne s'est pas encore produit.

Quelques années plus tard, en effet, je serai invité à des rencontres publiques dans différents lieux d'Auvergne, où les lectures seront assurées par un comédien.

J'avais déjà pratiqué ce genre de sport, plutôt agréable.

On va dans des médiathèques, des lycées, des petites librairies, on voit toutes sortes de gens. Là, pour le coup, j'allais élargir le cercle de mes relations, puisqu'une séance devait avoir lieu à la maison d'arrêt.

La prison se trouve dans les environs de la ville. C'est une construction d'allure neuve. Nous nous garons sur un parking propret bordé de murs impeccables surmontés de barbelés rutilants. Avant la rencontre, le comédien et moi déjeunons avec les membres de l'administration pénitentiaire qui nous accueille. Le repas se déroule dans une ambiance cordiale. Des plats élaborés, d'excellente qualité, nous sont servis par d'aimables garçons dont je me demande si ce sont des employés ou des prisonniers. Le parcours jusqu'à la salle où doit avoir lieu la rencontre nous fait longer des corridors et franchir des portes grillagées qui sont ouvertes par des gardiens d'excellente humeur, prompts au bon mot et au sourire complice. Bref, la prison paraît un petit monde sympathique, primesautier, beaucoup plus tranquille et pacifique qu'une cour d'école ou de collège. On y passerait presque la nuit pour le plaisir. C'est un peu déconcertant. Je ne vois pas le rapport entre ce que je vois à Moulins et ce que je lis d'habitude dans les journaux, ce que j'entends à la radio. À dire vrai, j'ai du mal à croire ce que je vois, et rétrospectivement je me demande si j'ai bien vu ce que j'ai vu pendant ces quelques heures passées à la joyeuse maison d'arrêt de Moulins.

Et nous pénétrons dans la salle destinée à la rencontre. Nous sommes une dizaine assis autour de la table, dans cette pièce étroite : le comédien et moi, la femme qui organise les rencontres, le gardien qui nous a guidés, deux hommes d'environ trente ans, deux adolescents, un grand brun, les cheveux attachés par un catogan, et un quinquagénaire replet qui doit être un bibliothécaire ou un gestionnaire quelconque, il en a l'allure parfaite, la calvitie avec les mèches rabattues sur le crâne, le veston bleu marine et les manières feutrées. Nous n'étions pas censés savoir qui était qui, qui avait fait quoi.

Je présente rapidement mon travail, le roman qui va être lu, *Festins secrets*, et le comédien lit un passage du début. Dans un compartiment de train, deux personnages sordides, des espèces de Thénardier, un homme et une femme, forcent une petite fille à manger et à boire :

> L'homme s'est levé. Il oblige la fillette à ingurgiter des bouts de hareng qu'il coupe avec son opinel. Puis c'est du saucisson à l'ail, du camembert. La petite essaie de recracher avec des hoquets de dégoût ce qu'il s'évertue à lui glisser entre les lèvres en riant. Il finit par la gifler. Après quoi, il débouche la bouteille de rouge, la colle aux lèvres de la gamine. Elle déglutit péniblement. Une grosse larme roule sur sa joue cramoisie.

Une fois la lecture terminée, la discussion commence. Seuls les deux adolescents n'y participent pas. Durant toute la séance, ils ne se départiront pas de leur air buté. J'ai beau essayer de leur poser des questions, ils ne répondent que par des grognements destinés à manifester leur absence totale d'intérêt pour ce qui se passe. En revanche, avec les autres, le débat est animé. Le grand brun, surtout, estime qu'écrire un texte comme ça, ce n'est pas bien. Pourquoi pas bien ? Parce qu'on ne fait pas ça à des enfants. Certes, mais enfin ce n'est pas parce qu'on le montre qu'on l'approuve, avancé-je pour ma défense, ce qui paraît le B.A.-BA de l'interprétation. Les deux jeunes hommes opinent. Un des adolescents, en revanche, grogne son assentiment à la critique du grand brun. Lequel n'en démord pas : montrer ça, ce n'est pas bien.

Au fond, sa position se tient, c'est un rousseauiste : la littérature esthétise le mal. Elle le rend intéressant. Même s'il ne le formule pas en ces termes. Mais il le sent, d'instinct. De sorte que ma rencontre avec des malfaiteurs emprisonnés finit par tourner en débat éthique sur la littérature et le mal. Après une discussion courtoise, mais serrée, la rencontre s'achève. Je prolonge la conversation avec l'un des deux jeunes hommes, lui donne mon adresse, nous échangerons quelques lettres par la suite, et le comédien et moi sortons, laissant les autres participants à leur prison.

Il n'est pas d'usage, en principe, de donner les motifs d'emprisonnement dans ce genre de circonstances, mais comme je rends compte de la conversation à l'organisatrice de la rencontre, et de l'émoi vertueux de certains participants, elle mange le morceau pour certains d'entre eux. Les adolescents butés ont incendié des voitures. Le digne auditeur à veston et calvitie est un pédophile. Quant à l'homme au catogan, farouche défenseur de la moralité littéraire, c'est un assassin : crime d'honneur gitan. Elle ajoute que la plupart écrivent de la poésie, dans le genre lyrique et sentimental.

Résumons-nous : l'honnête homme, du moins celui qui n'est pas en prison, écrit des horreurs, tandis que les assassins, dans leur geôle, peaufinent des vers innocents et chastes. Il n'y a donc pas de morale de cette histoire non plus.

— C'est pourtant une histoire très morale.

— Tu veux dire le malfaiteur à principes ? L'assassin au grand cœur ?

— À mon avis, l'essentiel n'est pas là, se cure le nez mon frère.

— Ah ?

— Mais j'aimerais mieux ne pas commenter des faits qui ne se sont pas encore produits. On verra ça dans quelques années.

— Mais non, allez, vas-y.

— L'écrivain a la mort facile. Faire souffrir, massacrer, torturer, ça ne lui coûte rien. Et ça fait bien. Ça vous pose un auteur. Il se confronte au Mal, à la tragédie humaine, tout ça. Il en a. C'est pas une lopette.

— Merci pour moi, passé-je la cinquième.

— Je parle en général. Tandis que le malfaiteur, lui, connaît le prix des choses.

— Ouais, eh ben je déteste les morales et la littérature à message, là.

— C'est pas de la littérature, tu nous racontes une histoire dans une camionnette. Ou alors, chaque fois que tu parles, c'est de la littérature qui sort de ta bouche ?

— Tu oublies que nous sommes dans un livre.

— Ah oui, au temps pour moi.

LA COQUILLE CASTRATRICE

— Et Nevers ?

— Quoi, Nevers ?

— On n'a pas vu passer Nevers.

— C'est comme Moulins, c'est comme tout, avec les rocades on ne voit plus passer les villes. On les oublie. On trace. Le voyage n'est plus qu'un éternel contournement, une manière d'éviter le réel à force d'aller le rejoindre.

— Oui, bon, mais Moulins, tu nous en as fait une tartine.

— Normal, personne n'est né à Nevers.

— Personne ?

— Personne.

— Tu n'y es jamais allé ?

— Une fois, je crois. J'ai oublié. Personne ne va à Nevers.

— Tu n'as rien vu à Nevers ?

— Rien. Ni à Hiroshima, d'ailleurs.

— Pardon ?

— Laisse tomber.

— Ah mais si, dit Martine, il y a une spécialité connue, à Nevers, à ne pas oublier dans notre parcours culturel.

— Quoi ? Les faïences ?

— Non, la botte.

— La botte ?

— La botte de Nevers.

— Oui, mais non, ça c'est dans *Le Bossu* de Paul Féval. C'est un coup d'escrime. Ça n'a rien à voir avec Nevers. C'est parce que c'est le duc de Nevers qui en connaît le secret.

— Et ça se fait comment ?

— Sais pas. Je crois que ça commence par un coup dans la coquille.

— Sans le Q, intervient Bernard, c'est encore plus efficace.

— Très fin. Donc coup dans la coquille, qui détourne la main tenant l'arme, tu fais un saut du côté opposé, une flexion pour éviter le retour de la lame adverse, tu pivotes légèrement, salto arrière, tu te fends, tu t'exclames « ah ah ! », tu remets ta mèche en place, sur le contre tu te retournes et…

— Et tu prends un coup de pied dans les…

— Mais non ! Oh et puis zut, je me suis embrouillé. Mais je parle de mémoire, c'est Jean Marais qui faisait ça, ou un truc approchant. En tout cas, cette histoire me rappelle un Nivernais que j'avais oublié.

— Qui ça ?

— Guy Coquille.

— Plaît-il ?

— Guy Coquille, qui n'est pas natif de Nevers, mais d'un bled proche, et qui y a été avocat au XVIe siècle. C'est un poète et aussi un des premiers théoriciens de l'absolutisme, après Jean Bodin. Mais il faut le comprendre : le pouvoir royal contre le pouvoir des factions religieuses. Car c'était aussi un apôtre de la tolérance et des libertés publiques en pleines guerres de Religion, un ami de Michel de L'Hospital, évidemment.

— Ça tombe sous le sens !

— Et en plus, il était protégé du duc de Nevers, Charles de Gonzague.

— Oui, oui.

— Gonzague ! Comme le méchant dans *Le Bossu* !

— Celui qui prend le coup dans la coquille ?

— Voilà !

— Tout ça est effrayant de cohérence…

— Ces histoires de coquille et de couille me font penser à un regrettable épisode de ma jeunesse.

— Ah, se frotte les mains Bernard, encore une belle histoire de l'oncle Paul, calons-nous confortablement et soyons tout ouïe.

— À l'époque, j'habitais Meaux. La ville de Bossuet. L'aigle de Meaux. Dernier théoricien de l'absolutisme.

— Je vois. De Meaux à Nevers, tu es remonté de Bossuet à Coquille.

— Et en plus, c'est à Meaux que pour la première fois de ma vie, je suis allé voir un psy, qui m'a suivi des années.

— Ah bon ?

— Papa venait de mourir. Ça avait complètement bouleversé l'image du monde, de ma vie, j'avais sombré dans la dépression.

— Normal que depuis, tu passes ton temps à trimballer des canapés.

— Je n'avais pas encore d'enfant, à l'époque, mais il était question d'en avoir un. J'avais déjà trente-trois ans. Un âge critique, si j'en crois certains ouvrages. S'il y a une chose à laquelle les parents tenaient, sans en parler, c'est avoir des petits-enfants. Ils n'attendaient que ça. Ils se demandaient, dans leur coin, quand ça allait venir. La catastrophe de leur enfance, il leur fallait l'exorciser. Avec nous ça n'avait pas fonctionné parfaitement.

— Manque de chance, barète Bernard, de mon côté c'est fichu. On ne peut pas en avoir.

— S'il y a une chose qui continue à me chagriner, dans la disparition de papa, c'est qu'il soit mort trois ans avant la naissance de son premier petit-fils. Il ne l'aura jamais connu. Il aurait été le grand-père idéal. Ce n'était pas un homme comme devaient être les hommes à l'époque, *a fortiori* les pères. C'était un tendre, un discret, un attentionné. Et en même temps, pas du tout un intellectuel. Un manuel tendre. Il apprivoisait tout, les animaux, les choses, les gens. Il avait quelque chose de désarmant. Tout le monde l'aimait. Je n'ai jamais compris comment cette famille de brutes avait pu produire quelqu'un d'aussi étranger aux normes viriles du temps. Sans doute fallait-il pour cela n'avoir pas été élevé dans une famille traditionnelle, mais en secret, par une nourrice. Et parfois, bêtement, je regrettais qu'il ne soit pas un père plus conforme, je l'aurais voulu impérieux, plein d'assurance, parlant haut. Il ne savait pas faire. Les mots, il avait toujours du mal à les démêler. Il se rabattait sur les choses. Je n'ai compris que trop tard la chance qui m'avait été donnée d'avoir ce père.

Et donc, fils de ce père tendre et discret, je fréquentais à l'époque la salle de sport installée dans le Foyer des jeunes travailleurs, à Meaux. On y pratiquait la boxe française et le kickboxing. Tu peux imaginer le genre de public qui fréquente ce lieu, à Meaux. Mais enfin c'était plutôt sympa. En même temps j'enseignais à Creil, dans un lycée où il y avait des filières classiques et des classes professionnelles, genre chaudronnerie, j'avais monté un club théâtre et durant mes loisirs je finissais de rédiger ma thèse. Papa n'a même pas pu assister à la soutenance, il est mort un mois avant.

Et je voulais un enfant. J'étais déjà bien occupé, pourtant. Pourquoi diable un enfant ? Beaucoup d'écrivains préfèrent s'en passer, ils veulent consacrer toute leur énergie à leur œuvre, et je les comprends. Pas un enfant pour me dupliquer, fabriquer un autre moi-même, surtout pas. Un enfant pour l'enfance, peut-être, le miracle de l'enfance, et y revenir à travers lui. Et sans doute aussi, il faut bien l'avouer, l'idée de la succession n'était pas étrangère à ce désir, poursuivre la lignée qui tenait la maison et les terres. À travers moi, qui sait, c'est la maison qui exigeait un enfant.

L'entraîneur du club de boxe était un videur de boîte de nuit monstrueusement conformé : aussi large que haut, aussi épais que large. Je n'avais encore jamais vu ça. À l'époque, je n'avais aucune technique, mais j'étais une bombe d'énergie, j'avançais, j'avançais, je tapais comme un forgeron. J'ai frappé l'entraîneur au foie, il est allé faire un scanner, craignant que je le lui aie éclaté. Ce genre de comportement m'a valu mon premier K.-O. debout, car les types en face répliquaient, bien sûr. C'est exactement comme les bandes dessinées avec les cloches et les petits oiseaux autour de la tête : les fils de la marionnette sont coupés, tout se relâche, on glisse béatement dans un brouillard doux, la violence n'existe plus. Je ne suis pas allé jusqu'à terre, je suis juste resté sonné dix secondes, mais ce n'était pas une expérience désagréable.

Et donc, un soir, j'arrive dans les vestiaires. J'avais renouvelé le matériel, les protections s'usent vite. J'enfile la coquille toute neuve, et là, je me sens tout de suite gêné. Ça me serrait, ça me faisait mal, je n'arrivais pas à m'y loger, bref, en un mot, et sans vouloir me vanter, la coquille était beaucoup trop petite.

— Là, franchement, pour ce qui est de la caricature virile, tu franchis toutes les limites de la décence.

— Bon, en réalité, je pense que j'avais dû prendre, par inadvertance, une coquille taille junior. J'avoue. Mais enfin, franchement, je ne suis pas sûr que ce soit de ma faute. Est-ce notre faute si, dans une pièce de 60 m^2 absolument vide, à l'exception d'un énorme buffet, dès qu'on fait tomber une pièce de deux euros, elle ira systématiquement rouler sous le buffet ? Pas ailleurs, non, en aucun point des 60 m^2 libres, sous le buffet, c'est inéluctable, c'est quasiment scientifique. De même, si on s'avise de sortir son trousseau de clés au moment où l'ascenseur va arriver sur le palier, et si le trousseau nous échappe des mains, il n'y a rigoureusement aucune chance pour qu'il tombe sur le plancher de l'ascenseur. Les clés ont bien calculé leur coup, elles savent ce qu'il faut faire, et tac, elles se glissent directement dans l'interstice entre la plate-forme de l'ascenseur et la porte palière, elles chutent d'étage en étage, et atterrissent au fond de la fosse. Pour récupérer les clés, il faudra s'adresser au concierge, mais il est quatorze heures et la loge ne rouvre pas avant dix-huit heures. À dix-huit heures, le concierge écoute votre histoire de l'air de celui qui vous prend ostensiblement pour un maladroit, un con et un emmerdeur. Il appelle de mauvaise grâce la société d'entretien de l'ascenseur, laquelle n'a personne de disponible, il est vendredi, ils passeront le lundi à une heure indéterminée, ça tombe bien, lundi vous êtes pris toute la journée, il faudra qu'ils remettent les clés au concierge. Au fond de la fosse, les clés ricanent, vous pouvez presque percevoir leur petit rire grelottant. Alors qu'on ne me fasse pas croire que le coup de la coquille n'était qu'une erreur de ma part.

Elle m'avait vu venir, du fond de la boutique. Elle était prête.

Je décide de m'en passer. Échauffement, étirements, exercices techniques, et on passe aux assauts. Et là, bien entendu, dès le premier assaut, le type avec qui je tourne me balance avec un bel enthousiasme un coup de pied d'anthologie dans mon absence de coquille.

J'ai passé un certain temps, recroquevillé, à prendre de profondes inspirations pour essayer de maîtriser la douleur, puis, sur le conseil de l'entraîneur, à sautiller sur place, il paraît que c'est ce qu'il faut faire dans ce genre de cas. Je ne me souviens plus très bien de la suite, je crois que j'ai interrompu la séance, de peur que ça se renouvelle. En tout cas, à la suivante, j'attendais le donneur de coups de pied. Je lui ai fait sa fête.

Mais ça n'a rien réglé. Parce que d'habitude, c'est une douleur fulgurante, mais ça passe. Et ça ne passait pas. Le lendemain j'avais mal, huit jours après ça me travaillait toujours, quinze jours après pareil. J'ai fini par me résoudre à aller voir un médecin.

Le généraliste qui m'a reçu était un petit homme brun, maigre, à la moustache noire et à l'œil inquisiteur. Il a dû sentir mon inquiétude. Je lui ai exposé le problème. Il l'a soupesé, il l'a scruté, et il est passé aux conclusions.

D'après lui, il y avait plusieurs possibilités. Il les a énoncées sans cesser de me fixer de son petit œil noir.

La première, c'est l'éventualité optimiste. Le traumatisme s'effacerait tout doucement, la douleur diminuerait progressivement, et tout reviendrait à la normale.

Là, en conteur chevronné, j'interromps ma narration en feignant de me concentrer sur un dépassement à la possibilité purement théorique.

Mais personne ne réagit. J'ai beau déployer des trésors d'habileté narrative, tout le monde roupille, dans cette camionnette, tout le monde s'en bat les, euh, paupières, du sort de mes attributs virils.

— Et la deuxième ? dit Martine, qui finit par feindre charitablement de n'en plus pouvoir.

— La deuxième ?

— La deuxième éventualité, on dirait que tu ne suis pas tes propres histoires !

— C'est bien la question que j'ai posée, tu penses.

— Et il a dit quoi ?

— Dans certains cas, il arrive qu'on soit obligé de procéder à l'ablation.

— À l'ablation ?

— Du testicule.

Je suis sorti de là atterré. Mon hypocondrie latente avait trouvé un aliment de choix, un os à ronger interminablement. Par le passé, j'avais déjà eu un cancer du poumon, la maladie de Charcot, la sclérose en plaques, la maladie de Lyme, l'échinococcose, la cirrhose et de l'arthrose. J'étais un grand malade, un vieux routard buriné de la souffrance imaginaire. À chaque départ en vacances, c'était le même scénario, à peu près invariable. Un ou deux jours avant, je trouvais le moyen de me faire quelque chose : mal au genou en courant, otite, coup dans l'œil, inflammation des gencives, n'importe quoi, tout était bon, soit que mon inconscient me commande de trouver le moyen de me faire mal, soit qu'il s'emploie au moment propice à réveiller de vieilles douleurs dormantes, soit enfin que mon attention soit mobilisée par un quelconque bobo qui m'aurait ordinairement laissé de marbre. Le mécanisme était enclenché. Dès lors, à Amalfi, face au soleil descendant sur la mer, ce n'était plus seulement l'odeur de jasmin des gogues de la grand-mère qui m'obscurcissait l'Italie, mais l'aphte que je m'étais fait en me mordant la lèvre, et qui m'empêchait de goûter le Greco di Tufo et les *spaghetti alle vongole*, qui s'interposait entre l'Italie et moi. Le jasmin me rappelait au passé, à l'ambiance sinistre de Bonneuil-sur-Marne, tandis que, de son côté, le bobo m'enfermait dans mon corps, et le monde déployait en vain ses fastes, ce serait pour la fois d'après, comme d'habitude.

Ablation du testicule… Et qui sait, des deux, si le trauma finissait par étendre ses ravages. Mais même avec un, est-ce que je pourrais encore avoir des enfants ? Je n'avais même pas osé poser la question. Ce testicule m'obsédait, la douleur sourde qui y poursuivait son travail ne me lâchait pas un instant, je me demandais ce qui s'y passait, j'étais jour et nuit à l'écoute de mon testicule, même si, s'il faut en croire Pierre Dac, par là, on n'entend pas grand-chose.

On m'a soupesé les choses, on les a examinées, scrutées, palpées, sans conclusion définitive. Je suis allé passer une échographie testiculaire. Si j'avais pu faire une IRM, une endoscopie, un scanner, un électrotesticulogramme, je l'aurais fait.

Rien à signaler. Mais ça ne me calmait pas.

L'ami à qui je racontais mes malheurs et ma hantise de la testiculotomie, au lieu de compatir et de murmurer des questions inquiètes, s'étouffait de rire. Pour lui, le médecin m'avait fait une blague pince-sans-rire, et j'avais marché à fond. Mes préoccupations viriles lui avaient toujours été sujet à réjouissance. Évidemment, lui au moins était l'heureux possesseur de trois testicules (mais si, c'est vrai, et ça s'appelle du polyorchidisme). Sur la quantité, il pouvait toujours en perdre une.

Ah bon ? J'aurais été victime d'un plaisantin ? Depuis un mois, je serais dans tous mes états par simple manque de sens de l'humour ?

L'ami insistait, entre deux hoquets : « Écoute, si j'étais médecin et que je voyais débarquer un type aussi préoccupé des attributs de sa virilité, et en plus aussi prêt à se trouver une maladie grave, je crois que je ne pourrais pas m'empêcher de m'amuser un peu… »

Je ne savais pas comment prendre cette hypothèse. D'un côté, c'est vrai, elle avait l'incontestable vertu de me délivrer de l'angoisse qui me taraudait, et j'y aurais volontiers souscrit. Mais, de l'autre, elle me ridiculisait tout de même un peu. Et puis elle m'obligeait à reconnaître que, depuis un mois, je me gâchais l'existence pour rien, pour une plaisanterie. Autrement dit, mon investissement d'angoisse avait été fait en pure perte. On ne se sépare pas plus facilement de son angoisse que de son argent, et on ne se résout pas comme ça à l'idée de l'avoir jeté par les fenêtres, ce qui m'inclinait, à l'inverse, à n'accorder aucun crédit à l'hypothèse de la blague. Bref, l'intervention rigolarde de mon ami ne faisait qu'ajouter à mes complications mentales. Je ne pouvais même pas souffrir dignement : non seulement on a mal, non seulement on s'angoisse, mais en plus, on est ridicule. Je me découvrais un destin, ou plutôt une vocation. Quelque chose d'hugolien : le tragique et le grotesque, le bas et le haut. Pas de chance, moi qui n'ai jamais pu souffrir Hugo.

Donc, non seulement je continuais à scruter les échos douloureux que persistait à émettre mon testicule, mais je m'abîmais dans d'incessantes répétitions de la scène de la consultation. Un détail significatif m'avait-il échappé alors, qui aurait rendu évidente l'intention plaisante ? Je me repassais des détails d'expressions du médecin, des intonations de voix. Tantôt je penchais vers la blague, tantôt vers le sérieux, ça restait indécidable. Tout de même, se montrer à ce point pince-sans-rire sur un sujet aussi grave, était-ce bien responsable, était-ce bien déontologique, n'ayons pas peur des mots, de la part d'un médecin ?

À force d'arguties et de ratiocinations, j'ai fini par épuiser le sujet. Telle est sans doute la fonction de ce mécanisme mental. La douleur a diminué progressivement. J'ai eu des enfants. D'autres désastres du même acabit m'attendaient sur le parcours de la vie, qui ont donné lieu aux mêmes angoisses maniaques. Cette saleté de coquille avait fait le nécessaire pour que je sois atteint dans mes œuvres vives. Ce qui m'avait conduit à mesurer à quel point nous sommes loin de nous-mêmes, loin de notre propre corps, comme si nous étions enfermés dans une chambre noire, et que notre seule relation avec le monde comme avec nous-mêmes était des suites de sons venant d'on ne sait où, émis par on ne sait qui, on ne sait comment, qu'il nous fallait passer notre vie à tenter de décrypter.

C'était une belle péroraison, qui fut accueillie, dans le Jumper, par une complète indifférence. Depuis belle lurette, mes deux compagnons de voyage rêvassaient à d'autres histoires silencieuses, tandis que je marmonnais les miennes, à moitié couvertes par *Highway to Hell* que beuglait Radio Nostalgie. L'enfer et la nostalgie : n'importe quoi, groumais-je *in petto.*

LA MARINIÈRE ÉQUIVOQUE

Après Moulins, sa cathédrale, ses musées, sa prison, la rocade remet le canapé-lit et ses accessoires, une camionnette et trois personnes, sur la nationale 7, qui longe la rive droite de l'Allier. Nous avons en gros suivi cette mythique nationale, la Route 66 française. Nous sommes en train d'en parcourir les derniers kilomètres, nous la quitterons à Varennes-sur-Allier pour obliquer vers Saint-Pourçain, tandis qu'elle poursuivra son parcours en direction de Roanne pour rejoindre la vallée du Rhône et le Midi. Je ne sais pas si beaucoup d'écrivains américains viennent en France faire la nationale 7, pour publier ensuite leurs impressions de voyage entre Pougues-les-Eaux et Saint-Pierre-le-Moûtier.

J'ai pris tardivement conscience du fait que c'est la nationale 7 qui nous menait en Auvergne pour la plus grande partie du parcours. Quand je l'ai compris, j'étais déjà un adulte, et j'ai dû le vérifier sur les cartes pour y croire. Je ne voyais pas du tout le rapport entre la route que nous connaissions et celle que chantait Charles Trenet, les vacances au soleil, la mer, le ciel d'été, les oliviers, l'amour joyeux. La route d'Auvergne, de la sortie de la forêt de Fontainebleau jusqu'à Varennes-sur-Allier, c'étaient, en gros, de sinistres bourgades, noircies par les pots d'échappement, ébranlées par le passage des poids lourds, et où l'on ne voyait jamais personne, comme s'il s'agissait de villages Potemkine, de décors destinés à donner l'illusion d'une présence. En dehors du centre de ces agglomérations, la route était bordée d'espèces de pavillons de banlieue à la campagne, qui donnaient d'un côté sur la colonne ininterrompue de camions, de l'autre sur de mornes paysages de prairies dépourvus de toute espèce de charme. Il y pleuvait volontiers. De temps à autre on tombait sur une heureuse diversion, les coteaux de Pouilly, La Charité, mais globalement il n'y avait vraiment pas de quoi chanter. J'entends déjà le léger chuintement des lettres de protestation qui glissent dans la boîte postale de la rue Gaston-Gallimard.

À Varennes, donc, adieu les joies de la nationale 7, notre esquif à roulettes traverse l'Allier et cingle sud-sud-ouest vers Saint-Pourçain, par bonne brise. Juste avant Saint-Pourçain, nous avons repéré, depuis quelque temps déjà, au bout d'une petite route de campagne, la ferme d'un apiculteur qui vend au détail. On s'y arrête à chaque fois. Et jamais, en revanche, à la cave coopérative de Saint-Pourçain, pour acheter du vin.

Pendant longtemps, chez nous, au village, le saint-pourçain a été le vin bouché, c'est-à-dire le vin de luxe, le vin de fête, celui qu'on sort le dimanche ou dans les occasions, pour changer du litre étoilé. Et puis la mode en a passé. Par fidélité à la tradition, j'ai longtemps, religieusement absorbé ce liquide, dans toutes ses déclinaisons, blanc, rouge ou rosé.

Le saint-pourçain, c'est un peu comme la confiture de nouilles chère à Pierre Dac. Ça demande un gros travail, du savoir-faire, l'amour du métier. On taille la vigne, on désherbe, on effeuille, on fertilise le sol, on sulfate, on vendange, on érafle, on pressure, on débourbe, on sulfite, on surveille la fermentation, on embouteille, on bouche, on étiquette, on encartonne, on vend, et le client jette, parce que ce n'est pas bon.

J'ai poussé le vice, un jour, jusqu'à aller en acheter chez un vigneron que le guide Hachette avait décoré d'une étoile. C'était du rosé. Je l'ai rapporté triomphant chez des amis, pour accompagner des grillades. Personne n'a réussi à la finir. Depuis des années, la deuxième bouteille décore le fond de leur réfrigérateur.

Lorsqu'il descend en vous, serpentant le long des canalisations intérieures, le saint-pourçain produit cet effet physiologique unique qui consiste à vous faire prendre conscience de vos organes digestifs, centimètre par centimètre. On le sent passer, c'est bien le cas de le dire. C'est un scanner sensitif. L'inconvénient, c'est que, autre particularité physiologique remarquable, le sens de la digestion s'inverse : on ne digère pas le saint-pourçain, on est digéré par lui.

Ne nous faisons pas d'illusions : la page qui précède ne pourra être dégustée par mon fidèle lecteur, s'il en reste un, que si le service juridique de l'excellente maison Gallimard donne son accord, et si l'union des vignerons de Saint-Pourçain, la municipalité, le conseil général de l'Allier échouent dans leur demande de saisie en référé.

Bon, allez, c'était une blague, en réalité le saint-pourçain est le velours de l'estomac.

Mais foin de digressions aussi oiseuses que calomnieuses, nous voici à présent dans la salle de dégustation de l'apiculteur. C'est le grand-père qui assure la vente. Un vrai grand-père, toutes options, avec le gilet tricoté, la moustache blanche et la casquette intégrée. Le brave homme nous invite à goûter tout ce qu'il a, il y a des miels de tout, on se demande ce qui ne fait pas miel, et nous goûtons, en commentant les subtilités de saveurs. Un charmant panier d'osier, posé sur le comptoir, propose également au chaland de passage de déguster les nonnettes préparées sur place. Le panier déborde de nonnettes rondes, grasses, charnues, odorantes, moelleuses et croustillantes à la fois.

La nonnette est une espèce en voie de disparition, au même titre que le rhinocéros, le tigre de Sibérie, la tortue luth, l'orang-outang et le clochard philosophe. On n'en voit plus guère. Les gens se désintéressent de la nonnette. Elle est passée de mode, à l'instar du vol-au-vent, de la timbale milanaise ou des oreilles à la Sainte-Menehould. La ferme apicole de Saint-Pourçain était une des réserves naturelles où l'on pouvait admirer les derniers spécimens. Pour faire honneur, nous en avons dégusté une chacun, encouragés par l'hôte. Mais Bernard avait toujours été un farouche militant de la protection de la nonnette. Aussi, pendant que le brave aïeul allait fourrager dans sa réserve pour trouver les trois pots de miel que nous lui avions demandés, mon frère se consacra-t-il sans vergogne au pillage du panier d'osier. Lorsque l'aimable ancêtre refit son apparition, cinq minutes et dix nonnettes plus tard, sous mes yeux accablés le panier naguère richement garni était vide, totalement.

Un seul recours : détourner l'attention, parler du beau temps, des passionnants problèmes de l'apiculture, de l'excellente qualité des miels, se faire disert, primesautier, en un mot mielleux, devenir plus intense, plus sonore, plus accrocheur chaque fois que le regard du sympathique cacochyme prend la direction du panier mis à sac, si on peut s'exprimer ainsi. Et tandis que d'un œil j'accroche le regard de papy Brossard, je le cloue, je l'hypnotise tel le crotale fascinant sa proie, de l'autre, au prix d'un puissant effort de strabisme divergent, je surveille le prédateur de nonnettes qui furète parmi les rayonnages, en quête d'un supplément de butin. Enfin, Martine a retrouvé son porte-monnaie, payé, salué, nous filons vers la camionnette.

Bernard demande à son épouse de poser le sac de miel dans la caisse du Jumper plutôt que dans la cabine, où nous sommes déjà assez serrés, et tant qu'elle y est de vérifier l'arrimage du canapé et des fauteuils. À l'intérieur, ils paraissent l'attendre, campés sur leurs quatre pattes, fauves de cirque bigarrés à la trompeuse immobilité. Pendant qu'elle s'exécute, le génie du Mal referme la portière sur elle et, hilare, m'enjoint de démarrer.

Ça tombe bien, la petite route est cahoteuse à souhait, il faut négocier quelques virages. Je m'applique, en bon suppôt de Satan, à conduire aussi sèchement que possible, à exagérer les coups de frein et les accélérations, et c'est dans le doux bruit d'un bringuebalement d'accessoires dans la caisse, qui couvre à peu près les protestations de la malheureuse victime, contrainte à la fois d'éviter de se casser la figure contre la tôle et de résister aux attaques du canapé et des deux fauteuils, que nous rejoignons la route principale, traversons Saint-Pourçain, attaquons le chemin qui mène à Gannat à travers les platitudes de la Limagne bourbonnaise. Que restera-t-il de la malheureuse lorsque nous l'aurons arrachée à l'étreinte du canapé-lit ?

— Au moins, dépassé-je un artisan local qui fonce à quarante kilomètres-heure à bord de son Express pourri, maman, qui aime bien les petits mecs, n'aura pas eu à se plaindre de ce côté-là.

— En effet, jusqu'à plus ample informé, désemballe un chouine-gomme mon frère, nous sommes des garçons. En tout cas, en ce qui me concerne, je suis formel. Aucun doute.

— Fais-moi penser à m'écrouler de rire quand j'aurai le temps. Non, mais ce que je veux dire, c'est qu'on s'est quand même efforcés de correspondre au modèle viril standard, l'alcool, les motos, les bagnoles, les sports de combat, les mains dans la gueule et tout ça. Je me demande même si ce n'est pas légèrement exagéré. Un peu trop de cuir, un peu trop de moustache et on se retrouve en couverture de *Têtu* avant d'avoir eu le temps d'y penser.

— À toi de voir. Personnellement, ça va.

— Mais tu ne crois pas qu'on a poussé dans ce style pour correspondre à son modèle masculin, et parce que c'est l'inverse de papa, le gentil petit bonhomme bien obéissant, qui bricole dans sa cave ?

— Faut pas exagérer non plus. Tout de suite la caricature. Tu fais l'écrivain, je peins, ça ne correspond pas au beauf à moustache moyen. Et puis maman se donnait un genre. Elle aurait adoré avoir une fille, en fait.

— N'empêche que tu ne supportes pas l'homosexualité. L'idée même te dégoûte. En tout cas, de ce point de vue, on ne lui a jamais donné d'inquiétude, à maman.

Durant cette intéressante conversation, des appels tantôt plaintifs, tantôt courroucés parviennent dans la cabine. Contre toute attente, Martine a survécu à son séjour parmi les meubles de la grand-mère. J'arrête le véhicule dans la riante bourgade du Mayet-d'École.

— Tu te souviens quand Milou était au Mayet-d'École ?

Pour comprendre cette formule sibylline, il faut savoir que Milou était un paysan de Lussaud, Émile Broussière de son vrai nom, qui habitait la maison juste en face de la nôtre, maison qu'après sa mort nous avons achetée à vil prix à sa sœur, mais que nous continuons à appeler, moitié par habitude, moitié par affection, « chez Milou ». Dans *Pays perdu*, il s'appelle Ritou. C'est avec ses valets de ferme que je me suis battu jadis, c'est lui qui se fait scalper en passant en charrette sous un linteau de pierre et se contente de se recoiffer, c'est lui aussi, mais l'histoire ne figure pas dans le livre, qui, lorsque je suis monté au village avec ma première épouse, noire, ce qui était d'un exotisme absolu là-haut (et quoiqu'elle fût martiniquaise et professeur de lettres, on me demandait, les premiers jours, si elle parlait français), est venu jusque devant chez nous avec un bouquet de fleurs des champs cueillies pour elle. Milou n'était pas un type ordinaire.

Comme il ne parvenait pas à vivre de ses quelques vaches, il s'est exilé dans l'Allier, au Mayet-d'École, où il est devenu valet de ferme. Le Bourbonnais, c'était encore, à l'époque, la paysannerie rouge. André Lajoinie, président du groupe communiste à l'Assemblée, était député de l'Allier. Milou a pris le virus. Et, quelques années plus tard, sa retraite. Il est rentré à Lussaud. Et c'est ainsi que nous avons dû à Milou, collée à même la pierre de la falaise, juste avant le dernier virage de la route qui mène au hameau, une affiche géante de Georges Marchais, qui laissait supposer au voyageur égaré qu'il devait laisser toute espérance, non seulement il s'apprêtait à arriver dans un pays perdu, battu des vents, travaillé par les neiges et les pluies, mais en plus dans un bastion stalinien au cœur d'une province pompidolienne. Et, durant des années, le visage du secrétaire général s'est lentement effiloché au gré des intempéries, accompagnant dans sa décrépitude l'effritement de l'électorat communiste.

Mais tandis que nous sacrifions au devoir de mémoire, les protestations se font plus intenses à l'arrière.

— On devrait peut-être lui ouvrir, non ?

— Ah oui, au fait, c'est pour ça qu'on s'est arrêtés.

Et nous libérons la malheureuse.

— C'était désopilant, vraiment, pose-t-elle son postérieur sur le siège. Vous avez fait l'école du rire ?

— On voulait être tranquilles pour parler entre hommes.

— Ah bon. Et de quoi ?

— De virilité. D'homosexualité. Tu sais ce que Bernard m'a dit un jour ?

— Vas-y.

— Qu'est-ce qu'il va encore raconter ? hausse les épaules mon frère.

— C'était pendant notre équipée au Mexique et au Guatemala, pays de machos par excellence. Nous avions fait halte au bord du lac Atitlán. L'hébergement se résumait à quelques cahutes en béton au bord de l'eau, qui ne tentaient même plus d'avoir l'air de bungalows. Personne aux alentours. Parfois un indien silencieux passait sur l'étroit chemin qui longeait l'arrière de la résidence des flots bleus. Nous fumions nos joints au milieu d'une plantation de volcans qui se dédoublaient dans l'eau du lac, et devisions de n'importe quoi. C'est là que Bernard m'a déclaré sans ambages que s'il apprenait un jour que j'étais homosexuel, il cesserait définitivement de me voir.

— C'est vrai Bernard ?

— Oui, eh ben y a prescription. On était très jeunes.

— N'empêche que les homos t'ont toujours dégoûté, et que tu détestes qu'on déconne avec ça. Ça te met mal à l'aise.

— Bof.

— Or, ce qui m'épate, c'est qu'un vrai macho hétéro comme toi soit à ce point fasciné par le travestissement. Je me demande si finalement tu ne nous ferais pas un bon petit refoulement de tes tendances homosexuelles, insinué-je, taquin.

— Alors là, n'importe quoi, c'est vraiment de la psychanalyse de bazar, feule le mis en cause.

— C'est vrai, je serais la première à le savoir si c'était le cas, accourt à la rescousse ma belle-sœur.

— Pas forcément. Et puis je te prends à témoin : est-ce que, le jour même de votre mariage, en Auvergne, cet individu équivoque n'a pas donné un spectacle de drag-queen, avec lui-même en vedette ? Avoue qu'il faut le faire !

— Oh là là ! Mais c'était de la rigolade, c'est tout ! Toujours aller chercher des interprétations foireuses à des choses simples ! Au carnaval, tout le monde s'amuse à intervertir les rôles sexuels ou sociaux, ou à devenir animal, ou objet. Ça n'a rien à voir avec une pulsion ou un désir caché, c'est le plaisir de changer de peau, c'est vieux comme le monde, garrule Bernard.

— Admettons. Il me semble tout de même que ton horreur de l'homosexualité est un peu trop vive pour être honnête.

— C'est ça. Plus on déteste une chose, plus elle nous attire, logique. Si je déteste les petits pois, c'est parce que j'en ai une envie secrète.

— Je vais me permettre de mettre à l'épreuve cette détestation, si tu veux bien, et on verra si tu as fait du chemin depuis le lac Atitlán. Oyez oyez, messeigneurs et gentes dames, la triste histoire de mon dérapage aux bordures de l'homosexualité, à cause, comme toujours, de l'attentive malveillance des objets.

— Allons bon.

— Qu'est-ce qu'il va encore nous raconter ?

— Je crains le pire.

— C'était pendant l'horreur d'une profonde nuit…

Et de me lancer dans l'histoire du pull marin. Qui, au départ, est encore une histoire de bateau. Pas rassasié de Glénans, j'avais prévu, au retour d'une expédition de plusieurs semaines dans l'Himalaya, de repartir aussi sec pour un stage de voile de l'école des Glénans dans l'ouest de l'Irlande. Stage avec Franck, compagnon des naufrages en canoë. Après les cols enneigés, ça changeait. Il avait plu une semaine, bien entendu. Je suis rentré seul, autocar de Bantry à Dublin, ferry de Dublin à Fishguard, au pays de Galles, train de Fishguard à Londres. Je devais encore prendre le métro à Londres, un train de Londres à Douvres, le ferry de Douvres à Calais, le train de Calais à Paris, le métro de Paris à Créteil. J'avais vingt-quatre ans.

— Oh ! Eh ! vocifère mon frère. Qu'est-ce que tu fabriques ? Fallait prendre à droite au rond-point pour rejoindre l'autoroute…

— Zut. Je suis tellement plongé dans mon histoire que je n'y ai plus pensé.

— Faut faire demi-tour.

— Avec cette circulation ? On en a pour un quart d'heure. Tant pis, on va passer par Gannat, on rejoindra l'autoroute après Aigueperse.

Donc, j'avais vingt-quatre ans. À l'époque, Fassbinder n'avait pas encore tourné *Querelle*, Jean Paul Gaultier n'avait pas créé son fameux parfum au nom viril, avec sa publicité à l'imagerie lourdement homosexuelle, éphèbes alanguis et musclés, bonnets de marin, pulls blancs rayés de bleu. J'étais, à ma façon, un précurseur. Je débarquai en effet dans la nuit londonienne, retour de navigation, déguisé, en toute innocence, en prototype gay. Une gueule tannée à petits yeux et grosses lèvres, entre Charles Bronson et le lieutenant Blueberry, une touffe de cheveux noirs bouclés, le corps asséché par la disette indienne et la cuisine irlandaise, un lourd sac marin en toile beige que je tenais d'une main sur le dos, et, bien entendu, l'accessoire essentiel, mais je ne pouvais pas m'en douter : un polo manches longues blanc rayé de bleu marine. Une marinière, en un mot. Si je l'avais fait exprès, ça n'aurait pas pu être plus parfait.

Pourquoi diable une marinière ? J'avais des polos noirs, des chandails bordeaux, non, il a fallu que ce soit le polo rayé. Et je suis convaincu que, sans le polo rayé, rien ne serait arrivé. Il est venu me chercher. Du fond du tas de fringues en vrac dans mon sac marin, la veille du départ, il a subrepticement sorti une manche, comme on vous tend la main, et en écoutant bien j'aurais presque pu entendre, dans ce que je prenais pour le froissement des étoffes dans lesquelles je fouillais, son murmure : *oui, vas-y, choisis-moi, tu verras, avec moi c'est l'aventure.* À présent, j'ai l'expérience de ce qu'ils manigancent, tous, j'ai éventé leur complot. La marinière cherchait à me fourrer dans des ennuis à Londres, et ça n'a pas manqué.

Le costume marin, ça vient de loin, dans mon cas. Une ancienne photo, que ma mère a conservée pieusement sur la commode de sa chambre jusqu'au jour de sa mort, me représente, vers l'âge de six ou sept ans, en petit matelot, avec le bonnet et tous les affûtiaux. On adorait ça, à l'époque, pour les enfants, ce genre de déguisement. Les grands-mères barbues se récriaient, qu'il est mignon, et tenaient absolument à vous embrasser. Bref, le costume marin s'imposait, à l'entrée de la vie, comme un destin. Tu seras déguisé en aventurier de pacotille, ça te rendra touchant, ce qui attirera sur toi les élans d'affection ou de désir de n'importe qui. Et toi, sérieux, concentré, portant avec bonne grâce ton grotesque uniforme, tu ne verras rien venir.

De fait, sur la photo que conservait ma mère, et qui était prise dans un parc de La Bourboule où je soignais mon asthme (déjà des points communs avec Proust), je fixe l'objectif, sans sourire, le regard noir, tout en caressant un pigeon opportunément posé sur mon bras. Qu'est-ce qu'il fichait là, le pigeon ? Il me semble me souvenir que le parc grouillait de ces volailles sociables. Quand ils se posaient sur un enfant, c'était l'aubaine, la photo attendrissante garantie.

Je le caressais avec précaution, mon pigeon. Un souvenir à jamais douloureux restait gravé dans ma mémoire. Lorsque j'avais trois ans, à la campagne, une fermière m'avait mis entre les mains un petit poussin tout doux, tout duveteux, pour me faire plaisir. Ah, comme je l'avais serré contre mon cœur, mon joli petit poussin ! Je ne savais plus comment exprimer l'amour qui débordait en moi, il fallait que je me le rentre dans la cage thoracique, qu'il fasse partie intégrante de moi. Et la fermière m'a retiré des mains un cadavre tiède. J'avais appris comment on peut tuer ce qu'on aime.

Aujourd'hui encore, lorsque des élans d'affection me prennent, je me jette sur l'objet d'amour, je l'écrase contre ma poitrine, l'objet d'amour proteste, ça lui fait mal, à l'objet d'amour, ces poings qui lui rentrent dans la chair du dos, ce sternum qui le compresse et l'étouffe, il entend ses os craquer, et tout à coup me revient le souvenir du poussin.

C'est dire si, avec le pigeon, j'y allais doucement.

Ma mère, avec cette photo de marin au pigeon, m'avait figé pour l'éternité. J'étais déjà, à sept ans, ma propre statue, semblable à celles qui peuplent les squares de sous-préfecture, le général héroïque, le médecin dévoué, le poète départemental. Quant au pigeon, il précisait mon avenir : se faire chier dessus jusqu'à la consommation des siècles. Car le pigeon sur la statue consacre la gloire — et le ridicule, et l'oubli.

Mais en attendant l'éternité, je débarquais de Paddington, en pleine nuit, et devais rejoindre Charing Cross. Il était plus de vingt-trois heures. Or, à cette époque lointaine, les métros londoniens s'arrêtaient à minuit pile. Ce que j'ignorais. Et non seulement ils s'arrêtaient à minuit pile, mais ils ne rejoignaient même pas le terminus : ils s'immobilisaient à la station où ils se trouvaient, et tout le monde descend.

Je quitte donc le métro à minuit et me retrouve dans une rue, tout seul, les rares passagers ayant rapidement disparu dans la brume. Je ne connaissais pas Londres et n'avais pas la moindre idée du lieu exact où je me trouvais. Ni, par conséquent, de l'endroit où j'allais passer la nuit. Au départ, je pensais attendre le premier train du matin pour Douvres sur un banc de Charing Cross.

Or voici que, dans le désert nocturne de ce quartier de Londres, une silhouette humaine se dessine.

Pas seulement humaine, d'ailleurs. La silhouette complète se composait d'un homme, d'une laisse et d'une chose velue au bout, que les zoologues devaient sans doute, quoique à contrecœur, classer dans l'espèce des chiens. Moi, seul et immobile sur mon trottoir, avec mon sac marin, je ne parvenais pas à prendre un parti : qu'est-ce que j'allais bien pouvoir faire dans l'immédiat ?

La silhouette, de l'autre côté de la rue, paraissait

également hésitante. Hésitation qu'on pouvait attribuer aux déambulations de la partie canine, qui reniflait un réverbère ici, une voiture en stationnement là, cherchant sans doute l'endroit propice. Mais de temps à autre, la partie humaine de la silhouette glissait vers ma personne un petit coup d'œil rapide. Curiosité bien naturelle : que pouvait foutre un marin basané de vingt-quatre ans, seul et immobile dans Londres à minuit ? Pourtant, au bout d'un moment, j'ai commencé à trouver la promenade hygiénique bizarrement longue. J'ai traversé la rue, histoire d'avoir l'air de faire quelque chose. L'attelage canino-humain a opéré une bifurcation et s'est dirigé vers moi avec beaucoup de naturel.

— Tiens, on est déjà à Gannat.

— Si tu permets, pour le moment, on est à Londres.

— Londres, Gannat... Toujours ergoter... D'ailleurs, regarde : il y a un type qui promène son chien. On est bien à Londres.

— Oui, bon, mais ça n'est pas une histoire qui aurait pu se passer à Gannat.

— Ah ?

— Déjà, tu me vois débarquer à Gannat en costume de marin ?

— Tu as bien fait les montagnes canadiennes en tenue de kayakiste.

— Et ton frère s'est bien produit en drag-queen à Lussaud, alors...

— Tout est possible.

— En toréador dans la forêt amazonienne.

— En costume trois pièces dans un camp de base de l'Everest.

— En scaphandre à Tamanrasset.

— En djellaba au Groenland.

— En baby doll sur la dalle de la Défense.

— En gondolier au Kremlin-Bicêtre.

— En bonne sœur à l'île du Levant.

— En mariachi à Khartoum.

— En evzone à Clermont-Ferrand.

— En porte-jarretelles au Vatican.

— En charentaises à Copacabana.

— En travesti à Kaboul.

— En kippa à La Mecque.

— En policier au Val-Fourré, à Mantes-la-Jolie.

— Bon, bon, OK. Là il faut que je me concentre sur la traversée de Gannat, mais dès qu'on est sortis, je vous narre la suite. Faites-moi penser aussi à vous raconter comment, à Gannat, j'ai rencontré mon double.

— Allons bon.

— La Charité, Le Mayet-d'École, Gannat, c'est la route historique. Ça grouille de personnages et d'anecdotes, on ne s'ennuie pas une seconde, tout ça est palpitant, zinzinule Martine.

— Tu ironises, là ?

— Absolument pas. D'ailleurs Gannat est une ville passionnante.

— Westminster, Tower Bridge, Buckingham Palace, Trafalgar Square ?

— Pas seulement. Apprends que Gannat est un haut lieu de la paléontologie.

— On a retrouvé des casquettes à carreaux fossiles du jurassique ?

— Ah ah, ça t'en bouche un coin, hein, l'érudit ? Sache que Gannat, il y a plus de vingt millions d'années, c'est-à-dire au miocène, se situait près d'un immense lac, au bord duquel paissaient les ancylotheriums et les brachypothères.

— Gannat, avec son Petit Casino, sa Maison du folklore, sa zone d'activité, sa communauté de communes et sa SICTOM pour la collecte des déchets ? Des brachypothères ?

— Mais oui. Lesquels brachypothères ne sont autres que des téléocératinés primitifs à dents brachyodontes.

— Ah oui, alors je comprends mieux.

— C'est beau, dit mon frère, on s'instruit en voyageant, je ne regrette pas cette expédition.

— Comment sais-tu tout ça, Martine ?

— Je ne sais pas. Dès que j'ai vu le panneau « Gannat », j'ai été pénétrée d'une sorte de lumière.

— C'est ce qu'on appelle la science infuse. Bon, je reprends. Donc, par une soirée froide, je débarque en pull marin à Gannat.

— À Londres.

— Oui, pardon, à Londres. C'est le lac, ça m'embrouille. La sorte de chien s'approche de moi, traînant derrière lui son bonhomme. Il me dévisage, et il dit…

— Le chien ?

— Non, le bonhomme. Il dit : « Hello. » En anglais. Du tac au tac, je lui réponds : « Hello. »

— J'ai toujours su, en lisant tes romans, que tu avais le sens du dialogue.

— Il engage la conversation. Me demande si je suis perdu, si je sais où dormir. Je lui avoue mon embarras. M'enquiers s'il connaît un petit hôtel pas cher dans le coin. D'après lui, il n'y a rien, ou alors c'est loin et cher. Il hésite un moment. Puis dit qu'il a de la place chez lui, qu'il peut m'héberger, si c'est pour quelques heures, pas de problème. C'était inespéré. Je me suis empressé d'accepter.

— Comme ça ? dit Martine. Tu ne t'es pas méfié ?

— Tu sais, freiné-je de justesse devant la vieille qui traverse, on était encore dans le post-beatnik, à l'époque on faisait beaucoup ça, l'auto-stop, dormir n'importe où chez n'importe qui. Donc je suis le type qui suit le chien.

Un soir de demi-brume à Londres
Un voyou qui ressemblait à
Mon amour vint à ma rencontre
Et le regard qu'il me jeta
Me fit baisser les yeux de honte

Je suivis ce mauvais garçon
Qui sifflotait mains dans les poches
Nous semblions entre les maisons
Onde ouverte de la mer Rouge
Lui les Hébreux moi Pharaon

Comme dit l'autre. En réalité, il ne ressemblait pas du tout à mon amour. Lequel à cette époque m'avait fui jusqu'au Canada, était mince et brune aux yeux verts. Mon bon samaritain se présentait sous les espèces d'un individu de petite taille, très brun et plutôt replet. Le Britannique typique, quoi. Il devait avoir une trentaine d'années. Nous traversions Londres aussi déserte que dans un rêve, nous étions des ombres survivant à la fin du monde, des fantômes loufoques, un petit dodu, un maigre marin d'opérette et un chien, ridiculement exilés entre de sévères bâtiments plongés dans un silence sépulcral. La solennité des hautes façades nous faisait parler bas.

Il m'a demandé de lui raconter d'où je venais. De mon côté, j'ai voulu en savoir un peu plus sur lui, ce qu'il faisait dans la vie, si c'était un Londonien pur sucre. C'est là qu'il m'a déclaré qu'il n'était pas anglais, mais chypriote grec, et qu'il tenait un salon de coiffure.

Je crois à présent que nous pouvons bien prendre la mesure de la situation. Nous sommes à Londres, capitale des « mœurs anglaises », je suis un jeune marin basané en polo rayé, et je viens d'être invité à passer la nuit *at home* par un coiffeur grec.

Vous voyez le tableau ?

Vous vous dites : Bon, c'est clair, il aura compris que le Grec ne cherche qu'à se farcir un petit matelot de passage.

En fait, c'est là que les choses se compliquent.

Nous sommes en 1979, c'est encore les seventies. Il est de bon ton de penser, à un certain âge et dans un certain milieu, en gros chez les étudiants, que le désir peut prendre de multiples formes, que toutes sont légitimes, chacun est libre de proposer ou de refuser. Et puis nous avons affaire, avec ce marin en polo rayé, à une sorte d'intello, qui s'est forgé sa manière de voir le monde en contradiction avec les blagues de fin de repas chez le cousin Maurice, avec les stéréotypes et les grasses vannes égrillardes qui ont cours dans le milieu à moitié populaire, à moitié petit-bourgeois dont il est issu.

D'où l'opération mentale qui se déroule en lui, perverse certes, mais en un sens prévisible : ce type est coiffeur. Pardessus le marché il est grec. Il ne peut quand même pas être homosexuel. Ce serait tomber dans les clichés les plus éculés. Une telle perfection dans le poncif, ça n'existe pas dans la réalité. Seulement dans les blagues de cour de récréation. Il n'y a pas de raison pour que les Grecs soient plus homosexuels que les Allemands. Pareil pour, hum, les coiffeurs, pourquoi les croit-on plus tantouzes que les charcutiers ? Croire qu'un coiffeur grec est homosexuel, c'est faire du cousin Maurice, lorsque, la chemise chiffonnée sur la bedaine, les pommettes violacées, il se lève, le verre à la main, au-dessus de la nappe constellée de taches de vin et de gras, histoire d'en raconter une bien bonne, un fin observateur de la sociologie sexuelle.

De sorte que c'est l'esprit relativement tranquille qu'il, c'est-à-dire je, débarque dans le coquet petit studio en rez-de-chaussée du merlan danaen, ou si vous préférez du coupe-douilles hellène.

— Alors là franchement, dit Bernard, c'est chercher les embêtements. Moi je me serais taillé depuis longtemps.

— Mais de toute façon, même si je l'avais cru homo, qu'est-ce qui pouvait m'arriver ? Ce sont les gros beaufs machos qui feignent d'être terrorisés par les entreprises des uranistes.

— Et les filles, alors ? intervient Martine en renfort. Il faudrait qu'elles partent en courant chaque fois qu'on les drague ? Ils seraient contents, les machos, si on leur appliquait ce qu'ils appliquent aux homos.

— Si ce type voulait me faire du gringue, je n'avais qu'à dire non, c'est tout. Il n'allait pas me violer, il n'avait pas la carrure pour ça.

Donc. On boit un coup, on devise gentiment. Vient l'heure où il faut envisager de se coucher. Mon hôte me confie avec un sourire qu'il n'a qu'un lit, il espère que ça ne me gênera pas. Mais non, pas du tout, m'empressé-je de rétorquer. Pas la peine de lever les yeux au ciel, Bernard, je sais, je suis con. Mais à vingt-quatre ans, on est soucieux de prouver qu'on a l'esprit large, tout à fait libre des mesquineries petites-bourgeoises. Et puis nous sommes toujours, une heure plus tard, dans les seventies. On dort un peu n'importe où n'importe comment, dans le même lit qu'un ami, qu'une copine, sans qu'il se passe rien, on n'a pas de ces préventions archaïques, du genre lit égale sexe.

Je me mets en tenue de nuit, c'est-à-dire slip et tee-shirt, et me glisse sous les draps du vaste, moelleux et britannique lit. On se couche parfois comme on glisse le corps sous la vague, dans la fraîche profondeur qui vous accueille et vous berce, ou l'inverse, j'aime bien les images réversibles, on se baigne comme on va se coucher, on va rêver dans la mer, j'étais un fier marin des matelas, un vieux loup de lit, bref, un commandant couche-tôt.

— Excellent, jabote Martine, elle est vieille mais elle est bien amenée.

— Merci, merci beaucoup, m'incliné-je sur le volant. Et, après huit jours de mer et quinze heures de voyage dans le cornet, recroquevillé sur le côté, tournant le dos à mon hôte, je m'endors aussitôt, tel le nourrisson rempli de lait maternisé. Rien que d'y penser, d'ailleurs, je sens une douce torpeur m'envahir.

— C'est pas le moment. Avance, le type devant a redémarré.

— Tant que tu y es, accélère aussi la narration, on languit.

— Pas de ma faute si ça bouchonne à Gannat.

— Si tu n'avais pas raté l'embranchement tout à l'heure, on n'y serait pas, dans les bouchons. Bison futé les avait annoncés.

— Bison futé ! Mais je n'en ai rien à secouer, de Bison futé ! Je ne veux même pas en entendre parler ! Bison futé ! Tu te rends compte que ce nom débile pour littérature enfantine bas de gamme représente un service de l'État ! À quel point de niaiserie une société en arrive pour infantiliser à ce point les citoyens ! Bison futé ! Bientôt, le ministère de l'Intérieur, ce sera Rin-Tin-Tin farceur !

— Bon, alors, intervient Martine, tu te couches... Et puis ?

— Tout à coup, la conscience d'une agitation m'éveille. C'est le Figaro chypriote qui s'est accroché à mon dos. Et je sens quelque chose d'humide et de chaud me couler sur la cuisse gauche.

— Non !

— Mais c'est dégueulasse, à la fin, s'insurge mon frère.

— Je dois avouer que je n'ai pas trouvé ça d'emblée dégueulasse, plutôt surprenant. C'est la première fois que ma personne provoquait une émission de sperme, je ne croyais pas ça possible, ça n'entrait pas dans mes représentations. On se sent tout chose. En tout cas, en un sens, j'avais de la chance, j'étais tombé sur un éjaculateur précoce. Ou alors j'étais tellement désirable, la marinière lui avait tellement chauffé le fantasme qu'il n'avait pas pu se retenir au moment suprême. Cela dit, je ne sais pas comment il aurait pu faire autrement sans que je m'en avise avant l'irréparable.

Comment ai-je réagi alors, la question vous brûle les lèvres, je sens qu'elle agite aussi mon fidèle lecteur qui dévore mes phrases, allongé dans l'herbe tendre d'un pré, à l'ombre du grand marronnier qui, devant la bonne vieille maison de pierre héritée de ses grands-parents dans laquelle il passe les vacances, protège de son ombre ses siestes estivales, ses lectures des grands écrivains d'aujourd'hui et ses accouplements passionnés, car mon fidèle lecteur n'est pas seulement intelligent et cultivé, c'est un être solaire qui aime la vie et l'amour, contrairement au bossu sournois et pervers qui lit Éric Chevillard entre deux autres plaisirs solitaires.

Avant d'y répondre, qu'on m'autorise une digression. Par pure provocation, et pour le plaisir d'entendre mon frère se récrier, j'évoque certaines expériences homosexuelles que j'aurai l'occasion de faire quelques années plus tard. En effet, à force de discourir je me suis échauffé, la narration m'a mis dans un état de transe chamanique qui me permet de voir l'avenir.

La réaction d'un homme hétérosexuel face aux manifestations du désir masculin est quelque chose d'assez compliqué, psychologisé-je.

Bien des années plus tard, lorsque je me mettrai à fréquenter une salle de musculation, disons lorsque je fréquentais une salle de musculation, le récit à l'imparfait est toujours plus confortable, dans le quartier des mosquées salafistes à Paris, il m'arrivait, pour me détendre après avoir poussé de la fonte, de faire sur place une séance de hammam.

La candeur de mes treize ans, et même de mes vingt ans était loin derrière moi, mais il m'en est toujours resté une trace. La méfiance ne m'est pas spontanée. Encore moins l'idée, complètement loufoque, que je puisse constituer un objet de désir, même pour une femme. Objet de désir, je l'ai été pourtant, comme tout le monde, mais l'expérience n'a rien changé à cela : impossible de se représenter comme celui qu'un autre veut. Et, si cela se produit, cela apparaît comme un honneur disproportionné, un inimaginable hommage.

Dans les douches, il y avait bien quelques sexagénaires excessivement aimables, qui m'abordaient pour tenir conversation pendant que j'essayais de me savonner avec concentration, mais le syndrome de Londres ne m'avait pas complètement quitté : ils veulent causer dans les douches d'un hammam, ils ne sont quand même pas homos, en plus.

(Quand j'y pense, tiens, c'est ce genre de considération qui me rendait la drague tellement difficile à seize ans. On organisait des boums entre potes. Il y avait des filles, évidemment. Arrivait le moment des slows. Chacun tournait enlacé à la fille qu'il avait choisie, ou par qui il avait été choisi. Ce dernier cas de figure était évidemment le plus encourageant. Et à chaque fois, immanquablement, je me disais : Se mettre à draguer au moment du slow, franchement, c'est pas possible, c'est d'un lourd, je ne pourrai jamais. Elle s'y attend trop. De sorte que j'ai dû laisser passer bien des occasions juste parce que le prévisible me paralysait de honte.

Et ça allait même plus loin encore dans le tordu. Pendant longtemps, dans ces soirées, mes complications mentales me condamnaient à d'inextricables paradoxes. Si une fille m'intéressait, c'est précisément celle-là que je m'efforçais de ne pas approcher. Pas seulement parce que je craignais que mon intérêt, mon désir me paralysent si je tentais de l'aborder, mais, de manière plus retorse, parce qu'il me semblait que tout mouvement envers elle ne pourrait apparaître que comme la manifestation nue de ce désir, ce qui du coup détruirait, à mes yeux et aux siens, tout l'intérêt de ce que j'aurais pu dire ou faire, qui ne pouvait que reposer sur la convention de la gratuité. Je désirais cette impossible association : que mes gestes et mes discours valent en eux-mêmes, par leur pure qualité, ne soient dictés par aucun intérêt, mais que malgré tout, par une sorte de saut ontologique, ils séduisent la belle convive, comme si je ne l'avais pas voulu, ce qui était d'ailleurs, mais je n'avais pas encore assez pratiqué à l'époque pour me le formuler en ces termes, une variante de l'idéal poétique, dans sa relation au lecteur.

De sorte que je passais des soirées à pérorer plein d'aisance, dispensant l'humour, l'attention bienveillante, l'affabilité et la délicatesse à des filles qui m'étaient indifférentes, mon regard glissant parfois, avec regret, nostalgie et une sorte de crainte sacrée, vers la seule à qui j'aurais voulu adresser de tels discours, mais qui demeurait, dans le cercle infranchissable où mon désir l'avait enfermée, définitivement hors de portée.)

Un jour, cela dit, et pour revenir aux homosexuels, je n'ai pas pu m'y tromper. Comme je pénétrais dans la brume du hammam, ceint de ma serviette, je vis, à ma gauche, empaquetée dans les volutes humides, une forme. D'habitude on identifie, sans y penser, un homme assis sur les gradins et occupé à suer. Là c'était plus compliqué à démêler d'emblée.

La forme se composait de deux corps masculins. L'un des deux, agenouillé sur le gradin inférieur, suçait le sexe de l'autre. À mon entrée, ils se sont désolidarisés. J'ai fait celui que ça n'intéressait pas, et je suis allé m'asseoir à l'autre bout, en regardant mes genoux, comme qui se concentre sur l'acte de transpirer. Rassérénés par mon indifférence, les deux se sont remis au travail.

Je trouvais qu'ils exagéraient, ils auraient pu se passer de continuer en ma présence, mais je n'avais pas envie de passer pour le type choqué par une activité sexuelle. Je crois que j'aurais réussi à tenir la séance de sudation complète s'il n'y avait pas eu le bruit.

Il y a des gens qui font du bruit en mangeant, et c'est

insoutenable, mais j'ai découvert à cette occasion que d'aucuns font du bruit en suçant.

— C'est ton histoire qui est insoutenable, groume l'organe fraternel.

— Mais instructive. Ils faisaient un tel boucan, en fait, que j'avais envie de leur dire : « Vos parents ne vous ont jamais appris à sucer proprement ? » C'étaient des aspirations de tuyauterie, des claquements de langue et de lèvres, des siphonnages profonds, humides, obsédants.

— Bon, finalement, si on revenait à Londres…

— J'ai fini par capituler, je suis sorti du hammam. Quelques semaines plus tard, dans le même endroit, c'est un grand escogriffe, typé maghrébin, qui s'est assis à côté de moi, a dénoué sa serviette, et sans me regarder, l'œil vide, s'est mis à s'astiquer.

Il faisait ça mécaniquement, l'air grave, sans un gémissement, sans une grimace de plaisir, comme s'il s'acquittait d'une tâche ennuyeuse, mais nécessaire. Chez lui, il devait repasser du linge avec le même regard et le même mouvement monotone de va-et-vient.

Ça m'a d'abord laissé interloqué. Qu'est-ce qu'il voulait dire par là ?

— Un geste du langage des sourds-muets ? suggère Martine.

— Qui justement avait fini par le rendre sourd, assène mon frère, prévisible.

— Pratiquait-il pour lui-même, ignoré-je les interruptions, reclus dans quelque rêverie érotique qui ne concernait pas le monde environnant ? Mais dans ce cas, pourquoi venir faire ça ici, en public ? Étaient-ce les lieux qui l'excitaient ? Y a-t-il un érotisme du hammam, auquel je suis imperméable ? La poésie de la brume ? Comme à Londres ?

Ou bien fallait-il imaginer une part d'exhibitionnisme, avec l'espèce de cercle vicieux, c'est bien le cas de le dire, que cela implique : je me masturbe parce que je suis excité de me masturber ?

Ou enfin devais-je me rendre à l'hypothèse redoutée : c'est ma personne qui faisait l'objet de son émoi ? Mais dans ce cas, c'était une curieuse manière de trousser le madrigal. Je ne m'imaginais pas, pour manifester mon attirance envers une femme, extraire mon membre de mon pantalon et commencer à me branler sous ses yeux sans même la regarder, en espérant que cela suffirait à la séduire.

À moins, tout bêtement, qu'il ne fût timide. Mais c'était peut-être un signe, une invite traditionnelle à laquelle j'étais censé répondre. Va savoir.

En plus, le même faisait peut-être ses prières à la mosquée d'à côté et voilait sa femme.

J'ignorais tout des mœurs de ces peuplades des hammams, qui n'étaient peut-être même pas homosexuelles à proprement parler. J'imagine qu'il peut y avoir un côté enculade virile, dans les prisons ou dans les sous-marins, dans le style : je te sodomise, mais attention, hein, je ne suis pas pédé. Toujours est-il que ça ne me mettait pas à l'aise, ce type à un mètre de moi qui se faisait reluire avec le sérieux du travailleur consciencieux. Encore une fois, j'ai battu en retraite. Par la suite j'ai cessé de fréquenter les lieux.

J'ai été très proche de plusieurs homosexuels, Jean-Luc Lebouc, qui est mort du sida, ou Robert Vigneau. Ce que leur amitié m'a fait connaître d'eux, leur finesse, leur délicatesse, ne cadraient pas avec ces modes d'expression du désir, et pourtant, lorsqu'ils parlaient de certaines de leurs expériences, ça y ressemblait fort. En fait, je crois que ce n'est pas le désir homosexuel qui prend parfois des formes étrangement lourdes, c'est le désir masculin. Ma première expérience du désir homosexuel aurait dû m'en écœurer pour longtemps, plus encore que Bernard.

— Allons bon, qu'est-ce qu'il va encore nous raconter ?

— À partir de onze ans, lorsque j'ai eu terminé ma scolarité primaire chez les sœurs de l'Enfant Jésus, à Créteil, ma mère, pour varier les plaisirs, m'a inscrit en collège à Paris, chez les Frères des Écoles chrétiennes, aux Francs-Bourgeois, rue Saint-Antoine, dans le Marais. On se souvient qu'à partir de la quatrième et jusqu'au bac, je m'y suis conduit en voyou (important, ça, dans la biographie d'un écrivain : avoir été un rebelle à l'école) jusqu'à mériter deux semaines d'exclusion. N'importe, j'aurai ma revanche, un jour on vissera une plaque à mon nom sur la façade des Francs-Bourgeois. Et à Lussaud, tiens. C'est ma statue qui sera contente, dans son square, avec son pigeon sur l'épaule.

Bref. À onze ans, j'étais encore sage, timide et gentil. À cette époque lointaine, et pour ainsi dire médiévale, il fallait prendre le bus de Créteil-Église jusqu'à Charenton-Écoles, et de là le métro jusqu'à Bastille. Ça prenait plus d'une heure, matin et soir. J'étais tellement formaté à me signer automatiquement devant la statue de la Vierge qui ornait un couloir de l'école qu'il m'arrivait distraitement de me signer en passant devant le panneau RATP donnant la liste des stations qui ornait le couloir du métro.

Je sens qu'on attend une illustration classique de la pédophilie dans les congrégations religieuses. Or, ce n'est pas de cela qu'il s'agit, navré de décevoir.

La chose s'est produite je crois lorsque je devais être en quatrième, donc à treize ans. Âge difficile, où je rougissais facilement, notamment lorsqu'une fille me regardait de manière un peu trop insistante. Je dis une fille, mais c'était valable pour presque n'importe qui, cette promiscuité, tous ces inconnus, tous ces regards me gênaient, me tétanisaient même, et comme je rougissais je révélais que j'avais honte, donc je rougissais encore plus, j'en transpirais à grosses gouttes dans ma chemise qui grattait. Je pense que ça devait en amuser certains.

Pourquoi est-ce qu'au juste je rougissais ? Parce que je me sentais incongru, le moi que j'expérimentais intérieurement n'avait aucune relation avec ce corps qui se mettait à exister violemment, nûment, absurdement dans l'espace public. Et question espace public, une voiture bondée de la ligne 8, à sept heures quarante du matin… Jeté hors de l'absolu, j'expérimentais ma facticité, aurait dit Sartre. Et je n'avais pas fini de l'expérimenter, ma facticité.

Vous croyez que ça existe encore, des adolescents qui rougissent ? Il me semble qu'on n'en voit plus. Ça va devenir une manifestation physique qu'on ne trouvera plus que dans la littérature, comme les torrents de larmes du XVIIIe siècle ou les évanouissements de dames. Ça devait être charmant. Le rougissement aussi, c'était charmant, souvent, sur les joues, et même le décolleté d'une gracieuse jeune fille. Mais cela impliquait une certaine relation entre le quant-à-soi et le social qui n'a sans doute plus lieu d'être.

J'ai l'air de m'égarer, mais le préambule était nécessaire pour comprendre ce qui va suivre.

Invariablement, donc, entre Porte de Charenton et Bastille, il n'y avait plus un centimètre carré de libre dans le wagon, les voyageurs étaient tassés debout les uns contre les autres, dans une moiteur éprouvante, la barre de métal au centre, où s'agrippaient diverses mains, en était humide, ça sentait l'haleine, l'après-rasage, la transpiration, les coudes épousaient les ventres, les torses frottaient les dos, les pieds écrasaient les pieds, une main effleurait par inadvertance une main, se retirait aussitôt, se posait sur une fesse, fuyait, sans jamais trop savoir où trouver discrétion et répit, et toute cette agitation cachée se déroulait dans le silence et la gravité immobile des visages et des regards, comme une cargaison de statues où nicheraient des rats.

Un matin, j'ai senti une main se poser sur mon entrejambe. Je n'y ai d'abord pas prêté attention, habitué aux erreurs d'aiguillage des membres qui ne savaient pas où se poser. Mais la chose a dépassé les deux secondes de rigueur. La main s'est installée, comme chez elle. C'était bizarre, elle ne bougeait même pas, elle avait l'air de se contenter d'être là.

Que faire ?

Je n'avais que treize ans, je ne comprenais pas ce qu'on me voulait, je ne voyais même pas l'intérêt que trouvait cette main à être là, j'étais pétrifié de timidité, et donc incapable d'émettre une protestation qui aurait provoqué une sorte de scandale, un concours de regards, et vraisemblablement le déni offusqué de l'intéressé. Il devait avoir prévu tout cela avant de lancer sa main chercheuse.

D'ailleurs qui était l'intéressé ? À qui appartenait la main ? Dans le tas de membres en vrac dont se composait l'environnement immédiat, pas facile d'attribuer une main enfouie à un visage émergé.

La seule solution était de s'écarter discrètement. Mais comment s'écarter ? Je ne disposais que d'une marge de manœuvre très faible, impossible de s'éloigner franchement, de changer de place, en plus j'avais mon cartable serré entre les pieds. Tout ce que je pouvais faire, c'était me tortiller le plus discrètement possible, afin de ne pas trop bousculer l'arrangement provisoire des corps, le tacite *modus vivendi*. Mais c'était trop peu. J'avais beau onduler des hanches, reculer d'un demi-pas, la main suivait, accrochée à mes testicules de ses cinq tentacules moites, comme plus tard je verrais dans *Alien* la larve en forme d'araignée molle se coller au visage d'un homme sans qu'on puisse l'extirper.

De sorte que le voyage s'est poursuivi avec la main enveloppant mes organes sexuels, comme si nous étions tranquillement arrimés l'un à l'autre, l'inconnu et moi, et que ce lien silencieux eût été normal. Enfin, au bout de quelques stations, j'ai senti la main se décoller, et vu un large dos couvert d'une gabardine beige s'éloigner sur le quai.

Je m'en suis cru quitte. Plusieurs jours ont passé sans incident. Et puis un jour ça a recommencé, toujours de la même manière. Et d'autres matins encore. J'avais fini par attribuer un visage à la grosse main chaude. C'était un homme brun, la quarantaine, de grande taille, les traits lourds, avec une petite moustache noire, toujours vêtu de la même gabardine beige. Une incarnation du Beauf de Cabu. Il se plaçait devant moi, ou légèrement sur le côté, et la main venait s'accrocher sans qu'aucune autre partie de son corps ne bouge, sans que rien sur ses traits ne trahisse une émotion. Jamais il ne portait le regard sur moi. Ça durait quelques stations, il partait, et c'était terminé, jusqu'à la prochaine fois.

Pendant toute l'année scolaire, chaque matin, l'idée de tomber à nouveau sur lui me tourmentait. Parfois, le parcours se passait tranquillement. Mais, certains jours, il était là. Je ne pouvais rien faire. Je le voyais manœuvrer, l'air de rien, pour se mettre en position. Et toujours la cohue m'empêchait, avec ma timidité de gamin de treize ans, de me déplacer avec la même résolution. Je n'osais même pas prendre sa main pour la retirer, je craignais que cela se voie, et j'aurais eu plus honte que lui d'être surpris dans cette situation humiliante. Éternelle situation des gens agressés sexuellement, assumant une honte qui devrait échoir à l'autre. J'étais atrocement gêné, d'autant plus peut-être que je ne comprenais même pas de quoi il était question, ce qu'il voulait au juste. Apparemment ça, juste ça, qui n'avait pas l'air de tenir du plaisir sensuel, mais de la prise de possession. J'imagine qu'il avait femme et enfants, qu'il se considérait comme un type viril, un mec bien, et que ses matinées dans le métro, la main sur mes burnes, il les avait mises bien à part dans son esprit, tout était cloisonné, ça n'entrait pas dans l'image qu'il avait de lui-même. Je n'ai jamais pensé que ce type était un pur homo. C'était un gros con de mec, comme il y en a des millions.

Moi non plus, d'ailleurs, je ne savais pas quoi faire de ça. Ça me dégoûtait, c'est tout, ça m'humiliait, ça me renvoyait à une sujétion, à une réification qui perturbait le difficile travail de construction de la personnalité qui se déroulait en moi, comme en tout adolescent. Voilà. Je l'ai dit.

— *Prendre un enfant par les couilles...*, barytone mon frère, suave, polluant ainsi l'hymne si pur d'Yves Duteil.

— Je sens qu'on ne prend pas la mesure de ma souffrance, de mon traumatisme.

— Mais si, mais si.

— D'ailleurs je me doutais bien que ce n'était pas vraiment d'homosexualité qu'il était question, mais d'attitude prédatrice des mâles. Plus tard, je me suis senti plutôt une sympathie *a priori* pour les homos, justement parce qu'ils représentaient l'inverse de cette grosse virilité dans laquelle, tout en y sacrifiant par certains aspects, je ne me sens jamais tout à fait à l'aise. Je te dirais même que dans les homos, je préfère le genre folle au genre bodybuilding, casquette de flic, cuir et moustache, les codes virils me fatiguent. Les folles réalisent le désir de tous les hommes : être une femme.

— Ah bon. Donc je ne suis plus un homo refoulé, juste un homme normal.

— C'est vrai. Je te taquinais, mais je crois que c'est ça la vérité. Et la vérité du désir aussi : vouloir être une femme.

— Bon, ça me paraît un peu fumeux tout ça. Du concret. Alors, ta fiotte de Londres ?

— Attends. À la fac, j'avais un étudiant, assez doué, Gilles, qui tenait absolument à ce qu'on l'affuble de l'accablant prénom d'Océane. Je m'exécutais avec gourmandise. Il portait des minijupes et des bas résille. En même temps, il passait son temps en amphi à se papouiller avec la même fille. Je me perdais en conjectures. Se cherchait-il ? Ou alors il était open, en quelque sorte, et elle aussi. J'en serais incapable, mais j'admire assez. Il y avait une prof de latin, quinquagénaire blonde de la bourgeoisie locale, sans doute catholique, qui déboulait régulièrement en salle des profs, toute tourneboulée : « Gilles est encore venu en cours aujourd'hui avec des bas déchirés ! » Je lui demandais si c'étaient en fait des collants, des autofixants ou des bas jarretelles, il faut être précis. Aujourd'hui, la sortie des lycées ressemble aux coulisses du Crazy Horse, maquillages violents, jupes serrées, dentelles coquines et falbalas. À l'époque toutes les filles s'habillaient en pull et jean. En petit groupe, c'était un spectacle intéressant de voir le seul garçon, Gilles-Océane, avec ses minijupes en cuir et ses bas, son khôl et son rouge à lèvres, au milieu de vingt filles en uniforme unisexe. Je lui disais, pour le taquiner : « Océane, vous voulez vous habiller en fille ? Regardez autour de vous : les filles, ça s'habille en pull et jean. » On se marrait.

— Et alors, c'est quoi la morale ?

— Il n'y en a vraiment pas. J'aimais bien la remise en cause à laquelle se livrait Océane, et en même temps, j'avais envie qu'il remette en cause sa mise en cause, les voies qu'elle empruntait. Je voulais illustrer aussi une espèce d'ambivalence par rapport aux codes. J'adore que les filles soient très filles. Filles au maximum. Je ne suis pas sûr d'adorer que les hommes soient très hommes, et en même temps je ne peux pas m'empêcher d'être très homme, tout en ayant envie d'être une femme, et j'aime bien les gens qui se jouent des codes, des différences, tout en aimant ces différences, bref je n'y comprends plus rien.

— Moi non plus.

— Il me semble que je cherche la virilité sans le machisme.

— Ah ouais ? Mais si tu enlèves le machisme de la virilité, il reste quoi ?

— Hm… Mais je sais pas, plein de choses…

— Quoi ?

— Attends, plein de choses…

— Rien du tout. L'érection.

— Le strict nécessaire, quoi.

— Et encore.

— Mais ça ne va pas. La sexualité, ce n'est pas que la fonction, c'est de l'imaginaire.

— Dans ce cas, déguise-toi en pompier, ça suffira peut-être.

— Tu es très XIXe siècle en fait.

— Pire que ça.

— Néolithique ?

— Bingo. Mais foin des digressions oiseuses, revenons à la tarlouze londonienne, tu lui as mis ta main dans la gueule ?

— Mais non, enfin ! Ça n'était pas vraiment une agression. Une tentative, et même, hum, un hommage.

— À ta beauté ? Il devait être presbyte, en plus d'être pédé. Tu as foutu le camp au moins ? Même pas ?

— Pas du tout. « Mais qu'est-ce qui se passe ? » ai-je dit avec à propos, après l'émission. « Quoi ? Oh, je dormais, je rêvais, je crois », a répondu avec aplomb et shakespearisme instinctif l'éjaculateur précoce, en contrefaisant la voix blanche de la beauté qu'on vient d'arracher au sommeil.

La ficelle était grosse comme un câble sous-marin. J'ai allumé la veilleuse. L'air gêné, mon Alcibiade des brushings souriait gentiment. Je lui ai rendu un sourire qui signifiait que je n'étais pas dupe, et je suis allé m'essuyer dans la salle de bains. J'ai regagné le lit conjugal. Il s'est confondu en excuses. Je l'ai arrêté en lui assurant que ça n'avait pas d'importance, j'ai éteint, et je me suis rendormi paisiblement.

— Fais attention, le feu passe au rouge.

— Feu rouge, j'arrête le véhicule de mon récit, l'essentiel est dit. Épiloguons néanmoins, tandis que traversent quelques échantillons de Bourbonnais inconscients de ce que c'est la littérature française elle-même, dans ce Jumper, qui vient de ne pas les écraser.

Le coiffeur grec était bel et bien homosexuel. On a beau refuser les clichés, rien à faire, ils s'imposent. C'était à la fois splendide, le cas d'école parfait, et un peu décevant.

Le lendemain matin, c'était à mon tour d'être gêné. Il fallait que je file à Charing Cross sans traîner. J'avais tout juste de quoi prendre un ticket de métro. Au prix de quelques circonlocutions, je lui ai demandé de l'argent pour mon petit déjeuner, prix du coup qu'il n'avait pas tiré. Ou du moins qu'il avait tiré à côté de la cible.

— Très élégant.

— Très frais.

— Je me sentais un peu pute. Mon embarras l'a fait rire et, content de rattraper son humiliation par sa largesse, il s'est gentiment moqué de moi en me glissant un billet de cinq livres.

Je suis parti vers la gare d'une humeur équivoque, à moitié gai, si j'ose dire, et à moitié perplexe. D'un côté tout s'était passé entre gentlemen. L'aventure était plus drôle que désagréable. Être désiré, c'est flatteur, bien sûr, et ce l'est peut-être encore plus lorsque cela vient de quelqu'un qui n'a pas la même sexualité, comme si cela vous rendait désirable au-delà des préférences sexuelles, et pour ainsi dire dans l'absolu. En même temps, comment dire, il y a toujours quelque chose de gênant à ne pas répondre au désir de l'autre. C'est si difficile de se dévoiler pour dire son désir, si humiliant de se voir rejeté, je connais ça d'expérience, que je ne sais jamais, lorsque je me trouve dans la situation de celui qui dit non, comment adoucir la chose, par quels onguents, par quels vulnéraires calmer la blessure d'amour et d'amour-propre, d'autant plus qu'il me semble qu'on me fait tant d'honneur lorsqu'on me désire, que je le mérite si peu qu'il est exorbitant, presque arrogant de dédaigner un tel présent. En même temps, dire non d'un côté et de l'autre ne plus savoir quelle gentillesse dire ou faire pour se rattraper, c'est risquer d'installer une ambiguïté, laisser croire qu'on fait sa coquette ou son allumeuse. On n'en sort pas.

Et moi non plus, je n'en sors pas. Il était clair que le

plan du pull rayé était concerté. Cette ordure de marinière avait, tel le serpent de la Genèse, sournoisement cherché à me détourner du droit chemin sexuel. Pourquoi ? C'est évident : aux inquiétudes et aux déceptions de nos parents, il fallait ajouter le fils homo.

— Mais, objecte Martine, Colette n'avait pas tellement de préjugés de ce côté-là, d'ailleurs elle fréquentait un couple d'homosexuels. En fait, elle acceptait toutes sortes de gens, sans considération de race, d'origine, de classe sociale, de sexualité. Elle accueillait le premier venu.

— C'est vrai, et sans doute m'aurait-elle accepté, si une expérience révélatrice, telle que celle que le pull rayé cherchait à me faire faire, m'avait poussé à virer de bord. Mais tout de même. Encore un truc à avaler, encore des problèmes, le regard et la curiosité de toutes les chaisières de Créteil, pas de petits-enfants. Et puis, j'en suis sûr, cette saloperie de marinière poursuivait un objectif peut-être plus fondamental encore, qui consistait à me renvoyer à l'univers des clichés, à me convaincre qu'ils reflétaient bel et bien la réalité et que le monde n'était qu'un ballet folklorique, chaque danseur dans son costume de pédé, de nègre, de culterreux, comme j'imagine qu'on en conserve à la Maison du folklore de Gannat.

— C'est ta parano, objecte Martine. Il y a une interprétation positive.

— Ah ouais ?

— La marinière te suggérait l'homosexualité pour réussir dans la littérature. Tu aurais pu te constituer un CV d'écrivain idéal, si tu avais fait un effort : homo, victime de sévices sexuels, enfance modeste, rebelle à l'école, violent. Dans les émissions littéraires, c'est le tabac.

— Pierre Jourde, quel est votre principal défaut ? bernardpivote mon frère.

— Trop insoumis. Trop exigeant, aussi, minaudé-je.

— Facile.

— Facile. Classique. Tu as remarqué, à cette question, personne ne répond jamais : lâche, mou, envieux, avare, fainéant, narcissique, éjaculateur précoce…

— Bon, allez, démarre, c'est vert.

— Alors, Bernard, tu consens à me parler encore ? enclenché-je la première.

— Tout juste. Tu l'as échappé belle, à peu de chose près, nos relations s'arrêtaient là.

Et nous laissons derrière nous Gannat, son Petit Casino et ses brachypothères.

LE LIVRE MALÉFIQUE

— Allez, double-moi ce camion, on n'en sortira jamais, sinon, rouscaille mon frère. On dirait que tu conduis une baignoire. Ou un canapé-lit.

La route, en effet, était couverte d'un troupeau mêlé de mastodontes plus lents et plus volumineux les uns que les autres, brachypothères de tôle, deinotheriums à roulettes, daeodons, oxydactylus, hypsiops, teleoceras, astrapotheriums et autres platybelodons, semblant fuir quelque grand cataclysme à la Cuvier, comme dans *L'Âge de glace.*

— Tiens, à propos de double, tandis que Gannat s'éloigne derrière nous, il est tout juste temps encore de dire ma rencontre avec moi-même, qui s'y est déroulée. Expérience éminemment littéraire : Goethe et Maupassant ont rencontré leur double. Un jour, donc, la concierge me monte le courrier. Parmi les lettres qu'elle me remet figure une enveloppe format A4 assez épaisse, sans affranchissement. « C'est M. Pierre Jourde qui a déposé ça pour vous, me dit-elle.

— Mais non, Pierre Jourde c'est moi, rétorqué-je, sûr de moi.

— Oui, je sais bien, mais il m'a dit de remettre ça à Pierre Jourde, de la part de Pierre Jourde. »

J'ai pris la lettre, refermé la porte avec une légère sensation de vertige.

J'ai toujours eu des distractions bizarres. Je me suis parfois convaincu d'avoir vécu des choses que j'avais rêvées, ou l'inverse. Il m'est arrivé de retrouver dans l'arborescence du disque dur de mon ordinateur des textes étranges que je ne me rappelais absolument pas avoir écrits. Mais m'écrire des lettres à moi-même, ça ne m'était encore pas arrivé. Pourtant, si c'était le cas, la concierge aurait dû me reconnaître. Ou alors, comble de machiavélisme, j'envoyais quelqu'un à ma place porter à la loge le courrier que je me destinais.

Le plus fort, c'est que peu de temps auparavant, avec un ami, Paolo Tortonese, j'avais travaillé à un ouvrage sur le double, à mes yeux le plus fascinant et le plus terrifiant des thèmes fantastiques. J'avais aussi écrit un premier roman, *Carnage de clowns*, qui était une histoire de double, et ce n'était que le début, presque tous ceux que j'écrirais par la suite tourneraient autour de cette question. À croire que cela avait fini par déteindre sur moi.

Je regardais sur la table de la cuisine l'enveloppe kraft, gonflée d'un abondant et mystérieux contenu. J'hésitais un peu à l'ouvrir. Qu'est-ce que j'allais y trouver ? Un roman écrit par moi, et dont j'ignorerais l'existence ? Ou bien toute une correspondance que je m'adressais à moi-même, me révélant d'horribles secrets que je me serais cachés, des pensées atroces, et qui sait des crimes, à moins qu'elle ne fût rédigée, sur des dizaines de pages, dans un charabia incompréhensible.

Je pensais à la scène de *Shining* qui me donnait des frissons dans le dos chaque fois que je la revoyais, celle où la femme de l'écrivain examine le tas de feuillets sur lesquels il est censé avoir écrit le début de son roman depuis des semaines qu'ils sont installés dans l'hôtel isolé qu'ils gardent pour l'hiver, et, page après page, lit la même phrase insignifiante recopiée des milliers de fois.

Je redoutais aussi d'y lire mon autobiographie, celle de mon autre vie, dont le moi qui allait ouvrir l'enveloppe ignorait tout, comme ces personnalités scindées étudiées par la psychiatrie du XIXe siècle, qui vivaient deux existences inconscientes l'une de l'autre.

J'ai déchiré l'enveloppe. Elle ne contenait que des lettres d'éditeur, des publicités, des circulaires, un tas de missives qui s'avérèrent venir de lecteurs, une invitation à un colloque, deux revues littéraires, toutes lettres adressées à moi, en effet, mais à une adresse que je ne connaissais pas, du côté de la gare de l'Est. Plus tard dans la soirée, le téléphone a sonné.

— Allô, Pierre Jourde ?

— Oui…

— Pierre Jourde à l'appareil.

— …

J'entendais un petit rire grelottant à l'autre bout du fil.

— Oui, je sais, ça surprend. Je suis passé, mais vous n'étiez pas là, j'aurais préféré vous remettre le pli en main propre, on aurait pu faire connaissance. Je suis l'autre Pierre Jourde.

C'était un homonyme, évidemment. Il recevait aussi des coups de téléphone qui m'étaient destinés, le malheureux, il ne figurait pas sur la liste rouge, contrairement à moi. Après *La Littérature sans estomac*, il avait été inondé de courrier, il avait été flatté, porté aux nues, remercié, engueulé, insulté, menacé, et il avait dû se passer quelques jours étranges avant qu'il ne comprenasse ce qui lui arrivait.

Nous avons fait connaissance. Il ne m'en voulait pas, il prenait plutôt ça en souriant. Pendant quelques années (c'est curieux, j'ai une drôle d'impression. Je me demande si je n'ai pas laissé passer une bourde grammaticale quelque part…) il est passé me porter mon courrier. Pierre Jourde offrait un verre à Pierre Jourde, qui se présentait sous les espèces d'un barbu d'une soixantaine d'années.

Et où cet individu avait-il trouvé le moyen d'acquérir une maison de campagne, hein, je vous le demande ? Où ça ?

À La Charité, bien entendu. La Charité, l'étape essentielle de la route Créteil-Lussaud, le lieu du casse-croûte de mi-parcours, la ville où nous nous arrêtions rituellement pour rendre visite à la vieille nourrice de notre père, à qui sa mère l'avait confié pour l'élever en secret, l'étape qu'avaient choisie les croque-morts qui transportaient le corps de notre père jusqu'au cimetière de Lussaud.

Franchement, là, il exagérait.

Eh bien, c'est à une autre étape de ce parcours indéfiniment recommencé, que le canapé-lit de la grand-mère avait l'honneur et l'avantage d'effectuer, que je devais à nouveau rencontrer mon double. Mais pour bien comprendre les conséquences de cette nouvelle rencontre, il convient à présent d'effectuer un saut dans le futur, et plus précisément dans le futur du futur, puisque cet événement a eu lieu après cette nouvelle rencontre et par ailleurs ne s'est pas encore produit au moment où nous sortons de Gannat, mais puisque nous sommes à Gannat il faut bien que je le raconte tout de même, profitons-en, j'espère que je me fais bien comprendre, et quand j'y pense il s'agit plus précisément d'un futur du futur du futur du passé, car ce que je m'en vais vous narrer s'est produit après la deuxième rencontre, qui, par le fait, est arrivée après la première, tout ce que je viens juste de raconter dans ce présent que contient la camionnette n'étant pas encore arrivé, mais se trouvant néanmoins dans le passé par rapport au moment où je l'écris, là, tout de suite, devant mon ordinateur, pour le lecteur du futur dans le regard duquel je suis irrémédiablement passé, voire mort.

La scène a lieu à Saint-Nazaire, et non à Gannat (nous ferons tout à l'heure le chemin de Saint-Nazaire à Gannat), où j'avais été invité par Patrick Deville à participer aux rencontres Meeting, qui rassemblent des écrivains du monde entier. Oui, je sais, rien de plus rasoir que les livres qui parlent d'écrivains et de littérature, mais là je suis un peu obligé.

Déjà, Saint-Nazaire, j'aurais dû me méfier. Une ancienne base de sous-marins allemands. On visite les énormes silos en béton où clapote une eau couleur goudron, on croit voir encore le corps aveugle du submersible en attente, prêt à glisser silencieusement jusqu'à la sortie de l'estuaire, où il s'enfoncera dans les profondeurs, et sillonnera pendant des jours, invisible, inaudible, les courants ténébreux, jusqu'au moment où le cargo aperçoit, trop tard, la torpille qui va le couler, de même que les souvenirs nous rattrapent et nous tuent.

Comme d'habitude dans ce genre de manifestation, un libraire local propose sur place les ouvrages des auteurs invités. Je fais le tour des tables chargées de livres, feuillette les productions des collègues, puis vais vérifier ce qui est proposé de mes propres livres. Souvent il y a des problèmes d'approvisionnement. *La Littérature sans estomac* est là, avec *C'est la culture qu'on assassine, Paradis noirs, Festins secrets, La Première Pierre, Le Maréchal absolu, Pays perdu, Pays retrouvé.*

Apparemment, ils n'ont pas pu avoir *L'Heure et l'Ombre,*

c'est toujours la même chose, impossible de le dénicher, alors que c'est mon roman préféré.

Comment ça, *Pays retrouvé*?

Un court instant, je me demande si j'ai bien vu. Non, c'est bien ça, parmi mes livres figure ce petit volume, joliment édité, couverture coquille d'œuf ornée d'un grand cercle vert avec le dessin d'une charrue. En caractères romains :

Jeff Sourdin
Pierre Jourde

•

Pays retrouvé
Roman

•

Je ne connaissais pas l'éditeur, La Part commune.

La malédiction du double ne me lâchait pas comme ça.

Fallait-il croire, comme pour le texte que j'avais découvert quelque part dans les documents de mon ordinateur, que je ne me souvenais pas d'avoir écrit et publié ce livre ?

Pour *La Première Pierre*, qui venait de paraître, j'avais d'abord envisagé un autre titre, et c'était, justement, *Pays retrouvé*.

La présentation du livre ressemblait à une espèce de version de *Pays perdu* qui aurait été écrite dans un univers parallèle :

« À la mort du père et de retour à la ferme qu'il a fuie trente ans plus tôt, le narrateur de *Pays retrouvé* se retrouve plongé dans le passé. [...] Dans *Pays retrouvé*, Jeff Sourdin et Pierre Jourde croisent leurs regards pour esquisser une vision personnelle de la ruralité, évoquer des lieux oubliés et redonner voix à un monde à part, comme hors du temps, le monde paysan. »

Qui pouvait bien être ce Jeff Sourdin ?

En ouvrant le livre, j'ai compris.

Jeff Sourdin avait écrit le texte, et Pierre Jourde avait fait les illustrations, ce qui n'apparaissait pas du tout, contrairement à l'usage, sur la couverture. Comme je suis nul en dessin, ça ne pouvait pas être moi.

Or, ce Pierre Jourde, je l'avais déjà rencontré, lui aussi, et c'était à Gannat.

Décidément, cette route d'Auvergne, que parcourent à travers les années nos fantômes, dont les corps finissent par se superposer dans la mémoire pour ne plus former qu'un être multiple glissant éternellement d'étape en étape, attire à elle comme un fleuve toutes sortes de récits, comme si nos vies dès l'origine étaient vouées à en alimenter le flux mêlé.

La même manifestation régionale qui m'avait envoyé parler à la prison de Moulins avait un soir organisé une rencontre à la médiathèque de Gannat. Tout se déroule comme d'habitude, présentation des livres, lecture d'un extrait, je choisis le passage de *Pays perdu* où j'évoque l'histoire de papa, enfant adultérin élevé en secret chez une nourrice, puis, à sa majorité, présenté par sa mère comme son employé. Après un échange avec le public, on boit un verre. Un jeune homme brun s'approche, se présente.

— Bonsoir. Je suis Pierre Jourde.

C'est une maladie. En fait, ça doit être contagieux. La jourdite galopante. Dans quelques mois, des milliers de personnes seront Pierre Jourde, puis des centaines de milliers. Un cauchemar de mégalomaniaque. Il faudra les abattre.

En plus, Pierre Jourde me présente mon père, enfin son père, qui est venu, c'est tout de même le comble, écouter un texte qui parlait de lui. Enfin de l'autre, je ne sais plus ce que je dis, à la fin.

Passé le moment de trouble, on cause. Il est plasticien. Il habite Gannat. J'irai plus tard voir son site, et ses œuvres sont belles. Pierre Jourde et moi nous séparons en excellents termes. C'est le souvenir de cette rencontre qui me permet de comprendre, quelques années plus tard, à Saint-Nazaire, ce qu'est en réalité *Pays retrouvé*, et de sortir du moment de sidération qui m'a saisi devant la couverture.

Mais, de même que mes doubles ne m'ont pas lâché facilement, le livre a persisté à me poursuivre. Pendant quelque temps, il a figuré sur la table de la librairie ou de la bibliothèque, fidèlement, à chaque fois que j'étais invité quelque part. *Festins secrets* pouvait manquer, ou *L'Heure et l'Ombre*, mais pas lui. Je finirais même par m'apercevoir que *Pays retrouvé* m'était attribué dans la notice qui m'est consacrée dans Wikipédia.

Il m'a semblé alors que le livre, aussi, appartenait à ces objets maudits qui me poursuivaient depuis l'enfance et me mettaient dans des situations propres à désespérer maman, on verra plus tard quelles ruses suprêmes ils pouvaient employer jusque dans leur apparente défaite. Et de même que notre mère, en nous faisant transporter l'abominable canapé-lit, cherchait une réconciliation posthume avec la mère qu'elle avait dû fuir pour trouver l'amour qui lui avait manqué, de même, mais aussi à l'inverse, alors que j'avais dû effectuer le mouvement contraire, m'arracher à l'inexorable amour maternel pour exister, lorsque cet éloignement a cessé d'être une nécessité vitale et que j'ai pu librement donner cours à ma tendresse filiale, les objets sont venus tenter d'y mettre obstacle, comme pour me démontrer qu'il n'y a rien à faire contre la séparation des êtres, les malentendus, les souffrances et les angoisses.

Le livre représentait le piège par excellence.

C'était, à l'origine, un acte de rupture. Devenir écrivain pour sortir des escalopes et des foies de veau, des pinces et des boulons de huit, des peaux de lapins et des chiffons, des repas de première communion, des napperons en dentelle, des bergers allemands en plastique dodelinant de la tête sur la plage arrière et des tableaux représentant des scènes de chasse qui avaient constitué toute la vie des Jourde. Je m'ingéniais, dans mes premiers écrits, à trouver les formes et les thèmes qui m'éloignaient le plus de la réalité quotidienne. Je donnais dans le fantastique métaphysique, Borges était mon modèle. La famille n'y comprenait rien, c'étaient des trucs d'intello, sans grande conséquence. Cet éloignement-là restait inoffensif, il ne touchait en rien le monde réel. Et puis, progressivement, je me suis rapproché de ce monde réel, à ma manière.

Aux yeux des grands-parents et des cousins, banlieusards pour qui la campagne restait un souvenir très proche, les livres se penchaient sur des choses dont on ne parlait pas d'habitude. Au lieu de s'en tenir à ce qui était joli, certains auteurs se complaisaient à l'évocation de détails un peu sales, un peu honteux. Mais surtout, c'est le fait même de dire qui avait quelque chose d'excessif. La vie, pour eux, n'avait rien à voir avec ce qu'on en trouvait dans les livres, qui accordaient toujours une importance démesurée, impudique à ce qui ne pouvait atteindre sa vérité que dans les silences du quotidien. Bref, un livre était un peu le produit d'un gamin mal élevé, qui parle à tort et à travers et s'intéresse encore au pipi et au caca, tout ça pour se rendre intéressant.

Néglige ta vie, me murmuraient à l'oreille ces salauds de bouquins, comme les voix qu'entendent les dingues, et qui leur expliquent pourquoi ils doivent découper leur femme en morceaux, Néglige ta vie, sacrifie tes amours, oublie de t'occuper de tes enfants, fous en l'air ta carrière, afin de produire un cube de trois cents grammes de papier, tu verras comme tu seras heureux.

Et, pour ce qui est de la rupture, ça n'allait pas rater : écrire *Pays perdu*, convaincu de manifester sa passion pour ce hameau d'Auvergne vers lequel nous convoyons pieusement, en ce moment même, le canapé-lit, comme si tout devait toujours y revenir, y remonter, les vieux journaux, les meubles et les cercueils, écrire *Pays perdu* et le perdre en effet, passer de la figure à la réalité, tu vois, grincent les livres, on te l'avait bien dit que tu serais plus heureux avec nous.

D'un autre côté, le livre était un objet de respect *a priori*. Ma mère était fière que son fils soit écrivain, elle n'avait pas renoncé à me voir entrer un jour à l'Académie française. J'étais quinquagénaire qu'elle me traînait encore dans la rue commerçante de ce qui s'appelle « Créteil village » depuis que ce n'en est plus un, pour m'exhiber en chair et en os à sa libraire-papetière, me faire parler et se rengorger d'orgueil. Vaguement ronchon, comme le môme à qui on fait faire le beau devant les mémères du quartier, je me laissais trimballer, ça lui faisait tellement plaisir.

Les livres se marraient en douce. Il n'y avait pas de solution. Soit ils m'appuyaient dans ma tentative de rompre avec les déterminations de mon milieu, de ma famille, mais je finissais par m'apercevoir trop tard que cette rupture risquait d'être plus radicale que je ne le souhaitais, soit ils me faisaient retomber dans l'inflexible amour maternel, qui brandissait triomphalement mes gribouillis, regardez, regardez, c'est mon fils qui a fait ça, hein, mâme Roussel, déjà tout petit il voulait être génie.

Au fond, le livre, j'avais toujours cru que c'était l'inverse du parfum de chiottes au jasmin de la grand-mère, du canapé-lit et des lacets rebelles, du moins c'est ce qu'il avait cherché à me faire croire, t'en fais pas, qu'il disait, je suis avec toi, mais c'était l'inverse, encore une manière de se prendre les pieds dans le tapis, de casser le vase Ming et de verser la saucière sur les pieds de la belle dame blonde, juste en plus culturel, en plus sophistiqué.

— Allez, fais pas le malin, entreprit de fouiller dans le vide-poches qui d'abord résista tant qu'il put avant de consentir à céder visiblement à regret mon frère pour tenter d'y retrouver la bouteille d'eau qu'il pensait y avoir rangée et dont il demanda à Martine où elle était passée laquelle lui rétorqua prévisiblement qu'elle n'était pas chargée de veiller sur ses affaires juste au moment où il s'aperçut qu'elle avait roulé sous ses pieds. Tu dis ça mais tu es bien content que tout le monde admire l'écrivain et lui demande des dédicaces.

— OK, rétrogradai-je en troisième comme nous arrivions à un de ces ronds-points fleuris pour lesquels les mairies se ruinent gaiement, j'avoue que j'en rajoute un peu. Mais tout de même. Je t'assure qu'on a parfois un sentiment de gratuité totale. On se dit qu'on a voué sa vie à une pure illusion, à quelque chose qui n'a rien à voir avec la vérité, et qui n'a guère comme avantage que de vous conférer une petite gloire dont on se dit toujours qu'elle est imméritée.

— Fais-moi penser à pleurer, à l'occasion.

— Tu peux. Et tu vas voir qu'il y a parfois des moments délicats pour l'auteur, jusque dans ses triomphes.

LA TASSE DE THÉ DE LA HONTE

Nous parcourions, depuis Moulins, la portion la plus difficile, la plus ingrate de l'itinéraire Créteil-Lussaud. Nationale à deux voies, théories de camions, tracteurs, camionnettes de menuisiers, Peugeot 104 beiges de paysans à la retraite qui s'aventurent sur la route avec les précautions et la lenteur de l'ethnologue maniant sa pirogue sur un *arroyo* amazonien. Bref, on n'avance pas, la moyenne chute dramatiquement, le paysage se compose pour l'essentiel de plaques de tôle diversement colorées, avec des échappées sur de plats bocages où paît le charolais nourri à l'ensilage et destiné à remplir les barquettes sous plastique des hypermarchés.

L'autochtone a fait construire. Il faut entendre par là qu'il a édifié, au bord de la nationale, pour profiter du bruit et des gaz d'échappement, des pavillons de banlieue en parpaings couverts de tuiles mécaniques, coquettement ceints de thuyas, avec gazon, allée de gravier et faux puits en pneus peints en blanc. Bref, c'est le moment où l'on se demande si l'on arrivera jamais, la région s'appelle Auvergne mais ça n'a encore rien de l'Auvergne, elle est infiniment loin d'elle-même, aussi loin que Jérusalem pour le croisé dont le palefroi donne des signes de fatigue du côté de Montélimar.

Notre croix, à nous, c'est le canapé-lit. Je revoyais parfois, en conduisant, le sourire de la grand-mère Noussat. Où qu'elle fût, elle devait bien rire, à nous voir trimballer son canapé-lit entre deux quinze tonnes soufflant des nuages de gasoil.

La grand-mère était une petite femme au visage carré, avec les lunettes et la permanente de rigueur. Silhouette trapue, aux hanches larges articulées sur deux courtes jambes arquées qui lui donnaient l'air de descendre de cheval, elle qui n'avait jamais connu de cheval qu'en morceaux ou en saucisson. Elle avait le vrai sourire de la bonne grand-mère, comme on en voit à la télévision ou sur les pots de yaourts Mamie Nova. Beaucoup de gens, sur la foi de ce tendre sourire, la prenaient donc pour la grand-mère idéale, celle qu'ils n'avaient pas eue. De sorte que si, de son côté, notre grand-mère s'entourait de quidams pour qui elle était une figure maternelle ou grand-maternelle, ce qu'elle n'avait jamais été dans la réalité, et à qui elle prêtait l'argent qu'elle avait toujours refusé à sa fille lorsque celle-ci en avait besoin, notre mère, quant à elle, s'attachait du jour au lendemain, pour des raisons conjecturales, à des gens, souvent âgés, qui lui permettaient d'assouvir son insatiable besoin d'amour.

L'une et l'autre le savaient, évidemment, jalousaient ces étrangers qui recevaient l'amour dont elles avaient été privées. Elles nous en parlaient sur un petit ton ironique qui laissait entendre que si sa mère, ou sa fille, se laissait berner par l'affection plus ou moins simulée du premier venu, elle, au moins, n'en était pas dupe. Ainsi chacune montrait à l'endroit de l'autre la lucidité qu'elle n'avait pas pour elle-même, chacune aimait de son côté par dépit et manque de l'amour de l'autre.

Depuis bien longtemps, nous avions pris l'habitude de

voir débarquer à la maison des inconnus que notre mère trouvait subitement formidables, et envers qui elle ne doutait pas une seconde que nous partagerions son enthousiasme. Tout à coup, on ne voyait plus qu'eux, il n'était question que d'eux. En rentrant de l'école on les trouvait assis sur le canapé du salon. Ils étaient invités à déjeuner le dimanche. L'été ils passaient l'après-midi dans le jardin. Ils réveillonnaient avec nous. Parfois même, il fallait passer quinze jours de vacances avec eux en Auvergne.

Tout étrangers qu'ils fussent, ils avaient des avis définitifs sur notre éducation, sur le sport que nous pratiquions, sur la jeunesse, sur la politique, sur la sexualité, sur toutes sortes de sujets pour lesquels ils prenaient valeur d'oracles aux yeux de notre mère, qui, convaincue que sa dévotion ne pouvait qu'être universellement partagée, nous invitait à communier avec elle dans l'admiration envers la sagesse profonde de leurs augures, la saveur de leurs mots, la drôlerie de leurs reparties. Cela durait des mois, souvent des années. Et puis, un beau jour, sans explications, on ne les voyait plus. Nos succédanés d'oncles, nos ersatz de grands-parents avaient disparu, on n'en parlait même plus, comme s'ils n'avaient jamais existé, à l'instar des hiérarques soviétiques effacés des photos officielles. D'autres ne tarderaient pas à prendre leur place.

Nous avions fini par prendre l'habitude de ce défilé. Nous regardions passer les élus, conscients du fait qu'ils ne dureraient pas, comme sur la nationale qui nous mène vers Clermont nous devons patienter parmi les camions qui se traînent, tout en sachant que nous finirons bien par nous en débarrasser.

Eux ignoraient ce caractère transitoire, notre mère aussi, mais c'était inéluctable. Dans certains cas, comme pour la grand-mère, des questions d'argent ont dû se mêler à l'intérêt, feint ou réel, que ces gens portaient à notre mère. De pauvres, nos parents, à la mort de mes grands-parents paternels, qui nous étaient à peu près étrangers, étaient devenus riches, sans rien changer à leur mode de vie. J'ai compris tardivement, en voyant fonctionner quelques-uns des élus, que notre mère avait dû régler des factures surévaluées, proposer des logements à très bas prix dans un de ses appartements, offrir des repas au restaurant ou prêter de l'argent, car en amour on ne va tout de même pas compter.

Pour ma mère, l'une des fonctions de cette famille de substitution était de partager son enthousiasme envers les succès de ses enfants. Ils étaient le réceptacle de ses triomphes maternels. Je ne crois pas lui avoir offert de plus belle occasion de gloire que lorsque j'ai reçu un prix de l'Académie française.

Mais le récit, qui déjà n'avance guère, ralentit encore comme nous débouchons dans Aigueperse.

Quelque chose se passe toujours lorsqu'on traverse Aigueperse. La grand-mère d'un ami, vieille Clermontoise qui habitait jadis ce quartier populaire du vieux Clermont qu'on a rasé pour construire le centre commercial de Jaude, y a fini dans une maison de retraite. J'y suis allé la voir, jadis. Elle incarnait ce qu'on appelait, dans le temps, comme on dit, les bonnes gens, ce petit peuple simple et laborieux, prompt à la gaieté, qu'on a chassé des villes.

À Aigueperse, on est encore dans la plaine de Limagne, ce n'est pas la rude montagne de la véritable Auvergne, mais quelque chose est là pourtant, d'indéfinissable, de presque imperceptible, qui traîne dans les rues, sur les façades, aux devantures des magasins, malgré le fracas des camions, malgré les traces noires de la suie. Il me semble que si je m'y réveillais d'une longue sieste, sur un banc, sans ouvrir encore les yeux ni avoir gardé mémoire du lieu où je me trouve, je me reconnaîtrais.

À Aigueperse commence l'odeur de l'Auvergne, ou plus exactement celle de ces vieux bourgs, sans grande beauté, dont le charme se dissimule sous l'apparence austère, Plauzat, Champeix, Ambert, Manzat, Orcival, Murat, Allanche… Ils sentent le froid, la cave, la croûte de fromage, la fumée, c'est un parfum bistre et noirâtre qui n'appartient qu'à eux, une sorte d'hiver traînant toujours dans le fond même de l'été, et qui, dirait-on, reposait déjà dans l'âme avant même qu'on les connût.

— Au moins, dit mon frère, à Aigueperse, on est tranquille, aucun personnage célèbre ne vient de ce bled.

— Détrompe-toi.

— Allons bon.

— Quel village de France n'a pas sa célébrité locale ou nationale ? Où Napoléon n'a-t-il pas couché ? Aigueperse a son poète. C'était la résidence de ses parents, qui descendaient, soit dit en passant, du chancelier Michel de L'Hospital, lequel a tenté de réconcilier huguenots et catholiques avant qu'éclatent les guerres de Religion, ce qui tend à prouver qu'au XVIe siècle, au moins, on pouvait porter une barbe exorbitante et être tolérant. Ces braves gens ont engendré le poète le plus réputé de la fin du XVIIIe siècle, dont la gloire était aussi éclatante que celle de Voltaire. Et il est bien possible qu'il y soit né, à moins que cet événement majeur pour la poésie n'ait eu lieu à Clermont ou à Pontgibaud.

— Mais de qui parles-tu ?

— Je parle d'un titulaire de la chaire de poésie latine au Collège de France. Je parle d'un membre illustre de l'Académie française. J'ai nommé l'abbé Delille, qui était d'ailleurs aussi abbé que je suis mollah. Il en reste, pour l'essentiel, une place à Clermont. Plus personne pour goûter les vers de l'académicien. Et c'est dommage. Écoutez-moi ces vers où il fait l'éloge des fleuves qui favorisent le commerce et l'industrie, dans *Les Trois Règnes de la nature,* vers la fin de sa vie, en 1809, tout en faisant allusion au siège de Lyon par les troupes de la Révolution, et aux massacres qui s'ensuivirent :

Ainsi j'ai vu le Rhône, à son lit infidèle,
Se perdre avec fracas, quitter son noir séjour
Et rouler plus pompeux à la clarté du jour.
En le voyant sortir de sa prison profonde
Les bois, les prés, les cieux félicitent son onde.
Tel souvent le commerce aux yeux des nations
S'abîme dans la nuit des révolutions,
Sort, rouvre ses canaux, reprend son cours immense,
Et porte au loin les arts, la vie et l'abondance
Dans cet espoir si juste, ô ciel ! exauce-moi !
Nantes, sors de ton deuil ; Marseille, éveille-toi !
Que la Seine orgueilleuse, et la vaste Gironde,
Sous de nombreux vaisseaux roulent encor leur onde
Et toi, dont l'univers ne croira point les maux,
Lyon, respire enfin, et reprends tes travaux !
Change en vivants tissus l'or, la laine, et la soie ;
Que de ton siège affreux l'histoire s'y déploie ;
Et que, frappés d'un art et d'un malheur si grand,
Tous les peuples émus t'admirent en pleurant !

Mmh ? C'est-y pas beau ? Et tiens, celui-ci :

Il est une liqueur, au poëte plus chère,
Qui manquait à Virgile, et qu'adorait Voltaire ;
C'est toi, divin café, dont l'aimable liqueur
Sans altérer la tête épanouit le cœur.
Aussi, quand mon palais est émoussé par l'âge,
Avec plaisir encor je goûte ton breuvage.
Que j'aime à préparer ton nectar précieux !
Nul n'usurpe chez moi ce soin délicieux.
Sur le réchaud brûlant moi seul tournant ta graine,
À l'or de ta couleur fais succéder l'ébène ;
Moi seul contre la noix, qu'arment ses dents de fer,
Je fais, en le broyant, crier ton fruit amer,
Charmé de ton parfum, c'est moi seul qui dans l'onde
Infuse à mon foyer ta poussière féconde ;
Qui, tour à tour calmant, excitant tes bouillons,
Suis d'un œil attentif tes légers tourbillons.
Enfin, de ta liqueur lentement reposée,
Dans le vase fumant la lie est déposée ;
Ma coupe, ton nectar, le miel américain,
Que du suc des roseaux exprima l'Africain,
Tout est prêt : du Japon l'émail reçoit tes ondes,
Et seul tu réunis les tributs des deux mondes.
Viens donc, divin nectar, viens donc, inspire-moi.
Je ne veux qu'un désert, mon Antigone et toi.
À peine j'ai senti ta vapeur odorante,
Soudain de ton climat la chaleur pénétrante
Réveille tous mes sens ; sans trouble, sans chaos,
Mes pensers plus nombreux accourent à grands flots
Mon idée était triste, aride, dépouillée ;
Elle rit, elle sort richement habillée,
Et je crois, du génie éprouvant le réveil,
Boire dans chaque goutte un rayon du soleil.

— Eh ben voilà ! Enfin un peu de poésie.

— Tu vois, quand tu veux ! Assez de sperme, de pipi, de caca.

— Du café !

— Ah, la diérèse sur « pré-ci-eux », par laquelle le poète souligne le caractère précieux de l'objet !

— Ah, « tournant ta graine » !

— Ah, l'or et l'ébène !

— Ah, « ta poussière féconde » !

— Ah, « les tributs des deux mondes » !

— Oh, « Antigone et toi » !

— Et cette chute !

— À propos de café et d'Académie française, la perfidie des objets, je le sais, ne cessera de me poursuivre dans l'avenir. Elle m'attaquera par là où je suis sensible, c'est-à-dire par la littérature.

Dans quelques années, je publierai *La Littérature sans estomac*. Le livre fait du bruit dans le Landerneau littéraire. Les écrivains sur lesquels j'ironise se montrent plutôt généreux et ouverts, à une ou deux exceptions près, et j'aurai une anecdote à raconter à ce sujet tout à l'heure.

— Encore ! Tu es intarissable.

— C'est Shéhérazade avec du poil aux mollets et une barbe de trois jours.

— Raconter pour ne pas mourir. Hm. Pas mal, mais un peu grandiloquent. Je laisse ça à Yannick Haenel.

— C'est qui ?

— L'ampoulé de service. Aucune importance. Je reprends. Patrick Tudoret, dont j'ai massacré la poésie, devient un intime quelques années plus tard. Pascale Roze, alors que je me suis moqué cruellement de son *Chasseur zéro*, se montre d'une touchante gentillesse lorsque je fais sa connaissance. Beigbeder prend mes lazzis en grand seigneur et rend le bien pour le mal. Pourtant j'aurais trouvé tout à fait compréhensible qu'ils se vexassent et me battissent froid ou me reprochassent amèrement mes quolibets. Dans certains cas, en plus, je sais que j'ai été excessif ou injuste. Mais ce qu'il ne fallait surtout pas faire, c'était toucher au pouvoir journalistique. Là, ça ne pardonne pas. Les journalistes sont très sourcilleux pour défendre leur liberté d'expression, avec de grands mots et des idéaux bien sonores, mais lorsqu'on les critique, c'est-à-dire qu'on use contre eux de la liberté d'expression, ce n'est plus de la liberté d'expression, c'est du populisme, du lepénisme, et ils se débrouilleront pour l'étouffer tant qu'ils pourront, la liberté d'expression, tous les moyens seront bons, à condition qu'ils soient discrets. Donc, pour quelques phrases ironiques, ils y vont, à tour de bras : menaces, insultes, annulations, diffamation, interdictions, suppressions d'articles, censure. Tantôt c'est fait directement, tantôt c'est la trouille des conséquences qui pousse les directeurs de revues, les animateurs d'émissions, les journalistes libres et indépendants à prendre les devants. Je découvre, ahuri, que la France a quelque chose de l'Union soviétique, en plus malin : ça ne se voit pas.

— D'accord, mais ça ne t'empêchera pas de publier abondamment.

— Oui, c'est en général ce qu'on me répondra quand je raconterai ça. En fait, j'en parlerai, non pas, pour l'essentiel, dans le but de dire qu'on m'empêche de m'exprimer, ça n'aura que des effets finalement assez mineurs, mais parce que je trouve ça incroyable. Eh bien, aussi énorme que ce soit : silence radio. Ce sont des pratiques qu'on connaît, mais ça ne se fait pas d'en parler, c'est sale. Et il ne faut pas se fâcher avec les collègues. Si tu commets la faute de goût de mentionner ces comportements, là, les journalistes s'expriment, non pas pour les condamner, mais pour te faire savoir que tu ne grandis pas la littérature, et que tu es « un ennemi de la liberté » (citation authentique). En France, si un politique tente de faire pression sur un journal, c'est un tollé. Si un journal tente de faire taire quelqu'un, c'est le silence. Pour le quart de tout ce que je t'ai raconté, un ministre démissionne. Jamais un journaliste.

— Enfin bon, je suppose que tu t'attendras à des représailles.

— À des répliques musclées, bien sûr, mais publiques, franches, pas à des tripotages par-derrière. Au fond, c'est un peu comme pour *Pays perdu*, un an plus tard : je n'exclurai pas, en revenant au village, une explication musclée entre hommes. Des pierres sur des enfants, je ne l'aurais jamais imaginé.

— Tu es naïf.

— Faut croire. Enfin tout ce long préambule pour dire que, dans cette ambiance, je m'attendrai à tout, sauf à un prix littéraire. Et voilà que le livre reçoit le Prix de la critique de l'Académie française ! Faut-il voir là une stratégie qui m'échappe ? Est-ce un malentendu, le texte a-t-il été interprété comme une vigoureuse défense du beau style contre les relâchements modernes, ce qu'il n'est en rien ? Je ne sais pas. Bien sûr, maman est aux anges. Pour elle qui n'a pas le bac, le jour de gloire est arrivé. Dans son esprit, c'est à l'évidence le premier pas, avant mon élection. Elle ne le verra pas, mais elle en est sûre.

Et c'est ainsi que je me retrouverai, par un froid jeudi de décembre, en compagnie d'Hélène, d'Éric Naulleau, qui dirige alors L'Esprit des péninsules et m'a publié, de

Sandrine Thévenet, sa collaboratrice, et bien sûr de maman, dans un rade tout proche du quai Conti. Tout le monde commande un café.

— C'est pour ça que tu as pensé au poème de l'abbé Delille ?

— Tout juste, car c'est bien un café que j'aurais dû boire, comme tout le monde, et c'est ce que je commande toujours. Or, voyant qu'il faisait froid, je me proposai de prendre, contre mon habitude, un peu de thé.

— Ça me dit quelque chose, cette phrase, remarque Martine, tandis que je peine à faufiler le Jumper dans la rue principale d'Aigueperse encombrée de camions.

— Ah ? En tout cas, note bien : « contre mon habitude ». Moi qui ne prends jamais de thé dans un bar, pourquoi ce jour-là ? Et comment ne pas y voir la sournoiserie des objets, qui se glissent dans les failles de ton attention pour mieux t'atteindre, comme le cordon du container pour Franck. Mais vous allez comprendre.

Je n'avais jamais fréquenté, des bâtiments de l'Institut, que la bibliothèque Mazarine, et ne me faisais aucune idée de la fameuse « coupole ». Les lieux, il faut le reconnaître, sont impressionnants. On se trouve dans une espèce d'église baroque au plan en croix, sous une coupole, en effet, très élevée, qui ajoute à l'aspect solennel, quelque peu écrasant des lieux. Trois des branches de la croix sont réservées au public, la quatrième aux académiciens. Je me trouve avec les récipiendaires, installés dans la branche qui fait face à celle des académiciens, sur des gradins assez escarpés. Ma place est vers le haut, c'est par là que nous sommes arrivés, introduits par des huissiers très gourmés, comme il se doit.

Les académiciens ne sont pas encore arrivés. Des gardes républicains occupent le haut des gradins par où ils doivent pénétrer sous la coupole. Les lieux sont bondés de spectateurs. De là où je suis, j'ai l'impression de survoler la nef. On se croirait dans des temps révolus : il y a là des dames très maquillées, dans des robes longues, des officiers en grande tenue, et même, me semble-t-il, une soutane. Pas de barrette, hélas, ni de camail, qui manquent au pittoresque. Loin en dessous, à gauche, j'aperçois Hélène et maman. Éric et Sandrine sont noyés dans la masse.

Tout à coup, les gardes républicains se mettent à rouler le tambour. Entrée en grande pompe, par le haut des gradins, de l'Académie française.

Un frisson me parcourt.

C'est l'entrée des morts-vivants.

C'est donc ça, me dis-je, le sens de l'adjectif « immortel » pour désigner les académiciens : la zombification des écrivains.

Le spectacle est affreux. George Romero n'aurait pas fait plus effrayant et plus désolant. Les grands médecins, les avocats célèbres, les écrivains glorieux titubent, se risquent à tout petits pas jusqu'au bord des marches, comme s'ils parcouraient, non pas en habit chamarré, mais en haillons déchiquetés, les rues boueuses d'un village désert du Tennessee.

Et commence la descente. Là, c'est une autre image qui s'impose. La vingtaine de marches leur prend autant de temps que s'il s'agissait de la face nord des Grandes Jorasses. Ils s'agrippent à la rambarde, se tiennent les uns aux autres, crochètent désespérément tout ce qui passe à portée de leurs mains tavelées et noyées de rides, tout branlants, tout tremblotants, on se dit que si l'un fait un faux pas, c'est la cordée qui va basculer dans le vide.

La salle retient son souffle, frémit comme à une projection de *Vertical Limit* au Grand Rex. Vont-ils arriver entiers ? Qui va y laisser son col du fémur ? Faudra-t-il récupérer derrière eux un dentier, des ongles, un œil de verre ? Prévoit-on d'éponger discrètement les traces d'urine ? De là-haut, on a vue sur des calvities intégrales ocellées de taches brunes, ou des portions de crânes sur lesquels poussent des touffes de cheveux grisâtres et secs semblables à des colonies de lichens. Et les tambours roulent durant tout le temps que dure la représentation, comme pour dramatiser le numéro accompli par une bande de vieux clowns arthritiques qu'on aurait invités à se produire, par compassion, dans un spectacle de charité.

Enfin, tant bien que mal, avec force soupirs, gémissements et craquements d'articulations que ne couvrent plus les gardes républicains revenus au silence, les voilà tous à peu près assis.

Le directeur, Jean-Marie Rouart, ouvre la séance et prononce le discours des prix, avec un mot pour chaque récipiendaire. J'ignorais à l'époque que l'Académie décernât (nous sommes à l'Académie, je me fends du subjonctif imparfait qu'exige la concordance des temps, c'est bien pour vous faire plaisir) autant de prix. Ça tient du fantastique. Il y a, of course, les grandes récompenses, le Grand Prix du roman, le Grand Prix de poésie, le Grand Prix de philosophie, le Grand Prix de littérature Paul Morand, le Grand Prix de la francophonie, qui méritent d'abondants commentaires. Et en plus des prix, il y a des médailles qui leur sont associées. Le défilé est interminable. On dirait que c'est toute la gent littéraire qui y passe. Ne pas recevoir une décoration ou un prix, en France, tient de l'exploit. Ça en deviendrait presque la plus rare, la plus glorieuse des récompenses. Nous sommes, nous, écrivains français, les maréchaux soviétiques de la chose littéraire.

Comme par hasard, le Grand Prix de la critique ne vient pas au début. Défilent d'abord le Grand Prix de littérature Henri Gal, le Prix Hugot, le Prix Jacques de Fouchier, qui récompense « un ouvrage remarquable par son sujet, sa composition, son style, et dont l'auteur n'appartient pas aux professions littéraires », le Grand Prix Moron qui couronne « l'auteur français d'un ouvrage ou d'une œuvre favorisant une nouvelle éthique » (ça ne doit pas être facile tous les jours, de favoriser une nouvelle éthique).

Chaque récipiendaire se lève à son tour pour recevoir l'encens et le chrême, le public le cherche dans la foule, le repère, tous les yeux se fixent sur lui pendant qu'on l'oint et qu'on l'enfume.

Pendant tous ces prix, le thé qui tout à l'heure s'est sournoisement insinué dans mes envies commence à produire son effet au sein de mes organes. Simple gêne d'abord, puis franc malaise. Les compliments élégamment troussés de Rouart ne suffisent plus à me distraire. À vrai dire, très vite, je ne pense plus qu'à ça et commence à me tortiller sur mon siège, dévisage mes voisins, qui paraissent, eux, détendus et heureux, les veinards, ils profitent pleinement de leur moment de gloire.

— Le Grand Prix Gobert à M. Jean-Jacques Becker…

Ça devient intenable. Qu'est-ce que je peux faire ? Si je parvenais à me soulager, j'aurais enfin l'esprit libre, je pourrais être tout au plaisir vaniteux de recevoir une récompense devant tout ce beau monde et ma maman, coucou m'man, t'as vu comme j'ai bien travaillé ?

Je suis presque en haut, je pourrais tenter de me lever discrètement sans trop déranger le voisin de droite qui s'interpose entre ma place et l'escalier, monter quelques marches en rasant le sol et, toute honte bue, en plus du thé, demander les chiottes à un huissier méprisant.

Oui, mais si, justement, mon tour vient au moment où j'y suis ? J'aurai l'air malin. Surtout en me présentant au cocktail qui va suivre. Ça fera rebelle au petit pied, révolté pour la galerie, qui veut bien les récompenses tout en préservant son apparence indépendante, genre Robbe-Grillet qui consent à être académicien mais pas à revêtir l'habit, c'est navrant. Et quand on me demandera où j'étais passé, notamment les gens dont je sais qu'ils ont œuvré pour me faire obtenir le prix, Marc Fumaroli et Michel Déon, je me demande ce que je pourrai bien répondre.

Vient le tour du Prix de la biographie (qui n'est pas Grand, pourquoi ?). Il y en a plusieurs, Prix de la biographie littéraire, Prix de la biographie d'histoire. Il y a même des accessits. La production littéraire française est l'ennemie de la vessie. « L'Académie a décerné un deuxième Prix de la biographie d'histoire, annonce Rouart, à Mme Laurence Chatel de Brancion, pour son ouvrage *Cambacérès, maître d'œuvre de Napoléon*. Arrière-petite-nièce de l'archichancelier de l'Empire, Mme Chatel de Brancion nous offre aujourd'hui le récit de la vie tumultueuse de son ancêtre… »

Non, pitié, pas la vie tumultueuse de Cambacérès.

Le Jumper se traîne interminablement au rythme de la distribution, les BX suivent le Prix de la nouvelle, les R5 tentent en vain de doubler le Prix du théâtre, et la seule évocation de mes tourments suffit à éveiller en moi l'irrépressible envie de la rase campagne salvatrice où garer le véhicule non loin de l'arbre traditionnellement dévolu à ces fonctions.

Enfin, ça y est, « Le Grand Prix de la critique » — se

lever, l'air humble et dégagé, léger sourire aux lèvres — « a été attribué à un professeur de l'université de Grenoble, M. Pierre Jourde, sur proposition de notre confrère Marc Fumaroli… »

Deux minutes de discours, après quoi je peux effacer le sourire et me recroqueviller sur mon siège de douleur. La litanie reprend des Prix de l'essai, Prix du jeune théâtre Béatrix Dussane-André Roussin, Prix du cinéma, Grande Médaille de la chanson française (tiens, Alain Souchon…), Prix du rayonnement de la langue et de la littérature françaises, Prix Théophile Gautier, destiné à « des auteurs de poésie lyrique » (il en reste ?), Prix Heredia, destiné à « des auteurs de sonnets ou d'ouvrages de prosodie classique » (il y avait des auteurs de sonnets et on ne m'a rien dit ?), Prix François Coppée (pourquoi Houellebecq ne l'a-t-il pas obtenu pour ses vers ?), Prix Henri Mondor, destiné à « un poète de veine mallarméenne » (ils ont réussi à en dénicher un), Prix Montyon, Prix Jules Janin, Prix Émile Faguet (pas possible ! Pourquoi pas un Prix Francisque Sarcey ?), Prix Anna de Noailles, Prix Louis Barthou, Prix François Mauriac, Prix Roland de Jouvenel, Prix Biguet (???), Prix Ève Delacroix, récompensant l'auteur d'un ouvrage « alliant des qualités morales à des qualités littéraires » (normalement, ce serait pour Haenel, on ne fait pas plus moral, toujours du côté du Bien, c'est Julie Wolkenstein qui l'obtient, je me demande si elle est enchantée de voir reconnaître ses qualités morales).

Maintenant que j'ai été appelé, je pourrais m'esquiver le plus discrètement possible. Oui, mais non, je n'y avais pas songé, l'effet ne serait pas moins désastreux, voilà un type qui a eu son prix, et il se tire, ça lui suffit, rien à foutre des autres, pas envisageable, je dois serrer les dents, rassembler tout ce qui me reste de volonté et de dignité, je boirai le calice jusqu'à la lie, si je puis dire.

Le Prix Pierre Benoit est destiné à l'auteur d'un travail « sur la vie et sur l'œuvre de Pierre Benoit » (non, là ils exagèrent, c'est du sadisme, de pousser de pauvres types, année après année, à marner sur Pierre Benoit, à remplir des bibliothèques d'ouvrages sur Pierre Benoit, pourquoi pas un Prix Henry Bordeaux, tant qu'on y est ?). Le Prix Jacques Lacroix a été créé pour distinguer un ouvrage sur la vie des animaux. Prix Guizot. Prix Eugène Colas. Prix Georges Goyau, fondé pour récompenser un ouvrage d'histoire locale. Prix Louis Castex, qui doit distinguer « des souvenirs de voyages ou des découvertes en archéologie ou en ethnologie ». Prix Monseigneur Marcel, qui ne récompense pas une recherche sur Proust, mais « couronne des ouvrages d'histoire consacrés à la Renaissance ». Prix Diane Potier-Boès. Bon. Il faut que j'essaie d'envisager froidement la possibilité de pisser dans mon pantalon. Avec un peu de chance ça ne se remarquera pas trop. Prix François Millepierres. Il risque d'y avoir une flaque. Prix Henri de Régnier. De toute façon je ne vois plus d'autre issue. Prix Amic. Je résiste encore pour l'honneur, mais tout va céder bientôt, je le sens. Prix Mottart. Un peu de honte est vite passé. Mais non. C'est fini ! Le Prix Mottart, et c'est fini ! Merci mon Dieu ! *In extremis !* Vieux Mottart que jamais ! (Ce n'est pas avec ça que je l'aurai, le Prix Mottart.)

Je me prépare à bondir de mon siège. Or voici que s'avance au pupitre installé très au-dessus des sièges au fond desquels se recroquevillent les pauvres petits vieux qui incarnent le prestige de la culture française, la secrétaire perpétuelle. Car c'est une femme qui règne sur ce cheptel cacochyme. Juste retour des choses. Ils n'en ont pas voulu pendant des siècles, des femmes, et maintenant les vieux kroumirs plient l'échine sous la férule de la surveillante générale. Pardon, de la secrétaire perpétuelle, Hélène Carrère d'Encausse. À moins qu'il ne faille dire du secrétaire perpétuel, je crois que la non-féminisation des noms de fonction fait partie de ses combats. Une femme élégante, éloquente, compétente, autoritaire, avec laquelle tout devait filer doux, m'imaginais-je, mari, enfants, sénateurs décorés, Prix Nobel. Oui, quelque chose entre la grande patronne, l'institutrice *old school*, l'épouse de président des États-Unis et l'infirmière en chef d'un service de gérontologie. Elle prononce un discours à la schlague sur l'orthographe dont ma mère me dira par la suite, comme je m'y attendais, qu'elle l'avait dégusté comme l'ambroisie, elle qui a appris à lire à des générations de gamins. Ce n'est pas que le secrétaire perpétuel n'ait pas raison sur bien des points, mais j'aurais nuancé, en particulier, justement, sur la féminisation des noms de fonction, où je ne vois pas de laideur particulière, mais je n'étais pas en état de réfléchir clairement à ses propositions. Les événements qui se déroulaient dans le bas de mon corps accaparaient toute mon attention, plus rien ne parvenait à me distraire, je n'étais plus, de la racine des cheveux jusqu'à l'extrémité des orteils, qu'une envie éperdue de soulagement.

C'est dans de telles circonstances extrêmes, me disais-je, qu'on apprend à dépasser ses limites, comme disent les sportifs dans le poste, on redécouvre son corps, on va chercher des muscles cachés, des endurances nouvelles, et peut-être, à force de contention, pourra-t-on accéder à des états de conscience inconnus.

Enfin, la diatribe sur la défense de la langue parvient à son terme, je suis dans les starting-blocks, prêt à bousculer de vénérables écrivains, à envoyer voler sur mon passage les râteliers et les hanches en plastique, à fracturer des cols du fémur, à décimer de l'Immortel dans ma ruée sauvage vers les goguenots académiques, quand s'avance à son tour, à la tribune, Marc Fumaroli.

Non, décidément, c'est miction impossible.

— Celle-là, elle est vieille comme mes robes, claironne Bernard hors de moi.

— Le calembour est la fiente de l'esprit qui vole, chuchote Hugo en moi.

Car il fallait encore que soit prononcé, conformément à la tradition, je l'ignorais alors, mais ne risque pas désormais de l'oublier, le « discours sur la vertu ».

Tous les ans, inexorablement, un discours sur la vertu !

Comment font-ils ?

Par quels trésors d'ironie, de brio, de second degré, espérer éviter le sordide ennui que ne peut manquer de susciter, au début du XXIe siècle, quand il n'est question en littérature que de Mal, de marginalité, de sexe, d'inceste, d'adultère et de perversion un thème qui devait déjà faire bâiller, ou ricaner, au XVIIIe ? Un discours sur la vertu ! Fumaroli ne doit-il pas lui-même, *in petto*, se tordre de rire ?

En attendant, moi, ce n'est pas de rire que je me tords.

Prenant la suite de la statue du commandeur défendant les valeurs éternelles de la langue, tout sémillant, tout pétillant, tout primesautier, tout virevoltant et quasiment féminin, Marc Fumaroli, avec ses gestes ronds et ses cheveux crantés à la Charles Trenet, attaque un discours, non pas sur la qualité morale, mais sur des réalités bien matérielles, les *objects of vertu*. En bon anglais, l'expression désigne des objets d'art anciens, des curiosités réalisées par des artisans « virtuoses ». Non seulement c'est une manière astucieuse de détourner le sujet en le traitant, mais ce qui suit allie une vaste érudition à un brio étourdissant. Une sorte de modèle de discours classique, qui plaît en instruisant, de quoi vous réconcilier avec l'académique. Il parviendrait presque à me détourner de mes souffrances, qui pourtant atteignent désormais leur acmé. Les contractions remontent jusqu'au pylore, ma gorge se serre, ma rate se dilate, des frissons me courent le long de la colonne vertébrale, une horripilation généralisée fait se dresser mes poils des mollets jusqu'aux bras, je sens mes cheveux se raidir sur ma tête, ça en deviendrait presque exquis à force d'être insoutenable.

Cette fois, c'est sûr, les digues vont céder.

Il faut prendre ça du bon côté. Après tout, faire sous soi, c'est d'une certaine manière s'intégrer à l'Académie française. Combien des types en habit vert, là, en dessous, portent des couches ? Enfin je serai des leurs, conformément au vœu de ma pauvre maman. Les voies de l'académisation sont impénétrables.

« La vertu n'a donc pas qu'un seul visage. Elle ne se résume pas à la vertu selon Rousseau, ennemie des arts, ni à la vertu selon Robespierre, ennemie de la vie, ni à la vertu selon Louis-Philippe et la reine Victoria, ennemie de la joie. Elle est amour éclairé et fécond du bien, mais aussi du beau, du rare, du merveilleux. C'est peut-être sous ce jour à proprement parler dynamique qu'il est souhaitable de ramener à elle nos jeunes contemporains, trop souvent persuadés qu'elle n'est qu'une vieille lune renfrognée », conclut brillamment Fumaroli.

C'est fini.

Si j'en avais sous la main, je tirerais un feu d'artifice.

Incrédule, je me lève, comme dans un rêve, et me glisse hors de la foule qui commence à s'agglomérer vers les issues.

Ainsi, de même qu'un cordon a mis fin à mon rêve de fleuve canadien, de même qu'une sacoche m'a pour jamais empêché de vivre Chichicastenango, de même qu'à cause d'une bouteille une expédition au Tibet qui aurait pu être admirable s'est conclue par une déroute sans gloire, une simple tasse de thé a suffi pour que, le jour où, recevant le prix qui rattraperait enfin, pour ma mère, les longues années d'angoisse, de déception et d'attente déçue, je ne puisse pas être présent par l'esprit à cette réconfortante pensée, et au moment où le directeur de la plus prestigieuse institution culturelle française faisait l'éloge de mon travail intellectuel, je sois renvoyé aux plus honteuses fonctions physiologiques, sans même le recours ultime de pouvoir sublimer la chose par le récit que j'en ferais, puisque lui-même, je le sentais, se trouverait souillé aux yeux de tous par la bassesse de telles préoccupations.

J'ai réussi à faire du Proust inversé : au lieu que la tasse de thé me fasse accéder à la vraie vie, elle m'en a exclu.

Décidément, j'avais beau faire, je serais éternellement l'enfant qui n'ose pas lever la main en classe pour demander de sortir, qui se torture les entrailles toute la journée dans la terreur qu'un séjour aux toilettes de la cour de récréation se termine par l'ouverture de la porte perpétrée par quelque facétieux professionnel hurlant de joie de me montrer accroupi culotte baissée à la moitié de mes camarades, je serais éternellement cet enfant au regard grave, perdu dans une profonde introspection, pendant qu'un pigeon lui chie sur l'épaule, toute dignité sera en moi secrètement corrodée par ce gamin à l'intimité toujours menacée, et ce jusqu'au moment où à mon tour il me faudra revenir aux humiliations de l'enfance, aux jeunes femmes qui vous torchent et vous remettent des couches.

Quoi qu'il en soit, au cocktail qui a suivi, maman était rayonnante, ce qui m'a réconforté. Je me dis encore aujourd'hui que je lui aurai donné ce moment, infiniment moins important pour moi que pour elle.

Tandis que je causais avec les uns et les autres, que Michel Déon, très en forme, lui, malgré ses quatre-vingt-cinq ans, me racontait ses traversées du Massif central en cabriolet, où, lorsqu'il n'avait pas pu embarquer une jeune femme, il la remplaçait, à la place du passager (il n'a pas cru bon d'ajouter « avantageusement »), par une fourme de Cantal acquise au passage, je surveillais du coin de l'œil ma mère qui déambulait, très à l'aise, un grand sourire aux lèvres, dans ce brillant aréopage. Elle arborait son plus beau chandail, agrémenté, comme d'habitude, de deux ou trois taches, et je la vis, non sans terreur, se jeter sur Hélène Carrère d'Encausse. Laquelle souriait avec bonne grâce sous les assauts d'amabilité de ma mère, qui devait lui expliquer à quel point elle partageait son avis sur la décadence de la langue et les beautés de l'orthographe. Mon Dieu, faites que maman, dans un de ses accès spontanés de tendresse, ne lui mette pas la main sur le bras. À tous les coups elle est en train de lui raconter à quel point j'étais un enfant doué, génétiquement orthographique, etc. Mais voici que maman se tourne vers le buffet.

— Ça va maman ?

— Oh oui, me dit-elle, nimbée d'une aura de bonheur sans tache. Qu'est-ce qu'elle est sympa, Carrère d'Encausse. Et ce buffet !

— Pas mal, hein ?

— Le champagne ! Et ces petits-fours !

Peu de chose suffisait à la rendre heureuse, une coupe de

champagne lui était un bonheur. Je la vis ouvrir son grand sac noir imitation cuir.

Hélène et Sandrine Thévenet conversaient pas très loin, qui me servirent opportunément d'interlocutrices, et de couverture. Il ne fallait pas que je sois compromis avec ce que je craignais qu'il se produise. Et même qu'il se produisît, tiens, un peu de beau langage dans ce monde de décadence, ça fait du bien.

Et, tandis que je devisais avec Hélène et Sandrine, de l'air aussi détendu que possible, je voyais, du coin de l'œil, ma mère, au cocktail de remise des prix de l'Académie, quai Conti, et non loin du secrétaire perpétuel, remplir son sac à main de petits-fours.

LA TASSE DE CAFÉ DANS LA FIGURE

Nous sommes enfin parvenus à nous désincarcérer d'Aigueperse, et filons bon train vers Clermont.

L'apparition du puy de Dôme est l'annonce immémoriale de l'entrée en Auvergne. Il nous est toujours aussi familier et aussi énigmatique, comme cette terre dont il est le signal, dans l'intimité de laquelle nous avons vécu toute notre vie sans qu'elle cesse de nous demeurer étrangère. Le puy de Dôme semble à chaque fois, inlassablement, nous reposer la même question, et en le revoyant nous pressentons que le monde nous envoie sans cesse des signes que nous sommes incapables d'interpréter.

Arriver en Auvergne, c'est assister au spectacle de la terre saisie par une progressive ivresse de courbes. On les voit naître, se déployer devant soi, arriver à leur épanouissement et puis se replier lorsque d'autres surgissent à leur tour, comme des vagues. Et ce mouvement éveille une inflexion intérieure, l'épouse, l'attire à lui, la prolonge vers le monde qui semble alors lui promettre de s'étendre jusqu'à la plénitude.

— Tout de même, pupule Martine, rompant le moment de silence dans lequel nous plonge toujours le surgissement de la houle des volcans, tout de même, je trouve que tu exagères.

— Comment ça ?

— Ces gens te récompensent, t'honorent d'un prix, t'accueillent, et tu ne peux pas t'empêcher de te foutre d'eux, de les montrer comme des épaves grotesques ou pathétiques.

— Non mais c'est…

— Vous avez quand même le quolibet dans la peau, les frères Jourde. Le mental toujours corrosif. Vous ne pensez que plaies, bosses, défense, attaque. Faudrait vous calmer. Découvrir le zen, la bienveillance, l'accueil.

— Oui mais tu sais…

— Vous avez bien pris de votre grand-mère, finalement.

— Bah je…

— Mémé Noussat, sors de ce corps…

— Faut pas non p…

— Au fond, dauber sur les académiciens, c'est très facile. Tout le monde le fait. C'est presque un sport national. Comme se moquer des prêtres. On ne court plus aucun risque, mais ça permet de se donner une allure de rebelle très seyante.

— Justement, c'est une tradition, ils ont l'habitude. On comprend qu'il n'y a aucune méchanceté là-dedans.

— Ouais, c'est ça, et pour la même absence de méchanceté, les gens de Lussaud ont essayé de te lyncher.

— Mais non mais tu mélanges tout. Et puis absence de risque, eh, oh, le Prix du roman, et les autres, je peux me les carrer quelque part, hein, dorénavant.

— Penses-tu, puisque c'était fait sans méchanceté.

— Mouais.

— Réfléchis-y.

— En fait, parfois, il me semble que je ne sais pas très bien quelle est la part de sympathie et quelle est la part d'agression dans ce que je fais.

— Tu m'étonnes.

— Non, vraiment, c'est ta remarque qui m'y fait penser. Et parfois le monde m'a paru réagir curieusement à mes tentatives d'approche. Je me souviens d'un jour où, prof dans un lycée professionnel, avec des formations industrielles, j'étais allé à la fonderie, tout gentil, tout civil, demander aux collègues profs de chaudronnerie l'autorisation de faire une représentation théâtrale dans leur usine, j'avais à peine pénétré dans leur univers et ouvert la bouche que je me faisais jeter.

— Ça ne compte pas.

— Ah bon ?

— Ces gars-là partent du principe que les profs de matières générales les méprisent, que ce sont des snobs et des poseurs, donc ils sont hostiles avant même de te connaître.

— Pas faux. D'ailleurs finalement ça s'était bien passé, j'avais monté un Václav Havel spectaculaire parmi les tubes de métal, le haut-fourneau et les passerelles, ça avait de la gueule. Non mais c'est vrai que je ne peux pas m'empêcher d'assortir l'expression de ma tendresse, de mon admiration ou de mon amour d'un peu de rudesse, ou d'ironie, pour éviter ce qu'il peut y avoir pour soi, mais aussi pour l'autre, d'un peu gênant dans le pathos. Asséner son amour en bloc et sans le casser un peu, c'est coincer l'autre dans un coin, lui rendre la réplique très difficile. J'ai fini par comprendre qu'il fallait aider l'autre à recevoir l'amour.

— Oui, c'est très classique. Mais il faut doser.

— C'est ça. Le délicat, c'est le dosage. Mais il y a autre chose encore. Comment dire ? La maladie de l'objection.

Devant toute réalité, psychique ou physique, le réflexe immédiat de dire « mais ». « C'est pas exactement ça. » « C'est encore autre chose. » La conscience comme négation, qui se saisit elle-même dans la négation : être conscient, c'est être conscient de n'être pas ceci ou cela. L'esprit qui toujours nie.

— L'esprit qui toujours nie, c'est le diable, non ?

— Eh oui. Ou Heidegger. Ou Sartre.

— Finalement, béguète Bernard, le génie du Mal, c'est toi.

— Sûrement. D'ailleurs l'arbre de la connaissance, qui chasse Adam et Ève de l'innocence, c'est cela, non, l'éveil de la conscience comme négation ? Mais l'esprit qui toujours nie, c'est aussi l'espèce d'idéalisme déraisonnable qui consiste à considérer que, la réalité n'étant pas parfaite, il faut la châtier, et que dans sa chute et sa déchéance, elle peut trouver une forme de rédemption, se libérer de son imperfection.

— C'est beau ce que tu dis.

— Et puis tu sais, c'est vrai qu'il m'arrive d'avoir la dent dure, mais j'ai aussi l'admiration éperdue, ça va avec. D'ailleurs je suis ma première cible.

— Ouais, tu parles.

— Je t'assure que c'est vrai. Simplement ça ne se voit pas. Mais intérieurement, c'est un carnage. J'emploie tout mon temps à me passer à tabac, à m'exterminer. Rien ne trouve grâce. Tous les jours j'en sors tuméfié, couvert d'ecchymoses. Ce qui se passe à l'extérieur, en comparaison, c'est les Bisounours.

— Tu sais que derrière nous, il y a un canapé.

— Je suis au courant, oui. Et alors ?

— Tu serais peut-être mieux allongé, pour continuer tes confidences.

— OK, si Bernard consent à reprendre le volant.

— Pas question, fait l'intéressé, mais ça me donne une idée.

— Quoi ?

— Il y a bien des bibliobus, n'est-ce pas ?

— Et ?

— On pourrait créer l'analysobus. On parcourt les bourgs et les petites villes en manque de psychanalystes, avec le canapé de mémé dans la carlingue, apparemment il fonctionne bien, on y allonge les gens, on les soulage de leurs secrets et de cent euros par séance, de quoi se faire un revenu rondelet.

— Je ne sais pas. Je crains un peu ce que le canapé de mémé pourrait faire sortir des gens. À mon avis c'est un meuble dangereux. Tu allonges un patient dessus, si ça se trouve il devient fou furieux. Il faudrait peut-être faire blinder la camionnette, ça ferait des frais.

— Tu te méfies vraiment des objets.

— Tu ne crois pas qu'il y a de quoi, avec tout ce que je vous ai raconté ?

— Oui, mais tu ne t'es jamais demandé si les objets ne faisaient pas qu'accomplir ce qu'inconsciemment tu les poussais à faire ?

— Décidément, il faut vraiment que j'aille m'allonger sur le canapé de mémé…

— Profites-en, on ne s'arrête plus, refais le plein du Jumper à l'entrée de Clermont mon frère.

Car déjà nous avions rejoint l'autoroute qui contourne Clermont, réglé le péage, dorénavant ce serait gratuit, désenclavement du Massif central oblige. Déjà défilaient à notre droite la noire cathédrale et Notre-Dame-du-Port, dans l'ombre du volcan.

Le voyage de la vie est une métaphore bien usagée, ce n'est plus qu'un vieux rebut de la rhétorique, mais que cela ne nous empêche pas de la faire servir encore un peu. Il ne faut pas laisser perdre. Après tout, la fortune des Jourde et des Roughol s'est bâtie sur la récupération, ferrailles, chiffons et peaux de lapins. À ma façon, je poursuis la tradition familiale, je passe dans les avenues de la littérature avec ma camionnette, « vieilles images, métaphores vermoulues, on prend tout, on ramasse tout ». Un coup de peinture, un peu de vernis, et hop, comme neuve, ne reste plus qu'à la revendre un bon prix.

Sur l'autoroute de la vie (tout de suite ça en jette, c'est de l'image riche), sur l'autoroute de la vie nous roulons à vive allure, pressés d'arriver à destination, nous empruntons les rocades, nous n'entrons nulle part, ne pénétrons nulle part, les villes passent et disparaissent, nous nous hâtons de rejoindre ces grandes vacances qui seront enfin la vie à laquelle nous aspirons depuis le départ, mais ce sera la mort.

Voilà. Pas mécontent de mon petit recyclage de cliché, ça a de l'allure, on dirait du Bossuet. Même s'il faisait rarement usage, paraît-il, de la métaphore autoroutière.

— Bon, les gloires de Clermont, tout le monde les connaît, dit mon frère, Pascal et Vercingétorix, pas la peine de s'étendre.

— Tu oublies le gars dont la statue fait face à Vercingétorix place de Jaude.

— Ah oui, Desaix. Lui, question virilité, il était servi. Il pouvait honorer une dame par les deux vases à la fois, comme eût dit l'abbé Delille.

— Excellent, mais je te signale qu'il faut prononcer « dezé ». Pas « deux sexes ».

— C'est moins drôle.

— N'empêche que sans Desaix, la face du monde, peut-être, eût été changée, comme disait l'autre Clermontois.

— Allons bon…

— Desaix, à l'orée de la carrière de Napoléon, est ce que sera Grouchy à la fin, mais à l'envers.

— Plaît-il ?

— Nous sommes en 1800. Bonaparte est rentré d'Égypte, il a pris le pouvoir par la force, et il entame sa première campagne en Europe en position de chef de l'État. Il s'agit de dézinguer les Autrichiens en Italie, vieux refrain. Et là, à Marengo, l'affaire tourne mal, il va prendre la pâtée. Desaix dirigeait un corps éloigné du champ de bataille. Il comprend que ça déconne à Marengo, il accourt, bouscule les Autrichiens, et permet à Bonaparte de transformer la pâtée qui s'annonçait en victoire éclatante. En plus Desaix a le bon goût de mourir sur le champ de bataille, pour laisser toute la gloire au Premier Consul.

— En somme, les Auvergnats passent leur vie à sauver la France.

— Et l'Amérique ! La Fayette !

— Et Laval ? glisse Martine.

— Laval moins. Mais sauver, ça dépend. En 1800, le pouvoir de Napoléon est encore fragile. S'il avait été battu, on l'aurait peut-être débarqué. Alors, pas d'épopée napoléonienne, pas de retraite de Russie ni de Waterloo, qui sait, la France s'en serait peut-être mieux portée.

Et donc, n'étant entrés ni à Nevers ni à Moulins, ni à peu près nulle part, nous n'entrerons pas à Clermont. Pas d'usines Michelin, pas de rues noires, pas d'odeur de croûte de cantal, pas de place de Jaude avec Desaix et Vercingétorix, ni de jardin Lecoq.

Et la flèche noire de la cathédrale avait glissé vers l'arrière, emportée dans le même courant que le puy de Dôme, puis la hauteur où l'on dit que Vercingétorix avait repoussé les légions de César, déjà nous avions dépassé la colline de La Roche-Blanche, qui masque Les Martres-de-Veyre, où j'avais pris mon premier poste d'enseignant, dans un collège de campagne, vingt ans auparavant, et nous grimpions la crête de Montpeyroux, tandis que se reproduisait, à notre droite, l'événement toujours attendu qu'était le surgissement du Sancy montant par-dessus la ligne des plateaux, comme un volcan émergeant des profondeurs de l'océan, tout équipé déjà de ses herbages et de ses neiges.

Nous avions cessé de parler. La remarque de Martine s'imposait comme une vérité longtemps occultée, qui vous a toujours accompagné, et qu'il suffit d'une remarque d'un tiers pour rendre à son évidence. Cela semblait être la solution logique : ce n'est pas le monde qui se refusait, c'est moi qui le provoquais, c'est moi qui le « cherchais », comme on dit dans les cours de récréation, par je ne sais quel malin plaisir. Il fallait que je voie ce qu'il allait répondre, il fallait que je mesure à ses réactions l'idée qui me rongeait de l'absence de perfection, bref, il fallait que je me gâche mes meilleures expériences pour éprouver le degré de l'imperfection, ou peut-être pour devancer la déception que je redoutais dans la réalisation idéale de mes désirs, en trouvant un prétexte, un bouc émissaire à qui l'attribuer. Après tout, lorsque j'avais vu Franck mal arrimer son bidon, j'avais omis de le lui dire.

Un épisode qui se déroulera quelques années plus tard symbolisera bientôt cette manière à demi inconsciente de chercher les ennuis, tout en se donnant à soi-même l'apparence de l'innocence. Épisode dans lequel c'est une tasse de café, et non une tasse de thé, qui joue le rôle central, mais de manière bien particulière, sur le mode de l'Arlésienne ou de la Cantatrice chauve.

Mais avant d'aborder ce regrettable épisode, et puisque tout le monde se tait, j'en profite pour placer un de ces petits événements qui ont pour vertu de ramener l'écrivain à une nécessaire modestie.

À ce propos, et avant d'arriver à cette histoire, Éric Naulleau m'a raconté un jour l'histoire d'une auteure qu'il accompagnait à un salon du livre, à l'époque où il était encore éditeur. Les billets de train étaient payés, l'hôtel, les repas, comme d'habitude. Ne parlons pas de l'accueil déférent des bénévoles mobilisés pour transporter les écrivains, des organisateurs, des libraires. Malheureusement, un petit cafouillage a fait que l'hôtel prévu était déjà plein, et il a fallu attendre un peu, puis reprendre un véhicule pour emmener l'auteure dans un autre hôtel. « Tu vois, a-t-elle dit à Éric, voilà comment on traite les écrivains dans ce pays. » Convaincue que l'écrivain est nécessairement un réprouvé, un dissident, elle ne voyait plus les gens et l'argent mobilisés pour son confort. J'ai renchéri en lui racontant une autre anecdote.

Je figurais à la tribune avec quelques autres écrivains lors d'un salon à Saint-Étienne. Mes collègues prennent la parole avant moi et entonnent l'air désormais bien connu de l'écrivain nécessairement rebelle, marginal, réfractaire aux classements, aux institutions et tout ça. Lorsque vient mon tour de parler, je ne peux pas m'empêcher de faire remarquer que, lorsque nous aurons fini d'évoquer l'insoumission de l'écrivain, nous toucherons un chèque de deux cents euros de la municipalité, ce qui nous rapproche plutôt de l'écrivain officiel que du rebelle inclassable. Mais, rétorque un des rebelles, ce qui compte c'est le contenu de ce qu'on écrit. Ben voyons. L'insoumission qui ne dépend que de ce qu'on produit, et pas des conditions de production : j'entends d'ici les sarcasmes de Marx sur l'idéalisme petit-bourgeois.

Les artistes qui tiennent absolument à être des maudits, mais qui touchent des subventions et ne supportent ni la misère ni la moindre critique sans crier à la haine de l'art et au retour du nazisme, c'est une situation à haut potentiel comique, un trait caractéristique de notre époque, et un recyclage de vieilles rodomontades romantiques. On peut comprendre la contradiction : l'écrivain voudrait être absolu. C'est dans sa nature. C'est-à-dire à la fois échapper à la dépendance, et recevoir tous les égards et tous les honneurs. Mais qui veut faire l'ange fait la bête, disait l'autre. C'est tout l'intérêt des bides et des humiliations, des ratages et des galères. Nous rappeler au comique de nos prétentions. Pas parce que c'est moral, parce que c'est plus vrai. Le comique est un supplément de conscience.

Prenez mon cas, par exemple. Je suis convaincu d'être un immense écrivain, un incomparable prosateur, un maître de la langue, un virtuose de la construction narrative, un Paganini de la phrase, qui aborde toutes les formes, alliant la puissance à la subtilité, aussi émouvant que désopilant, le genre de type dont il faudra cinquante pages dans les manuels pour expliquer toute la richesse aux lycéens du futur accablés d'ennui. Et je trouve ridicule que d'autres écrivains soient assez immodestes et dépourvus de lucidité pour penser la même chose d'eux-mêmes.

(Aaaah, ça fait du bien, de temps en temps… J'ai eu

raison de profiter du fait que nous ne soyons plus dans un dialogue, mon frère aurait eu tôt fait de me gâcher mon petit shoot d'autosatisfaction par de pénibles quolibets.)

On aura compris en tout cas qu'un traitement s'impose. Un petit rappel à ma ridicule condition est parfois nécessaire pour me ramener à une conscience de moi un peu distanciée. La désintoxication a été particulièrement brutale un jour en Haute-Loire.

Je les connaissais bien, déjà, les signatures seul sur une chaise dans les sous-sols de FNAC ou de librairie Decitre du centre-ville, avec le petit paquet de bouquins, à attendre deux heures le chaland qui ne vient pas, je n'ignorais rien des joies des cafés littéraires où l'on répond aux questions de l'animateur pendant que ça va, vient, circule, braille, boit et rigole dans la salle qui s'en fout, je savais, comme mes collègues, ces gens qui s'arrêtent devant vous, prennent un livre, le feuillettent, vous dévisagent en silence comme pour vérifier la gueule que peut bien avoir un type capable d'écrire ça, reposent l'ouvrage et puis s'en vont, sans avoir dit un mot. J'étais resté seul une bonne heure derrière mes exemplaires du *Maréchal absolu* au salon du livre de Radio France, avant de voir s'arrêter le premier chaland potentiel, sous les espèces d'un quinquagénaire en blazer bleu marine, foulard dans l'échancrure du col de la chemise, qui m'avait demandé : « Votre maréchal, là, c'est *le* Maréchal ? »

J'avais rencontré dans je ne sais plus quel raout un homme affable qui m'avait parlé de son auberge de campagne dans un coin perdu de Haute-Loire. La seule expression d'« auberge de campagne » suffit à me faire rêver, à imaginer de roboratives et simples délices, parmi de vieux meubles de famille, auprès d'un feu pétillant dans l'âtre, et d'une fenêtre profonde où s'encadrent des arbres immémoriaux. Et en plus, dans son auberge de campagne, il organisait des rencontres littéraires. Comment résister ? Ce type était un bienfaiteur de l'humanité. Je m'engage donc pour l'été qui suit. Ça tombait bien, la veille de la rencontre nous devions être, avec Hélène, aux rencontres d'Aubrac organisées par l'ami Francis Cransac. C'était le département voisin, tout s'organisait à merveille.

Cent kilomètres dans le Massif central, ça équivaut à trois cents bornes presque partout ailleurs, j'étais bien placé pour le savoir, mais l'éclat hypnotique de l'auberge merveilleuse m'attirait irrésistiblement à elle depuis ses lointains, comme l'or profond de la crèche Melchior. J'irais y déposer la myrrhe de mes phrases, me prosterner entre le bœuf et l'âne pour, dans le dénuement et l'odeur innocente de la bouse, être enfin justifié.

Nous quittons donc Aubrac et, bien entendu, il nous faut des heures de petites routes sinueuses pour rejoindre l'auberge rêvée. Hélène est fatiguée et furieuse. Marie et Joseph nous accueillent. Pas de petit Jésus. La rencontre doit avoir lieu le soir même, dans la salle de l'auberge, avant le repas.

Après une explication orageuse dans la chambre avec Hélène, je descends dans la salle, et découvre la foule en liesse, qui, outre le couple d'aubergistes, se compose de trois personnes d'un certain âge, deux femmes et un grand type à l'air débonnaire. « D'habitude, il y a plus de monde », me dit Joseph pour se dédouaner. Ils disent toujours ça, sans songer, dirait-on, qu'ils ne font qu'ajouter à l'humiliation : il y a du monde pour n'importe qui, sauf pour toi, mon gars.

Nous voilà assis autour de la table, comme pour un repas de famille, et je déroule mon discours, ça dure presque deux heures. Le grand type, attentif, ne se départ pas d'un sourire encourageant. Les femmes ont l'air bizarre. Pendant la discussion, elles posent des questions qui me révèlent la dure évidence : elles n'ont rigoureusement rien compris à tout ce que je viens de dire. Elles sont ailleurs, ne voient pas vraiment de quoi il s'agit. Le grand type ne pose pas de question, mais il a l'air content. À la fin, il me demande une dédicace sur son exemplaire de *Pays perdu*, remercie, s'éloigne avec discrétion, la foule en liesse quitte les lieux, et nous passons à table avec Marie et Joseph. Il y a un feu dans la cheminée, un bon petit rouge et des rillettes de canard, ce qui suffit à panser bien des plaies. Nous commentons, comme d'usage, la rencontre qui vient d'avoir lieu. Notre hôte reconnaît que les deux dames étaient un peu à l'ouest.

— Mais, remarqué-je, soucieux de souligner les points positifs de cette soirée organisée pour moi, le monsieur avait l'air très intéressé, il suivait avec beaucoup d'attention.

— Ah oui, c'est quelqu'un de très bien. Un véritable amateur de littérature.

— Il est d'ici ?

— Oui, c'est le directeur de la médiathèque.

— Ah, très bien. Dommage qu'il n'ait pas posé de question.

— En fait, il est sourd.

Où en étais-je, déjà ? Je ne sais même plus de quoi je parle, ni même quel est le sujet exact de ce récit. Pour ce qui est de trouver un pitch, ça risque d'être coton. Voyons voir. Le chapitre s'appelle « La tasse de café dans la figure » (j'ai dû aller vérifier, c'est dire le sérieux de ce texte). Toujours pas de tasse de café à l'horizon. Elle se fait désirer, la tasse de café. Nous avons dépassé Clermont, nous n'avons vu ni Desaix ni Vercingétorix, nous allons plonger dans les gorges de l'Allier, oui, c'est ça, les gorges, j'annonçais une regrettable histoire qui se produira d'ici six ou sept ans après le canapé, et dont certains dans le petit milieu littéraire ont fait des gorges chaudes, l'histoire, pas le canapé. Les gorges, les gorges chaudes. Curieux comme c'est la géographie de ce voyage qui parfois remet un peu d'ordre, pour ne pas dire de sens, dans le chaos de mon *stream of consciousness.* Ce qui me fait penser à deux autres choses, même si ce n'est pas le moment, juste quand je tente de ranger ce foutoir narratif. La première, c'est que j'aurais dû, mais il est trop tard, élaborer un système de datation spécifique à ce texte, où l'on se repérerait, ce ne serait pas du luxe, non pas avant ou après Jésus-Christ, mais avant ou après le canapé. La deuxième, je viens de l'oublier. Mon frère m'a fait je ne sais plus quelles remarques sur la route et j'ai perdu le fil.

Donc, avant de parler de tasse de café, je me suis laissé embarquer par quelques épisodes illustrant la curieuse idée que se font parfois les écrivains de leur importance. Voilà, j'y suis.

L'Heure et l'Ombre, mon petit favori, et pourtant l'un des moins connus de mes romans, fait partie cette année-là de la sélection du Prix France Culture-Télérama. Les auteurs retenus doivent se retrouver au Théâtre de la Colline pour une lecture en public d'un extrait de leur roman. Le jour venu, il y a beaucoup de monde. Les écrivains sont arrivés en avance, avec leurs proches, leurs éditeurs, leurs attachés de presse, qui se mêlent aux journalistes et au personnel du théâtre. Il y a entre autres Stéphane Audeguy… et Christine Angot. Nous risquons d'avoir à nous croiser. Étant donné son caractère difficile et le contenu, disons désagréable, de ce que j'ai écrit sur ses textes, la rencontre a des chances de valoir le coup. Je finis par l'apercevoir dans la petite foule. Elle ne me voit pas, ou plutôt elle feint de ne pas m'avoir vu. Et nous continuons à causer avec les uns et les autres, à accueillir les nouveaux arrivants en nous ignorant réciproquement, ce qui, dans la cohue, reste un exercice facile.

Mais nous devons nous retrouver dans les coulisses avant la lecture publique, pour une séance de mise au point. Là, dans une pièce d'à peu près quinze mètres carrés, il n'y a plus que les écrivains, assis en rond sur des chaises, et les organisateurs qui leur expliquent le déroulement des lectures. Je jette de temps à autre un coup d'œil sur Christine Angot, qui, l'air pas commode, regarde dans le vide pour éviter mon regard. C'est sans doute elle qui a raison, mieux vaut faire comme si nous n'existions pas l'un pour l'autre.

Une dame du théâtre déclare qu'elle va aller chercher des rafraîchissements. Et là, je ne sais quel démon me souffle l'impérieuse nécessité de l'accompagner. J'insiste pour l'aider, avec l'air serviable et bon garçon qui exclut toute possibilité de refus. Je sais déjà ce que je veux faire, il le faut, je ne suis pas capable de m'en empêcher.

Dans la réserve, nous prenons des bouteilles d'eau, de jus de fruits, des cacahuètes, des verres en plastique et des serviettes que nous disposons sur un plateau. Comme il est assez lourd, j'ai beau jeu d'obtenir de le transporter jusqu'à la petite salle, où je pénètre avec mon plus aimable sourire. Et je commence le service.

Je ne sais pas pourquoi je fais ça. Toujours ce petit démon intérieur qui pousse à tester, à faire réagir, comme si la réalité ne pouvait se révéler que dans ces situations instables, un peu acrobatiques. Oui, c'est cela : éprouver la consistance des choses et des êtres en leur faisant mal, ou en se faisant mal. Pas très mal : juste un peu, juste le filet de vinaigre qui fait tressaillir.

Et je propose une boisson au premier écrivain à ma gauche. Christine Angot est en face de moi, à trois auteurs de distance. Je sais parfaitement ce que je suis en train de faire. Dès l'instant que je me suis proposé pour assurer le service, j'ai créé une situation où à la fois on se trouve contraint de prendre favorablement ma sympathique initiative, qui ne peut venir que d'une bonne intention à première vue, mais où, si l'on y regarde de près, tous les effets seront vicieux. Si je passe Angot, ce n'est pas discrétion mais offense. Si je lui propose une boisson, ce n'est pas gentillesse, mais provocation. Mais, en même temps, ce qui est réjouissant à mes yeux, c'est que ces interprétations sont réversibles, de manière à peu près indécidable. De son côté, la situation est identiquement sans issue : si elle accepte un verre de ma main, c'est une capitulation (ou une marque de grandeur d'âme). Si elle le refuse, c'est du ressentiment (ou de la fermeté). Comment ne pas se laisser aspirer dans ces courants contradictoires ?

Un deuxième écrivain accepte mon verre, en me remerciant à voix basse, comme si une cérémonie solennelle était en train de se dérouler, une invocation inquiétante dont on ne sait pas trop ce qu'elle va produire. Troisième écrivain, un petit jus d'orange, le danger se rapproche, la terreur des plateaux télé et des maisons d'édition est à portée de main, la tension est perceptible dans la petite pièce.

C'est évidemment le moment idéal pour une diversion, ne craignons décidément pas les procédés usagés, je m'y suis livré à discrétion déjà, je sais bien, mais les ficelles les plus grosses sont les meilleures. Pendant que se déroule par anticipation ce mince épisode de la vie littéraire parisiano-parisienne, dont les chances de passer à la postérité sont, reconnaissons-le, quasiment nulles, le Jumper, du haut de la colline de Montpeyroux, a dégringolé jusque dans les gorges de l'Allier, au fond desquelles l'autoroute se fait aussi sinueuse que ce récit. C'est une interminable succession de virages serrés, entre des falaises couvertes de forêts, et cette autoroute n'a plus rien à voir avec une autoroute, d'ailleurs on ne peut même pas dépasser le quatre-vingt-dix kilomètres à l'heure.

Les principales étapes qui me séparent de l'objectif ont été franchies, le dernier écrivain a pris son jus d'orange avec les précautions d'un artificier manipulant de la nitroglycérine, je me place dans la fenêtre de tir, le plateau à la main.

— Ça se tire, dit mon frère. Si tout va bien, on arrivera dans trois quarts d'heure. Disons vers cinq heures. Il fait beau. Pas un poil de nuage.

— Oui, pile à l'heure du retour des troupeaux pour la traite, quand les ombres s'allongent. À tous les coups on aura les vaches sur la route à Anliac, devant chez la Chuquette, et si ça se trouve celles de Thierry qui remonteront du Liveï, à Rocheplane.

— Ouais, j'aime bien.

— Moi aussi.

— Les mufles baveux qui s'entassent autour de la carrosserie.

— Les croupes tatouées à la merde sèche.

— Le chien frisé qui cavale autour.

— Qu'est-ce que j'aimais les garder, les vaches, gamin, quand il n'y avait pas de clôture et qu'on devait rester avec toute la journée, à bouquiner dans un pré.

— Et moi… Quoi de mieux que de ramener un troupeau le soir, en descendant lentement le chemin de La Coharde, face aux horizons de montagne qu'on a l'impression de survoler, on se sent à la fois pesant et léger, comme si on venait de décoller en compagnie de vingt vaches de cinq cents kilos.

— Lamentable.

— Désuet.

— Pauvres bouseux passéistes.

— Et rien que de dire ces noms : la Tombe, le Liveï, Rocheplane, Zabro…

— Splot…

— La Roudade…

— Neracombe…

— La Vagède…

— Le meilleur pré du pays.

— Ouais. C'est ça mien.

— C'est ça mien aussi, je te signale.

— Et Scroze…

— Et la Souche…

— C'est ça. La familiarité avec ces lieux. Nommer ces fragments d'espace qui, pour un œil non prévenu, ne sont que des successions illimitées de crêtes et de forêts, alors que tout a un nom, toutes ces étendues sauvages sont minutieusement découpées dans l'esprit de ceux qui y habitent. Et, à propos de crêtes, on est loin du Théâtre de la Colline.

— Plaît-il ?

— Non, rien.

— Bon, allez, ça va. Assez de lyrisme agricole. On baisera la terre en arrivant. Ce qui aura l'avantage de te faire taire.

— Sympa, merci.

— Je plaisante ! Quel susceptible ! Et puisqu'on va arriver, on peut peut-être esquisser une conclusion, une fin heureuse, quelque chose comme ça. Pendant tout le voyage tu nous as bassinés pour nous expliquer à quel point on avait pu angoisser ou décevoir les parents. D'abord en ce qui te concerne c'est faux, maman te déifiait, je ne peux pas en dire autant, et de toute manière, ça s'est calmé, elle a pu voir qu'elle ne s'était pas donné du mal pour rien, non ? Regarde, ses deux bons fils obéissants qui trimballent pieusement l'infâme canapé.

— Oui, elle a besoin de mesurer à quel point nous sommes deux bons fils. Il faut qu'on se rachète.

— Tu divagues complet.

— Peut-être. Mais je voudrais bien avoir l'avis de Martine sur la question.

— Elle roupille. Depuis Clermont, elle roupille.

— En conduisant, je ne m'en étais pas aperçu.

— Attends, on va la réveiller.

— Tu crois ?

— Mais oui, de toute façon on arrive.

Et je m'approche, le plateau à la main, je me plante face à Christine Angot, je m'incline pour lui présenter les boissons : « Vous voulez boire quelque chose ? » fais-je de ma voix la plus suave, arborant le sourire de la pure innocence.

— Hein ? Quoi ? Qu'est-ce qu'il y a ? bredouille Martine, tirée en sursaut de quelque rêve apaisant.

— On voulait te demander un truc, braille avec suavité mon frère.

— Un truc ?

— Oui, on parlait de maman, et mon frère prétendait qu'elle nous fait trimballer le canapé pour nous racheter de nos péchés.

— Et c'est pour ça que vous me réveillez ?

— Ben…

— Non mais vous êtes carrément pénibles, là, les Jourde Brothers. On dirait que la seule famille au monde, c'est votre famille. Que la seule chose intéressante dans l'univers, c'est papa, maman, mémé et *tutti quanti.* La saga interminable, le sujet de conversation inépuisable, et que je te rabâche, et que je te ressasse, tout le monde est censé se passionner, suivre en haletant les épisodes, n'en ignorer aucun détail… À ce stade vous devriez fonder un journal : *Dernières nouvelles des Jourde.* Tirage : vingt millions. Et je suis modeste. Vous croyez quoi ? Que votre famille est exceptionnelle ? Avec des névroses premier choix, comme on n'en trouve pas ailleurs ? Oui, elle est exceptionnelle, votre famille, comme toutes les familles. Ça ne vous viendrait pas à l'idée que ma famille est aussi intéressante que la vôtre ? Ou celle d'Hélène ? Vous ne croyez pas que moi aussi, je pourrais facilement remplir un trajet Créteil-Lussaud avec mes histoires ? Mais lâchez-nous un peu, avec vos problèmes, mémé par-ci, mémé par-là, pensez à autre chose, prenez l'air. Ça vous a peut-être échappé que je passe le week-end de Pâques dans une camionnette pour trimballer le canapé de votre grand-mère ! Vous l'auriez fait, si je vous l'avais demandé pour la mienne ? Et tout ça dans un livre où mon rôle consiste à jouer les utilités, à donner aimablement la réplique pour faire valoir les problèmes familiaux de ces messieurs ! La femme de service, quoi, le quota pour calmer les récriminations féministes ! Mais pour le reste, je n'existe pas, pas d'histoire, pas d'épaisseur psychologique, je suis là pour écouter bouche bée les vieux héros burinés, comme dans un livre de Richard Millet ou Olivier Rolin.

— Non mais tu…

— Toi, l'artiste, tu ferais mieux de faire attention à la

route, je te signale qu'il y a des radars, alors vas-y mou. Pendant des années tu nous as répété que tu ne pouvais pas souffrir l'autofiction, l'épidémie de la confidence, le moi-jeisme galopant, le narcissisme plumitif, et comme tout le monde, tu t'y mets, sur le tard, bien entendu, voici venir l'âge où l'on fait le bilan, un homme se penche sur son passé, franchement c'est d'un commun ! Tu inventais, tu avais de l'imagination, tu en as fait quoi ? Ton imagination, ça se résumera au mot « roman » imprimé sur la couverture, désormais ? Regarde dans quoi tu nous mets… Je devrais dire dans quoi tu nous compromets… Tout y est, c'est une caricature d'autofiction : la confidence intime, la famille, les amours, le *name dropping*, le petit monde des écrivains, les crudités sexuelles et scatologiques. Quand je lis ces tristes choses, j'ai toujours l'impression qu'elles ont été écrites par de vieux gosses mal élevés et contents d'eux. Exactement comme le môme qui arbore tout fiérot son pot plein de caca à la famille, convaincu que l'univers entier sera en admiration devant sa petite production.

— C'est de la psychanalyse sauvage, ça.

— C'est comme le saumon : c'est la meilleure. Et qu'est-ce que tu fais d'autre que de la psychanalyse de comptoir et de l'autofiction, dans cette espèce de texte où tu nous as traînés ?

— Je déplie.

— Tu déplies ? Eh bien tu ferais mieux de te replier avant la déroute.

— Elle n'est pas bonne, au réveil…

— Allez, calme-toi, prends tes gouttes, ma douce…

— Ça va, hein…

Puisque c'est comme ça, vexé, je me réfugie dans un silence boudeur, et dans le futur où, toujours penché depuis tout à l'heure, d'ailleurs je commence à avoir mal aux reins, je présente le plateau de rafraîchissements à Christine Angot, et voici que la scène figée s'anime à nouveau, les visages se réveillent, les gestes reprennent, comme dans le château de la Belle au bois dormant après le baiser, mais le Théâtre de la Colline n'est pas le château de la Belle au bois dormant, et pour le baiser, je ne sais pas si je vais m'y risquer…

« Vous voulez boire quelque chose ? » fais-je, très Prince charmant.

La Belle au bois dormant lève sur moi un regard qui aurait suffi à raser Dresde plus efficacement que les bombes incendiaires de la Royal Air Force. Il me semble que ma chemise commence à prendre feu. Au lieu de susurrer : « Est-ce vous, mon prince ? Vous vous êtes bien fait attendre… », elle gronde : « Comment est-ce que vous pouvez ? Comment est-ce que vous osez ? Vous n'êtes qu'un… » Ma mémoire défaillante, aussi bien que ma modestie, m'empêche de détailler les épithètes qui suivent.

Je me dis qu'au fond, elle a raison. On ne peut pas lui demander d'accepter de bonne grâce les mots très durs que j'ai employés à l'égard de ses textes, ni de faire comme si de rien n'était à la première rencontre, en acceptant gentiment un verre d'eau. Plus tard, pour le Goncourt des lycéens, Marie Darrieussecq acceptera poliment de mes mains le plat de hors-d'œuvre dans un déjeuner, c'est une autre option, difficile de juger laquelle est la plus juste.

Ayant dit, l'auteur de *Quitter la ville* se lève, saisit un verre en plastique rempli d'eau qu'elle jette rageusement à terre, puis quitte la pièce, suivie de son attachée de presse.

Et c'est tout.

Tout ça pour ça ?

Eh bien, euh, oui.

Ou plutôt non. C'est la suite qui est intéressante.

Cet épisode, que j'avais donc provoqué, pour le coup je ne peux pas me plaindre d'un complot des objets, le verre d'eau c'est bien moi qui l'avais proposé, devait se révéler instructif à plusieurs égards. Et en premier lieu il m'a fait comprendre qui était vraiment important en littérature.

Après la sortie de Mme Angot, un type dont j'ignore la fonction, genre soixantaine trapue et dégarnie, me demande aimablement de le suivre dans une pièce à côté, où s'entasse du matériel. Nous nous asseyons et il m'explique, plus sèchement cette fois, qu'il ne veut pas de grabuge, pas question qu'il y ait un scandale au cours de cette soirée. Ce à quoi je réponds qu'il ferait mieux dans ce cas de s'adresser à Mme Angot, c'est elle qui est susceptible de créer du scandale, comme il a pu le constater, puisqu'il était comme moi dans la pièce. « Oui oui », fait-il de l'air de celui qui consent à se montrer conciliant tout en n'accordant aucune importance à ce que vous dites, mais tout de même, il a dit ce qu'il avait à dire, sommes-nous d'accord ? Euh, oui, bien sûr, nous sommes d'accord, mais encore une fois ce n'est pas de moi que viendra le problème.

— Très bien.

Et nous regagnons la salle d'attente.

— Tout va bien ? demande une dame du théâtre à mon interlocuteur.

— Oui oui, il y a des arguments qui calment tout de suite, répond-il avec un sourire vainqueur.

Je comprends qu'il est en train de sous-entendre qu'il m'a fait peur et que je me suis incliné devant la menace. Je n'avais pas du tout entendu cela dans la conversation qui vient d'avoir lieu. Donc, je dois supposer que ce type pense, ou veut faire penser qu'il m'a menacé pour qu'aucun problème n'ait lieu avec Christine Angot. Ce qui me rend furieux. D'abord qu'il me fasse passer pour un couard qui se couche à la moindre semonce. Ensuite parce que si vraiment, sur le moment, j'avais perçu une nuance de menace, j'aurais eu à cœur de le provoquer. Des menaces ? À moi ? Tu t'es regardé ? Et tu comptes faire comment au sujet de tes dents, tu as une bonne mutuelle ? Et tout ça... J'ai du regret de ne l'avoir pas fait, et qui pis est (j'aime bien cette expression malencontreuse) je ne sais pas comment détromper les gens sans sombrer dans le ridicule. Il m'en est resté, depuis, une de ces envies inassouvies d'en découdre qui vous pèsent sur l'estomac.

Enfin, c'est le moment de lire nos textes. On nous fait asseoir en rang sur la scène, face au public, et chacun à son tour va devoir se lever, aller au pupitre et débiter son petit texte dans le micro. Comme par hasard, je suis assis tout près d'Angot. Elle passe en premier. On nous a bien spécifié que la lecture ne doit pas excéder dix minutes. On pose au préalable quelques questions à Angot. Dans ses réponses, elle ne peut pas s'empêcher de condamner au passage, en roulant un œil mauvais, les gens qui se moquent des écrivains. Suivez mon regard. Je me souviens de l'avoir déjà entendue, à la télévision, dire qu'on en voulait aux écrivains parce qu'ils étaient écrivains. Elle a cette façon de sacraliser la fonction d'écrivain qui paraît toujours procéder de la crainte de n'en être pas vraiment un. Je n'ai jamais pensé qu'on en veuille plus aux écrivains qu'aux charcutiers, du moins dans les démocraties, et vouloir à tout prix les protéger est avouer leur faiblesse. Comme s'ils étaient de fragiles potiches.

Elle lit son texte, elle le lit bien, avec cette énergie qui la caractérise, prouvant ainsi qu'on peut savoir lire même si on ne sait pas écrire. Comme ce qu'elle écrit se fonde sur deux ou trois effets rudimentaires toujours repris, oralité, répétitions, ça facilite la lecture à voix haute. Ça dure vingt minutes. Apparemment, la consigne qu'on nous a donnée est assez souple.

Lorsque vient mon tour, je lis le passage où le narrateur regarde Sylvie entrer dans la mer, et éprouve presque de la jalousie à la voir si exactement épousée par l'eau, dans une étreinte idéale avec laquelle nul amant ne pourrait rivaliser. La lecture dure à peine dix minutes. Comme il semble ne pas y avoir d'obligation trop sévère quant au temps, je m'apprête à ajouter quelques lignes, l'affaire de deux minutes, mais à peine ai-je prononcé le dernier mot du passage que j'avais donné aux organisateurs que le micro est coupé, et un aimable Monsieur Loyal me remercie chaleureusement, au suivant.

J'ai compris ce soir-là qu'il y a les écrivains importants et les autres.

Christine Angot était célèbre, vendait beaucoup de livres dans une grosse maison, donnait depuis un certain temps des lectures de ses textes au Théâtre de la Colline. Je n'étais qu'un demi-sel qui publiait à L'Esprit des péninsules.

J'ai compris aussi ce soir-là qu'on peut à la fois parler bien haut des menaces qui pèsent sur les écrivains, de la haine qu'ils suscitent, de la parole qu'on leur confisque, des quolibets qu'ils essuient, pauvres albatros exilés des nuées, et en même temps être la personne importante qu'on entoure et protège.

Je n'avais jamais vraiment envisagé d'autre vie qu'en littérature. J'étais immergé dans l'imaginaire. Écrire n'était que la prolongation naturelle d'une manière d'être. Je voyais bien qu'on essayait de m'en distraire, les êtres et les choses me tendaient des friandises pour me faire sortir de mon trou, parfois je m'y laissais prendre, pour m'en repentir très vite. Ce qu'ils appelaient la réalité apparaissait décevant, trompeur, incertain, évasif. Il me semblait que si j'allais toujours plus profond dans la solitude, le mutisme, l'imaginaire, je pourrais peut-être un jour pénétrer dans cet absolu qui s'appelle littérature.

On passe son existence dans le culte de cet absolu, comme un mystique qui tantôt désespère, erre dans la nuit de l'âme, tantôt communique avec le divin. On suppose que les autres, ceux qui écrivent, ceux qui parlent de littérature, brûlent leur encens sur les mêmes autels. Et puis un jour, tard dans le cours de la vie, parce que l'imaginaire rend naïf, on est déniaisé. On s'aperçoit que, partout, ils donnent comme des exemples respectables de culte de l'absolu littéraire des supercheries. On n'en revient pas tant l'imposture semble évidente, tant l'escroquerie est tranquillement assumée. On se sent blessé intimement comme le fanatique devant le blasphème. On met son armure, on enfourche son destrier, et on part décimer l'infidèle. Et, ce faisant, on ne le sait pas encore, mais on dit adieu à l'absolu. On n'affrontera pas, au bout du chemin, des lances et des haches, mais des gobelets.

Quelques mois plus tard, cette anecdote minuscule a trouvé son piètre épilogue.

— C'est vrai que Christine Angot t'a jeté sa tasse de café à la figure ?

— Euh, non, elle s'est contentée de jeter par terre son gobelet d'eau…

— Ah ? Tiens… C'est pourtant ce qu'on m'avait dit.

Version beaucoup plus satisfaisante, la tasse de café,

beaucoup plus conforme à ce qu'on imagine, à ce qu'on lit parfois sur les disputes où les belligérants se balancent verres ou tasses au visage. Jeter un gobelet par terre, c'est à peu près rien, aucun intérêt, pas de vrai drame, de défi sanglant, d'humiliation, pas de joues sur lesquelles dégoulinent les brûlantes larmes noires. La réalité était minable, il fallait bien lui donner un peu de couleur, lui infuser du sens, elle en manque tellement. La réalité est tenue de se conformer au sens qu'on a d'avance déterminé pour elle. De sorte que nous évoluons dans des fictions préparées, dans ces discours formatés qui nous préservent de l'excès d'insignifiance. Ma rencontre avec Christine Angot n'est que l'histoire d'une tasse de café qui n'a jamais existé.

Lorsqu'on m'a raconté cette version de l'entrevue de la Colline, je me suis dit qu'elle était parfaitement symétrique de l'épisode de l'Académie française : d'un côté, une tasse de thé réelle m'empêche d'être présent à ce moment de ma vie, de l'autre une tasse de café fictive absorbe un épisode de ma vie. Rien à faire : pour ce qui est d'être à la réalité, c'est raté. Elle se défend. Elle balance des leurres, des pièges, des mines qui empêchent de l'atteindre, alors même qu'on se figure que c'est dans ses objets qu'on pourra la saisir. Depuis le début, je me colletais avec des objets imaginaires. Et c'est moi qui les fabriquais. Je travaillais à me tromper moi-même, à compromettre mes propres aspirations. Il était temps que le voyage se termine. J'espérais encore un peu, comme je l'avais fait bien souvent au cours de mes innombrables voyages vers la maison d'Auvergne, que le grand silence des steppes et le vent me baigneraient dans leur froideur régénératrice, me laveraient des approximations et des compromis, j'espérais, en foulant la terre, en effleurant de la main le grain des vieilles pierres et des écorces, le cuir rugueux des vaches, mêler mon corps à la substance même du monde. Mais je savais aussi que cela n'aurait jamais lieu. J'avais fini par comprendre que ce qui me serait donné là-haut, au plus profond des forêts, dans l'antre noir et odorant des étables, au creux des vieux chemins qui paraissent toujours s'enfoncer dans un passé oublié, ce serait une promesse, l'attente nue du miracle, la même que celle qui me tenait éveillé enfant, la veille de Noël, dans le lit froid que je partageais avec mon arrière-grand-mère. Et c'est cela qu'il fallait y chercher précisément, cette veille, cette ferveur renouvelée, brillante et coupante comme une lame, qu'aiguisaient le vent et les eaux claires.

LE CANAPÉ-LIT DÉVASTATEUR

Nous ne parlions plus beaucoup, trop occupés à nous pénétrer des paysages familiers, à les reconnaître, à goûter en eux toute l'épaisseur des moments de notre vie où nous les avions regardés déjà, avec d'autres compagnons, d'autres attentes, d'autres soucis, sous d'autres nuages, baignés de lumières différentes. Bientôt le canapé arriverait au terme de son voyage, il ne restait qu'à le monter au deuxième étage de la maison, seule partie où il y avait un peu de place pour lui. Il faudrait composer avec lui, vivre avec lui, comme avec une aïeule dont la vie ressemble à une mort, et qu'on relègue, silencieuse, presque oubliée, dans un coin infréquenté de la maison.

La grand-mère, que nous avions au fond peu pratiquée et peu connue, ne nous lâcherait pas comme ça, comme elle n'avait jamais lâché notre mère. De son vivant, elle avait réussi l'exploit d'empêcher que nous conservions la maison de notre arrière-grand-mère, où notre mère et nous avions nos meilleurs souvenirs d'enfance. C'était déjà un joli coup. Mais elle avait réussi beaucoup mieux, *post mortem.* Ce qu'elle avait préparé à notre mère, le coup qu'elle lui avait envoyé depuis le néant, voilà qui forçait le respect.

À aucun moment je n'avais vu ma mère se départir envers elle d'une attentive gentillesse. Elle allait la voir régulièrement dans sa maison de retraite, s'occupait d'elle, renonçait à partir en vacances quand sa mère se trouvait, la veille du départ, une soudaine maladie grave qui obligeait sa fille à rester auprès d'elle, mais guérissait miraculeusement trois jours après. Et, chaque fois que je les voyais ensemble, je dois reconnaître que ma grand-mère, de son côté, ne se départait jamais de son doux sourire légèrement douloureux, comme qui s'oblige à faire bonne figure malgré les souffrances qu'il endure. Lorsque ma mère se trouvait à distance suffisante, elle se risquait à son propos, à mi-voix, à de petites remarques d'une ironie désabusée, comme ces personnes âgées qui dépendent du bon vouloir d'un parent et craignent de se faire gronder si elles se plaignent. Une victime discrète, pleine de bonne volonté. Bref, elle était parfaite. Il était impossible de ne pas l'aimer. Et pourtant, était-ce l'influence du discours dominant dans la famille, où elle incarnait la méchanceté faite femme, ou cela venait-il de son peu d'intérêt pour la fonction de grand-mère, je n'éprouvais aucune affection envers elle.

Les parents de mon père s'étaient encore moins intéressés à nous, nous les voyions très peu, et contrairement à ceux de ma mère, ils n'appartenaient même pas au même milieu, c'étaient de grands bourgeois qui vivaient dans un autre univers que le nôtre, mais ce côté-là seul comptait pour nous, parce que c'était celui de l'Auvergne et de la maison.

Ma grand-mère n'a jamais semblé vraiment vieillir. Elle restait semblable à elle-même, sans infirmité ni affection notable, elle conservait toute sa lucidité, et puis un matin on l'a trouvée morte, le nez dans ses biscottes beurrées, à quatre-vingt-treize ans.

Elle n'avait jamais rien fait d'autre que vendre de la viande sur les marchés du Val-de-Marne. Le grand-père découpait et désossait dans son sous-sol qui sentait fort la bavette et le paleron. Leur passion de l'argent leur avait néanmoins permis d'amasser un magot respectable, investi dans l'immobilier. Ils ne pouvaient pas légalement déshériter leur fille. Mais c'est une autre surprise qu'ils lui avaient réservée.

Quoiqu'elle fût très attachée au village, où elle avait rencontré notre père, et à sa maison, notre mère ne voulait pas s'y faire enterrer. Le cimetière est en plein vent, l'hiver la température peut descendre à - 20°, elle était trop frileuse pour supporter ça, disait-elle, elle ne s'y sentirait pas à son aise. Elle s'imaginait plus volontiers dans le caveau que ses parents s'étaient fait construire à Créteil. Ce serait comme une réconciliation *post mortem*, une manière d'être tout de même en compagnie de ceux qui lui avaient si peu prêté attention de leur vivant.

J'avais eu beau protester lorsqu'elle m'avait fait part de son idée, qui la séparerait à jamais de mon père, rien à faire. Il ne me restait plus qu'à ironiser, pour couvrir ma retraite : « Après tout, tu as raison, c'est pratique. Le cimetière est juste en face de l'hôpital Mondor. Comme dans la famille tout le monde meurt à Mondor, il n'y aura pas loin à aller, c'est directement du producteur au consommateur, si on peut dire. » Nous aimions la blaguer en envisageant devant elle les économies que nous réaliserions sur son cercueil, en nous frottant les mains à l'évocation de l'héritage, ou en entonnant rituellement, le jour de son anniversaire :

Joyeux anniversaire
Rendez-vous au cimetière.

— Ah, les salauds, disait-elle.

Et de se gondoler, en esquissant un air faussement scandalisé.

Nous l'aimions ainsi.

La grand-mère avait laissé un testament, qui ne contenait guère de clauses notables, en dehors de cette précision : elle interdisait formellement à sa fille de se faire enterrer avec elle.

Même morte, elle ne voulait pas d'elle, pour l'éternité.

Autrefois, dès qu'on avait passé Lempdes, la route suivait les gorges de l'Alagnon, parallèlement à la voie ferrée. C'étaient d'interminables lacets, dans un décor de gravure romantique, avec ses roches abruptes couvertes de vieux chênes trapus, et ses châteaux en ruine accrochés très haut, qui émergeaient des arbres. L'A75 contournait à présent les gorges, ce qui faisait bien gagner dix minutes de trajet. Depuis le plateau sauvage qu'elle parcourait, on apercevait le revers insoupçonné du décor d'autrefois, le vieux château de Léotoing, dépouillé de ses allures menaçantes, semblait perdu désormais dans l'excès d'espace et de ciel, et, loin au-dessus de lui, le dôme du Cézallier pesait sur le paysage et nous annonçait que nous étions presque chez nous, c'est-à-dire nulle part, là où les formes du monde, les champs, les chemins, les bois et les murs se défaisaient, se dispersaient, pour ne plus laisser subsister qu'un espace à nu, ouvert, dépourvu de sens.

Il fallait sortir à Espalem, passer un rond-point, traverser le hameau par une rue étroite, puis, après deux croisements, la route redescendait au fond des gorges de l'Alagnon, dominées par les « orgues de Blesle », des falaises basaltiques que les lichens rougissaient comme de la croûte de saint-nectaire. On prenait à gauche, jusqu'au Basbory, où se trouvait la minuscule gare de Blesle, désaffectée depuis peu de temps. J'avais aimé, autrefois, y attendre des amis qui venaient passer un séjour à Lussaud. Elle était au milieu de rien. D'un côté, un parking gravillonné donnait sur la route qui longeait l'Alagnon. De l'autre, c'étaient la falaise et la forêt. La voie ferrée allait se perdre dans les gorges. Il n'y avait jamais personne. On attendait. L'odeur de goudron, le grésillement de trois mouches dans le silence définissaient l'été. Et lorsque l'autorail arrivait, avec toute la lenteur requise, et que descendait, seul, l'ami attendu, la scène avait à chaque fois la perfection délicieuse d'une arrivée, non seulement dans un coin perdu, mais dans un passé presque mythique, celui des vieux films et des cartes postales, où l'on débarque au fond de vieilles provinces endormies, avec la légèreté rêveuse de qui ne porte que peu de bagages. L'arrivée à la gare du Basbory était toujours imaginaire.

Mais à peine avait-on rejoint la portion de nationale qui passe devant la gare qu'il fallait aussitôt la quitter, sur la droite, par un vieux pont de pierre qui traversait l'Alagnon, et marquait l'entrée dans le royaume. Et nous le franchissons, en ce moment même, dans le Jumper, car à force de parler du passé le présent nous rejoint, mais il faudrait toujours conjuguer au passé, tant chacun de nos voyages est une remémoration des innombrables qui le précèdent, et progresse, d'étape en étape, dans un éternel passé.

La petite route mène à Blesle, chef-lieu de canton, métropole locale de six cents habitants, sorte d'enclave de la Haute-Loire enfoncée entre Cantal et Puy-de-Dôme. Blesle à nos yeux était un lieu fonctionnel : c'est là qu'on faisait les courses, première localité pourvue de commerces à moins d'une demi-heure du village. Des Carabosse vendaient du fromage dans d'obscurs sous-sols. D'antédiluviens boulangers, aussi blancs que des spectres, négociaient des miches qui ressemblaient à des créatures du silurien sous leur carapace écailleuse. L'épicerie, sur la place de l'église, distribuait un peu de tout, du guignolet et du fromage, des nappes et des couteaux, des pommes et des cartes postales. Au besoin, on pouvait y demander des pièces de réfrigérateur, des blagues à tabac ou des fléaux pour battre la paille. La patronne disparaissait dans l'arrière-boutique et revenait immanquablement avec l'article demandé ; c'était le catalogue Manufrance matérialisé. Je me suis souvent demandé, par la suite, s'ils n'avaient pas créé Amazon, sous un faux nom, pour écouler les stocks. On nous cache tout. On ne nous dit pas que le commerce mondial est secrètement entre les mains d'un épicier de Blesle.

Juste à côté de l'épicerie, une sévère vieille dame, équipée d'un chignon intimidant, tenait restaurant et hôtel, où logeait à l'année un des bergers qui gardaient les troupeaux dans les montagnes de Lussaud. On engouffrait respectueusement, au rythme de la comtoise détaillant le temps, l'assiette de charcuterie, le poisson pané, la blanquette de veau, la salade, le plateau de fromages, la tarte aux pommes, le litre de rouge et le café, trente francs tout compris (4,50 euros), ce que voyant, satisfaite, la patronne s'autorisait un sourire et offrait le verre de goutte.

Entrer à Blesle, c'était passer le portail magique donnant accès à une France disparue, qui paraissait se perpétuer, discrètement, dans une parenthèse du temps. Les antiques tours de pierre, la petite église romane sur sa place qu'on quittait en se glissant dans un passage couvert, les rues étroites et les maisons à colombages au bord du ruisseau formaient un Moyen Âge miniaturisé, comme recroquevillé par l'excès de temps, et lorsqu'on regardait Blesle du haut de la tour de guet qui la surplombait, elle avait l'air, avec ses bâtisses bancroches et ses toits de tuiles rougeâtres, au creux de la forêt qui l'entourait, de quelque groupe de champignons bizarres, de quelque excroissance de la terre.

J'ai appris bien plus tard qu'un des anciens maires de Blesle était l'arrière-grand-père de Maurice Barrès. Évidemment, la terre et les morts, ça ne pouvait venir que de là. On imagine le prestige dont devait jouir localement l'édile, sous le Premier Empire : pensez donc, notre maire, c'est l'arrière-grand-père du fameux Maurice Barrès !

Mais nous ne passons pas par Blesle, car là encore, juste avant d'y arriver, il faut emprunter une route secondaire qui mène à Auriac-l'Église. On longe la vallée de la Sianne, que franchissent de petits ponts de pierre sèche en arceau, qui ont l'air de tenir par l'effet d'un miracle renouvelé chaque seconde depuis des siècles, et au moment où on aperçoit le village d'Auriac avec son église trapue, il faut à nouveau emprunter, à droite, en direction de Laurie, une route plus secondaire que cette route déjà très secondaire. On ne parvient à Lussaud qu'au prix d'un perpétuel évitement des destinations indiquées, de moins en moins importantes, d'un amenuisement du calibre de la route, comme s'il s'agissait d'approcher, par asymptote, une destination imperceptible.

Ce n'est plus l'autoroute, mais nous continuons à éviter tous les lieux, comme s'il n'y en avait qu'un qui vaille, la destination en soi, Lussaud.

Nous grimpons la raide montée en lacets vers Laurie, que l'on traverse, mais juste à la sortie, bien entendu, nous quittons l'itinéraire principal, en direction de Molèdes, pour opérer un retournement complet, par une épingle à cheveux acrobatique qui nous envoie haut dans le ciel, au-dessus de Laurie et des gorges de la Sianne, forêts à perte de vue, et au-dessus d'elles, comme au-dessus des algues et des polypes des profondeurs, la vague bleue des montagnes. C'était la dernière des innombrables bifurcations, encore des lacets, des descentes, des montées, nos anticipations se réalisent, juste avant le village nous tombons sur le troupeau de notre fermier, et le Jumper avance au pas derrière ses congénères comme un ruminant docile, jusqu'à ce que nous puissions, une fois le troupeau disparu dans l'étable obscure, sous la grange, où l'on va traire, nous garer devant la porte, le canapé est arrivé à bon port. Il est dix-sept heures, nous avons encore le temps de le monter dans la grande pièce récemment aménagée au grenier. Il pourra y servir de lit d'appoint.

Nous avions récemment entrepris quelques travaux d'aménagement dans la maison. Le vaste grenier avait été vidé, repeint, équipé d'un velux de manière à constituer une nouvelle pièce, à la fois chambre et salon. Dans l'escalier qui y menait, on avait installé des cloisons de placoplâtre blanc qui rajeunissaient et éclaircissaient ce passage naguère ténébreux. Comme les deux premiers niveaux étaient bondés de vieux meubles dont ma mère aurait considéré comme sacrilège qu'on les déplaçât de dix centimètres (de même qu'il n'était pas question de changer les excellents sommiers remplis de vieille paille qui nous dévoraient d'allergies, ni les antiques matelas bourrés de plumes de canard, réputés précieux et coûteux, qui, non contents de remplir la même fonction, nous détruisaient le dos), la place toute trouvée du canapé, avec ses deux fauteuils satellites, était le grenier. Ça allait être compliqué.

Après les salutations d'usage, nous nous assurons le concours de deux solides garçons, Guillaume, le fils de François, et Thierry, notre fermier. Il fallait pas moins de quatre costauds pour maîtriser le fauve et l'obliger à grimper dans son étable.

Sous le regard curieux des fermiers et les encouragements de Martine, nous extrayons la bête de la bétaillère. Elle se montre rétive, résiste, mord au passage la cuisse ou le bras mal placé. Il faut d'emblée manœuvrer pour lui faire passer la porte d'entrée, en essayant de ne pas se faire écraser les doigts contre le chambranle. Les araignées n'ont jamais vu ça.

La première grosse difficulté se présente très vite, au fond de la salle. Trente ans auparavant, notre père avait décidé d'installer le confort moderne dans la maison — ce que les fermiers, eux, n'ont pas encore : chauffage, toilettes et salle de bains. Aménagée dans l'ancien bûcher, la petite salle de bains ouvre directement sur la grande pièce du bas. (Avec cet avantage que, si une charmante jeune femme en sort à l'improviste, roulée dans une serviette, le cheveu mouillé, sur le coup de dix heures et demie onze heures, elle tombe sur deux paysans attablés dans la salle au-dessus d'un petit blanc sec.) Sa porte est à angle droit avec celle qui donne sur un vestibule couvert d'un charmant lino beige, carrefour obscur desservant la cave à demi enterrée, l'escalier et les toilettes sous l'escalier. En face de la porte de la salle de bains, le côté de l'énorme buffet de deux mètres de long qui occupe une bonne partie de la longueur de la salle. Donc, j'espère qu'on suit attentivement la description pour bien comprendre la manœuvre, il s'agit de faire habilement pivoter cette saleté de canapé de manière à ce qu'il se glisse entre le buffet et la porte de la salle, puis consente à pénétrer dans le vestibule, où commencent l'escalier et les affaires sérieuses.

Non seulement le canapé nous aura fait verser sueur et sang pour le faire parvenir à destination, mais des années après, pour décrire de manière à peu près compréhensible ces pénibles manœuvres, ça recommence, les muscles se tendent, l'énervement monte, les manipulations syntaxiques sont épuisantes, il faut mouiller la feuille blanche — l'écrivain travaille sur ordinateur, ce qui rend l'image idiote, mais comme on ne projette pas de gouttes de sueur sur son écran, sauf moi parfois peut-être à force de bûcheronner sur mon clavier, mais c'est un cas clinique, il faut bien avoir recours au papier, pas terrible, d'accord, mais j'ai déjà vu pire, par exemple cette émission de France Culture sur Chevillard où le bruit de fond était constitué par le grincement d'une plume sur du papier, n'importe quoi, pourquoi pas des trains qui font tchou tchou, où en étais-je, ah oui le passage vers le vestibule.

Bien entendu, le monstre ne passe pas, on dégonde la porte, on hisse, on pousse, on recule, on calcule les angles, on s'engueule, on retourne à l'assaut, on force, ça passe, et on défonce dans le mouvement la porte en bois de la salle de bains. Elle en arbore encore la cicatrice, deux profondes entailles, comme si un grizzli s'y était fait les griffes.

Mais ça ne fait que commencer.

Deux portefaix poussent dans l'escalier, un troisième, à l'autre bout, tire et dirige la manœuvre, le canapé est presque à la verticale et le haut bute contre le plafond, il faut à la fois monter de marche en marche, tourner, orienter, redescendre d'un cran, reprendre l'ascension, le monstre défonce tout, griffe, écrase, ça tourne à la bousculade, à la mêlée de rugby, on se rentre dedans, l'épaule écrase la mâchoire, le genou comprime le rein, on ne sait plus ce qui est homme et ce qui est canapé, dire que ce machin est prévu pour s'étendre et se reposer, en tout cas l'ensemble pourrait former une sculpture très michelangélique, si nous étions tout nus évidemment, c'est une idée, en rajoutant peut-être du spectaculaire sur la musculature et en gommant un poil de gras, membres et torses disposés selon des courbes et des orientations savamment variées, visages déformés par l'effort et la violence des passions, *Titans terrassant un monstre*, gros effet piazza della Signoria à Florence, foule de Japonais autour prenant des selfies, et nous parvenons, miraculeusement, à l'orée du palier du premier étage, désincarcérés de la cage d'escalier.

Et là, impossible de poursuivre.

Le palier qui donne accès aux chambres et au grenier est en principe assez haut et large pour permettre le passage du monstre. Malheureusement, il est pourvu d'une vieille rambarde en bois destinée à empêcher de se casser la figure dans l'escalier, et qui, alors que nous pensions être sortis d'affaire, bloque toute possibilité de mouvement.

Pendant que les deux autres forts des halles stabilisent le fardeau, je me glisse entre le bois et la chair, redescends, accède au coffre à outils, rebrousse chemin, me reglisse entre la chair et le bois, et, à l'aide d'un tournevis, d'une pince et d'un marteau, entreprends de démonter la vieille rambarde qui n'avait jamais été agressée de cette façon. Certes, je réussis finalement à l'arracher du parquet du palier, non sans toutefois lui occasionner des dommages dont elle ne s'est jamais remise depuis, et que le visiteur peut encore constater de nos jours.

— Qu'est-ce qui lui est arrivé, à la rambarde ?
— Un canapé-lit de passage.
— Elle a dû souffrir.
— Oh là, mon pauvre !

Une fois la douloureuse opération achevée, il faut, suivez-moi bien, compte tenu du fait que la porte donnant accès à l'escalier du grenier s'ouvre à l'opposé mais juste à côté de celui par lequel nous avons débouché sur le palier, ouvrir la porte d'une chambre, y introduire un bout de canapé, pour repartir en sens inverse, mais nous ne sommes hélas guère plus avancés, puisque, même en dégondant également la porte, cette putain de saloperie de canapé refuse obstinément de passer. D'ailleurs il est à peu près coincé, encastré dans le chambranle. On tire, on pousse, mais quelque chose va casser, c'est sûr.

Là, un voile rouge me tombe sur les yeux, c'en est trop, à bout de souffle, les biceps endoloris, les doigts écrasés, couvert de sueur et de poussière, les vêtements en pagaille, je m'empare du marteau, malgré les objurgations de mes compagnons.

Et je cogne.

Je frappe les quatre pieds en bois insérés dans le corps du canapé, impossibles à détacher, cinq centimètres qui empêchent à eux seuls le passage, plein ta gueule mais tu vas arrêter de nous faire chier saloperie de roghelpot de ta race de oueld el kahba d'arschloch de bachi-bouzouk ta mère la pute en string à Auchan ! Pine de rat ! Supporter ! Maricon ! Schweinhund ! Sala beste ! Arnya ! Schieve lavabo ! Mémé Noussat !

— Pierre ! Non !
— Calme-toi !
— C'est bon, il est mort !

Les quatre pieds sautent, le corps mutilé du canapé, ébranlé par une ultime poussée, passe enfin dans l'escalier du grenier, crève le placoplâtre tout neuf qui jamais ne s'en est remis, aujourd'hui encore une grande affiche sur une exposition, *La Sorcellerie en Auvergne*, dissimule pudiquement la blessure, et il parvient enfin à sa destination, sept heures après l'embarquement à Créteil.

Sur son passage, tout est détruit, la porte de la salle de bains, la rambarde, la cloison fraîchement posée de l'escalier, et lui-même n'est plus qu'une ruine, mais enfin il est là, mission accomplie. Il ne reste plus qu'à passer le coup de fil triomphal à maman, allô, oui maman, nous sommes bien arrivés, le canapé aussi, on l'a monté, tout va bien. Tu peux dormir tranquille, maman, tu n'iras pas dans la tombe de ta mère, mais le canapé de ta mère est chez toi.

Bon, il est mort, le canapé. Il est complètement mort. C'est un cadavre. Il en avait le poids, il en a l'aspect abandonné, désolant, obscène, vautré là, avec ses verdeurs et ses fleurettes, avec les volutes pourries de son bois miel et son épiderme râpé.

L'été suivant, lorsque nous revenons dans la maison du Cantal, avec un groupe d'amis, Hélène et moi décidons d'inaugurer le grenier, qui a l'avantage d'être dorénavant la plus vaste chambre de la maison, et celle où l'on peut espérer échapper aux sommiers et aux matelas de maman, fût-ce au prix du canapé de mémé Noussat. Chacun son tour, hein, les nouveaux arrivants doivent s'initier aux joies de la literie maternelle. Et sans doute étais-je également motivé par l'idée que, après tout ce qu'il nous avait fait endurer, après les dégâts qu'il avait occasionnés il fallait au moins qu'il serve, qu'il justifie sa présence et son incurable mocheté.

Je m'approche de la chose, non sans une sorte de crainte religieuse. J'ai l'impression qu'il me voit venir, le canapé-lit, qu'il me surveille, il n'est pas complètement mort, la bête respire encore et ourdit un nouveau méfait.

Le système qui permet de le transformer en lit consiste, après avoir enlevé les coussins, à déplier deux bras métalliques à ressorts pour dédoubler l'assise. Le problème est que, comme il est désormais mutilé des pieds, l'opération ne peut plus s'effectuer facilement, il faut être à deux : pendant que l'un soulève l'ensemble de la structure (qui pèse environ un âne mort, c'est un exercice digne du regretté Vassili Alexeiev, que je soupçonne de s'être entraîné avec le canapé de sa grand-mère), l'autre tente de tirer sur les bras métalliques grippés. Le souleveur, qui en l'occurrence est moi, se fait bien entendu coincer les doigts entre le bois du cadre et les barres de métal, qui cèdent enfin après dix minutes de sollicitations, ça fait très mal, d'où un profond mugissement auquel répondent, en bas, les bêtes en route pour les pâturages.

Le résultat, question couchage, concurrence avec brio la literie maternelle en termes d'inconfort.

De retour à Créteil, je vais voir ma mère pour lui communiquer les potins du pays, les nouvelles de la ferme et lui certifier que j'ai bien remis à la fermière les soixante numéros périmés de *Point de vue, images du monde* et de *Notre temps.*

— Au fait, tu sais, le canapé de la grand-mère…

— Oui…

— On l'a déplié, pour essayer le couchage.

— Et alors ?

— Sans les pieds, c'est vraiment pas pratique.

— Comment ça, sans les pieds ?

— Je veux dire sans les pieds du canapé. Tu te souviens, j'avais été obligé de les démonter, à Pâques, pour le faire passer en haut.

— Ah oui. Quel dommage.

— Oui, quel dommage. C'est le cas de le dire. Alors du coup il faut batailler un quart d'heure pour le déplier. Et une fois que c'est fait, pour le couchage, on n'est vraiment pas bien. On sent la barre du milieu. Je ne sais pas si on va pouvoir dormir dedans.

— Ah bon ?

— Ah oui. Je suis désolé, mais franchement, comme lit, c'est pas possible. Et comme canapé, pas terrible non plus.

— Fous-moi ça à la poubelle, dit ma mère.

Épilogue

La Bastide est un hameau à côté duquel Lussaud ressemble à New York. De nulle part on ne peut l'apercevoir, tant il se cache bien. Pour y aller, il faut rejoindre Molèdes par la piste de La Coharde, puis emprunter la petite route qui dégringole de Molèdes vers les gorges de la Sianne. On passe devant la vieille tour de Colombine. Au pied, la ferme isolée de la fille de notre fermière. Un peu plus bas, il ne faut pas rater la bifurcation, en plein bois : on peut très bien continuer sans l'apercevoir. Même en connaissant la route, il arrive qu'on la dépasse, et il faut effectuer une marche arrière pour la récupérer, comme si la voirie même conspirait pour faire de La Bastide un lieu oublié. Elle part en sens inverse, serpente quelque temps et débouche sans prévenir entre les deux fermes qui composent La Bastide. Le hameau occupe une étroite arête dominant les environs. Autour, on ne voit que la forêt, à perte de vue, d'où émerge la roche de Saint-Romain qui paraît-il recèle un trésor.

Jadis, il y avait deux exploitations à La Bastide. Celle de notre cousin Henri, qui vivait en solitaire, et une autre. À la mort d'Henri, il n'en est plus resté qu'une. Comme mon frère avait hérité du cousin, nous allions régulièrement à

La Bastide, il fallait vider la maison. C'était l'occasion de causer avec les voisins. Était-ce par nous, par un coup de fil de notre mère, ou par cette mystérieuse circulation d'informations qui fait que, là-haut, tout finit par se savoir, des plus anodins détails aux plus ténébreux secrets, toujours est-il qu'ils ont appris l'existence du canapé, et son destin imminent, qui était de finir à la déchetterie de Massiac.

Outre la circulation de l'information, une autre caractéristique des villages de Haute-Auvergne est qu'on ne peut imaginer y laisser perdre quoi que ce soit. C'est bien à cause de cela que notre mère nous avait fait trimballer le canapé de Créteil à Lussaud. Et lorsque nous avions vidé la maison du cousin Henri du tas de machins sans valeur qu'elle contenait, notre vieille tante qui habitait le hameau voisin était venue voir si elle ne pouvait pas récupérer ci ou ça, vieux chapeaux, chiffons, râteaux piqués aux vers et cafetières rouillées. Après tout, la fortune de la famille avait commencé comme ça, récupération de chiffons et ferrailles, peaux de lapins.

La voisine s'est dite intéressée par le canapé, en dépit de notre description peu encourageante. Il y avait donc un bénéfice éventuel à tirer de cette monstruosité qui avait failli finir à la décharge… et c'est ainsi qu'après négociation, mon frère a échangé le canapé-lit contre une antique charrette en bois, de celles que nous avions connues enfants, chargées de foin en vrac, et tirées par des bœufs. Thierry, notre fermier, s'est occupé de descendre le monstre qu'il avait aidé à monter. L'échange des otages a eu lieu sans incidents. Bernard a installé le butin à l'entrée du village, devant le cimetière, et l'a orné de pots de géraniums du plus bel effet. Il manquait le faux puits en pneus de tracteur et les nains de jardin, mais enfin c'était déjà pas mal. L'horreur de la grand-mère ne pouvait engendrer que l'horreur.

Nous n'avons plus eu de nouvelles du canapé-lit. Peut-être, aujourd'hui encore, orne-t-il quelque pièce de la maison de la voisine, à La Bastide.

Maman a vieilli. J'ai continué quelque temps les plaisanteries rituelles sur l'avarice sordide des grands-parents, qui suscitaient son approbation et son rire. Un jour elle n'a plus ri. Elle a simplement rétorqué : « Il faut comprendre. Ils ont beaucoup travaillé. »

J'ai compris que quelque chose, en elle, avait fait son chemin, à quoi peut-être on pouvait donner le nom d'apaisement, ou de pardon. Nous n'avons plus plaisanté sur les grands-parents, du moins en sa présence, et je me suis demandé si je n'aurais pas dû tenter de mieux les connaître, en dépit du peu de sympathie qu'ils m'inspiraient.

Maman est morte. À l'hôpital Mondor, comme de juste et comme tout le monde.

Son petit-fils Gabriel était mort huit mois auparavant. Elle qui avait tant aimé la vie n'en voulait plus. À Mondor encore, elle avait eu quelques crises de rigolade, des enthousiasmes, une dernière fois, avant d'arracher son masque à oxygène.

Nous avons vidé la petite maison de Créteil, qu'elle habitait depuis cinquante ans, de tout ce qu'elle y avait entassé durant ce demi-siècle, puisqu'il ne fallait rien laisser perdre. Allèrent à la décharge les maisons de poupée vermoulues qui avaient amusé des enfances séculaires, les baigneurs mutilés, les kilos de dentelles que pieusement je lui rapportais de mes voyages, c'est fou ce qu'on peut faire de dentelle dans le monde, le foin antique qui n'avait pas nourri le dernier cheval à avoir vécu dans la cabane du jardin, les malles en bois qui avaient renfermé les robes d'aïeux oubliés. Nous exhumions ses registres d'école, nos dessins d'enfants, son journal intime, des milliers de vieilles photos, les robes qu'elle portait lorsque, jeune pin-up, elle paradait dans les stations balnéaires, bref nous faisions ce que font les fils à la mort de leur mère. Sur les grilles de la maison, nous avons fixé un panneau « À vendre ».

Parfois, lorsque je passais pour finir de nettoyer, il arrivait qu'on m'aborde devant la porte : « Qu'est-ce qui se passe ? Et Mme Jourde ? » Maman connaissait tout le monde à Créteil, nos faire-part n'avaient pas pu être exhaustifs. À deux reprises, exactement la même scène, avec deux personnes différentes. Un homme m'aborde, l'air rugueux, le genre râblé qui travaille de ses mains, le regard inquisiteur, comme si j'avais fait quelque chose de mal « Et Mme Jourde ? » « Vous ne saviez pas ? Elle est morte il y a six mois. » Et les deux fois, même réaction : le rude type, devant moi, fond en larmes.

C'étaient juste des artisans du coin qu'elle avait fait travailler. Mais il y avait autre chose. Sa manière d'accueillir, avec joie, et de donner. À la rapacité de ses parents, par je ne sais quel mystère qui préside à la formation des êtres, elle avait substitué une infatigable générosité.

Ce n'est pas que cette générosité ne fût pas, discrètement, à petites doses, mêlée parfois d'âpreté, de dureté. Mais justement, cela nous la rendait plus précieuse encore, lui évitait toute mièvrerie, et paraissait témoigner de la lutte qui s'était effectuée en elle entre tout ce qui aspirait à la bonté, à la joie, et l'héritage profond de générations de commerçants et de paysans travaillant dur et ménageant leurs sous.

Elle avait, bien entendu, tout prévu et tout organisé à l'avance, de longue date, succession, obsèques et sépulture. Nous l'avons mise en terre, non pas dans le cercueil bas de gamme que nous lui promettions, pour faire des économies sur l'héritage, disions-nous en la taquinant, mais dans celui qu'elle s'était choisi. Plus massif et plus cher.

Rendez-vous au cimetière: nous lui avions assez répété ce refrain, comme une blague irréalisable. Et ça y était.

En dépit de l'interdit énoncé par sa mère, elle a décidé de rejoindre la tombe de ses parents. C'est avec eux qu'elle repose.

Œuvres de Pierre Jourde (suite)

L'ŒUVRE DU PROPRIÉTAIRE, L'Archange Minotaure, 2006.

PETITS CHAPERONS DANS LE ROUGE, *travaux d'ateliers d'écriture à l'université Stendhal*, L'Archange Minotaure, 2006.

L'HEURE ET L'OMBRE, L'Esprit des péninsules, 2006. Prix Folies d'encre, prix Mille pages.

PORTRAITS DES MOUCHES, L'Archange Minotaure, 2007.

UNIVERSITÉ : LA GRANDE ILLUSION, L'Esprit des péninsules, 2007.

LITTÉRATURE MONSTRE, L'Esprit des péninsules, 2008.

LE JOURDE ET NAULLEAU, *avec Éric Naulleau*, Mango, 2008.

LA CANTATRICE AVARIÉE, L'Esprit des péninsules, 2008.

LA QUADRATURE DU SEXE (*photographies d'Henri Maccheroni*), Voix d'encre, 2009.

40 ANS DE RENTRÉES LITTÉRAIRES (*photographies d'Ulf Andersen*), Anabet, 2010.

LA PRÉSENCE, Les Allusifs, 2010.

C'EST LA CULTURE QU'ON ASSASSINE, Balland, 2011.

LA LITTÉRATURE EST UN SPORT DE COMBAT, Page Centrale, 2015.

GÉOGRAPHIE INTÉRIEURE, Grasset, 2015.

LA CULTURE BOUGE ENCORE, Hugo & Cie, 2016.

CÉZALLIER : LE FAR CENTRE, Revoir, 2017.

Composition : IGS-CP à L'Isle-d'Espagnac (16)
Achevé d'imprimer
par CPI Firmin-Didot
à Mesnil-sur-l'Estrée, en janvier 2019
Dépôt légal : janvier 2019
Premier dépôt légal : décembre 2018
Numéro d'imprimeur : 151521

ISBN : 978-2-07-277625-0/Imprimé en France

354308